Mafia Hearts - Haunted

von Katie McLane

Impressum

Überarbeitete Neu-Auflage, 2026

Lektorat: Lektorat Franziska Schenker
Cover: getcovers.com
Bildrechte: Katie McLane

Katie McLane
c/o easy-shop, K. Mothes
Schloßstr. 20
06869 Coswig (Anhalt)
info@katie-mclane.de

Website & Newsletter inkl. Freebie und Bonusmaterial: www.katie-mclane.de

TikTok / Instagram / Facebook:
@katie.mclane.autorin

Mafia Hearts
Haunted

(Mafia Hearts 4)

Katie McLane

Buchbeschreibung:
Er kam zurück, um zu töten. Sie traf ihn tiefer als jede Kugel.

Nolan Walsh trägt das Brandmal eines Verräters – Sohn eines gefallenen Gang-Bosses, der alles verlor. Jahre später kehrt er zurück, ausgebildet, kalt und bereit für Rache.
An denen, die seine Familie zerstört haben.
Sein Plan beginnt mit ihr: Allegra Cocciarelli, Tochter seines Feindes.
Er kennt jede ihrer Bewegungen, jede Schwäche.
Sie zu verführen ist der erste Schritt.
Sie zu vernichten der letzte.
Als ein anderer sie ins Visier nimmt, greift Nolan ein und wird zu ihrem Schatten.
Was als Täuschung beginnt, wird zur Obsession.
Zur Wahrheit, die er nicht mehr leugnen kann.
Sie ist unschuldig.
Alles, was er nicht verdient.
Doch Rache kennt kein Erbarmen. Und Liebe kein Zurück.

Hinweis: dieses Buch enthält potenziell triggernde Inhalte. Deshalb findest du auf Seite 312 eine Triggerwarnung. Achtung: Diese enthält Spoiler für das gesamte Buch! Und nun wünsche ich dir ein aufregendes Leseerlebnis. Deine Katie

Über die Autorin:
Katie McLane – Buchverrückt, meerverliebt und hoffnungslos romantisch.
Ihr Herz schlägt für starke Heldinnen und Männer, die nicht nur für Herzklopfen sorgen.
Ihre Liebesromane reichen von sanftem Prickeln über intensive Leidenschaft bis hin zu überwältigendem Verlangen und absoluter Hingabe.
Und sie treffen mit all ihren Emotionen mitten ins Herz – bis zum Happy End.

Playlist

»Refuse« – Five Finger Death Punch
»Roots« – In This Moment
»State Of My Head« – Shinedown
»Psycho Crazy« – Halestorm
»Jekyll And Hyde« – Five Finger Death Punch
»Kiss From A Rose« – Atom Smash
»If Tomorrow Never Comes« – Bad Wolves
»Living Dangerous« – Tempt feat. Dorothy
»Turn So Cold« – Drowning Pool
»Lay Your Gun Down« – In This Moment
»Ten Years« – Rev Theory
»Use My Voice« – Evanescence
»Not Strong Enough« – Apocalyptica feat. Brent Smith
»Chains Of Thorns« – Liliac
»Royals« – Otep
»Bend The Rules« – Smash Into Pieces

Zu hören bei Spotify unter
»Playlist zu ›Mafa Hearts – Haunted‹ «:
https://open.spotify.com/playlist/3JmTxzAZvLgiD748J1KcB2?si=TFdq3hd0SdOXo58WIRcxRw

KAPITEL 1

Nolan

Acht Jahre zuvor

Verräter.

Du hast hier nichts mehr verloren.

Verpiss dich.

Ich stürme ins Haus, die Treppen hinauf, in mein Zimmer.

Werfe Klamotten und wichtiges Zeug auf mein Bett, stopfe alles in meinen größten Rucksack. Schmerz tobt in meiner Brust und mit jeder Erinnerung wird es schlimmer.

NYPD, das Gebäude ist umstellt.

Patrick Walsh? Ich verhafte Sie wegen illegalen Besitzes und Handels mit Schusswaffen sowie Aufruf zum Mord.

Mein Vater kniet auf dem Boden, die Hände auf dem Rücken, die Handschellen klicken.

Du verficktes Arschloch hast uns alle verraten.

Sein Vize Caesar spuckt vor ihm aus.

Ich schüttle den Kopf, um die Bilder zu vertreiben.

Haste ins Schlafzimmer meiner Eltern, reiße die Türen des Wandschranks auf und trete drinnen vor den Safe.

Moms Sachen hängen noch hier drin und ihr Duft zerquetscht mir das Herz.

Meiner Kehle entweicht ein gequälter Laut und meine Hand zittert, als ich sie nach der Tastatur ausstrecke. Doch mit einem Mal ist mein Hirn leer, schwarz.

Ich presse die Lider zusammen, atme tief durch. Mache eine der Psycho-Übungen, die mir helfen, mich zu fokussieren.

Und tippe schließlich die Nummer ein.

Das Schloss entriegelt, ich öffne die Tür und hole alles heraus. Nehme meinen Pass, das Bargeld und die kleine Dose mit dem Schmuck, den meine Mutter immer getragen hat.

Zurück in meinem Zimmer verstaue ich alles im Rucksack, streife die Träger über meine Schultern und verlasse das dunkle Haus über die Hintertür.

Eilig laufe ich zum hinteren Zaun, schiebe die beiden lockeren Holzbretter beiseite und zwänge mich hindurch.

Im Schutz der Dunkelheit marschiere ich zur Subway, fahre rüber nach Throgs Neck.

Ich versuche, nicht an die Ereignisse zu denken, doch meine Gedanken drehen sich im Kreis. In Dauerschleife sehe ich die hereinstürmenden Polizisten vor mir. Spüre die starken Arme eines Gangmitglieds, das mich daran hindert, zu meinem Vater zu rennen.

Auf dem Friedhof leuchte ich mir mit dem Smartphone den Weg, schleppe mich zum Grab meiner Mutter und falle davor auf die Knie.

Tränen schießen in meine Augen, während ich auf die Blumen und Kränze auf dem frischen Erdhügel starre. »Oh, Mom!« Mehr als ein schwaches Krächzen bringe ich nicht mehr zustande, also lasse ich es gleich bleiben.

Sie kann mich auch so hören.

Dad ist im Knast und ich wurde weggejagt.

Weil ich ein Walsh bin.

Nichts ist mehr, wie es war.

Warum nur?

Was soll ich jetzt tun?

Statt einer Antwort wabert eine Erinnerung durch meinen Kopf.

Mom, wie sie im Türrahmen meines Zimmers steht und mich liebevoll anlächelt.

Nolan, du hängst ständig vor dem Computer. Geh raus und lebe!

Mein Herz zieht sich vor Schmerz zusammen, schreit vor Sehnsucht nach ihr auf, und ich schlinge die Arme um mich.

Doch gleichzeitig kochen die Schuldgefühle wieder hoch.

Wäre ich nur an jenem Tag zur geplanten Zeit im Club gewesen!

Erneut höre ich die Stimme meiner Mutter, in einer älteren Erinnerung.

Bring dich in Sicherheit!

Sie hat recht, wie immer.

Ich stehe auf, blicke ein letztes Mal auf den Stein und lese ihren Namen, Leonore Walsh. »Mach's gut, Mom! Ich komme wieder.« Schniefend drehe ich mich um und stapfe Richtung Ausgang. Wische mir die Tränen ab, suche über die App eine Verbindung zum *JFK* heraus und renne zur Lafayette Avenue.

Atemlos erreiche ich die Haltestelle, nur zwei Minuten vor dem Bus.

Kaufe ein Ticket, lasse mich auf einen freien Platz fallen und schließe die Augen.

Mein eigenes Versprechen hallt in mir wider, wird stärker und formt sich zu einem Schwur.

Ich werde wiederkommen.

Und sie alle dafür büßen lassen.

Kapitel 2

Allegra

»Mach sofort die Bücher zu, du hast es versprochen!«, erklingt Scarletts verärgerte Stimme.

Mit einem Seufzen sehe ich von dem Text auf.

Meine beste Freundin lehnt im Türrahmen, die Arme verschränkt, die Lippen zu einem Schmollmund verzogen.

»Aber ich bin gleich fertig. Es jetzt zu unterbrechen, wäre total bescheuert.«

Sie verdreht die Augen. »Du und dein Doppelstudium! Kannst du dich überhaupt noch daran erinnern, wann du das letzte Mal Spaß hattest?«

Automatisch richte ich den Blick nach innen.

Nein, nicht wirklich.

»Siehst du? Sag' ich doch.«

»Scar –«

»Ich gebe dir eine Viertelstunde.« Damit dreht sie sich um und geht.

Okay, das sollte ich schaffen.

Entschlossen vertiefe ich mich wieder in die Fachreportage über soziale Medien und wie sie die Wirtschaft verändern, mache Notizen, formuliere ein Fazit.

Zwanzig Minuten später klappe ich Buch und Block zu, lege sie aufeinander und schalte die Schreibtischlampe aus. Dann eile ich an dem Wohnbereich vorbei direkt in die Küche. »Sorry, ich weiß, ich habe überzogen. Was brauchen wir noch? Popcorn oder Nachos?« Ich öffne die Tür zu dem Schrank, hinter dem sich alles verbirgt, was wir für einen Serienabend brauchen.

»Steht schon alles bereit.«

Mist, sie klingt ziemlich angepisst.

Ich gehe zu ihr und lasse mich neben ihr auf die Couch fallen, rolle den Kopf zur Seite und schaue sie entschuldigend an. Die Unterlippe vorgeschoben, klimpere ich mit den Wimpern. »Verzeihst du mir, allerbeste beste Freundin?«

Sie seufzt theatralisch und verdreht die Augen, lächelt aber. »Du bist furchtbar. Den ganzen Tag freue ich mich auf unseren Serienabend, wie jeden Mittwoch, und dann kommst du mal wieder kaum von deinen Büchern los. Warum schaffst du es nicht, dir wenigstens diesen einen Abend freizuhalten?«

Ich ergreife ihre Hand. »Meistens klappt es doch, aber der Text war so spannend.«

»Echt, ich kenne nur ein paar Leute, die so besessen lernen wie du. Und dann auch noch für zwei Abschlüsse.«

Lächelnd zucke ich mit den Schultern. »Ich konnte mich eben nicht entscheiden.«

»Erzähl mir was Neues«, murmelt sie, nimmt die Fernbedienung und startet den Streamingdienst.

Schuldig im Sinne der Anklage.

Resigniert beuge ich mich vor, schnappe mir die beiden Schüsseln mit Knabberkram und quetsche sie zwischen uns auf die Couch. Lehne ich mich zurück.

Nachdem ich Scarlett mit meiner Lieblingsserie *Vikings* angefixt habe, schauen wir uns Alternativen an und starten heute mit Staffel vier von *The Last Kingdom*. Die Serie ist cool, kann aber schlecht mit den Geschichten um Ragnar Lodbrok mithalten.

Weshalb meine Gedanken schnell abdriften und zu dem einen Satz zurückkehren, der mich vorhin tief getroffen hat.

Ja, es stimmt. Seitdem ich studiere, habe ich alles Unnötige reduziert, sogar den Spaß mit Freunden. Ich gehe nur selten aus und arbeite lieber daran, nächstes Jahr zwei richtig gute Masterabschlüsse hinzulegen. Daher habe ich seit über zwei Jahren keinen Freund mehr und der letzte Sex ist auch schon ein paar Monate her.

Vielleicht verschlinge ich deswegen die Darsteller jedes Mal mit den Augen. Ich stehe total auf diese Wikingertypen, muskelbepackt und am besten ebenfalls tätowiert. Wenn sie mit stechendem Blick in die Kamera schauen, werden meine Knie weich. Und wenn sie sich nehmen, was oder wen sie wollen, könnte ich dahinschmelzen.

Und das, obwohl ich eine starke Frau bin. Zumindest würde ich das von mir behaupten. Immerhin boxe ich und weiß mich zu verteidigen, was ich zum Glück noch nie anwenden musste.

Am liebsten wäre ich wie Lagertha, eine Kriegerin und geborene Anführerin, die sich nicht einmal etwas von ihrem Ehemann Ragnar sagen lässt.

Kurz wandert mein Blick zu dem Tattoo auf der Innenseite meines linken Handgelenks und ein trauriger Gedanke leuchtet in meinem Kopf auf.

Ich schaffe es ja nicht einmal, mich meinem Vater zu widersetzen.

Hastig blinzle ich ihn fort und konzentriere mich wieder auf den Bildschirm, stopfe mir Käsenachos in den Mund. Die Guten von *Doritos*, meiner Lieblingsmarke.

Am Ende schaffe ich es tatsächlich, abzuschalten und drei Folgen zu genießen. Danach diskutieren wir ausgiebig über die Figuren und Ereignisse, stellen Vermutungen über die nächsten Folgen an.

»Wollen wir gleich am Sonntag weitermachen?« Ich klopfe mir die Krümel von der Brust.

Scarlett seufzt. »Würde ich total gern, aber ich weiß nicht, wie lange die Proben gehen.«

»Proben? An einem Sonntag?« Irritiert schaue ich sie an.

»Ach Ally, ich habe dir davon erzählt. Wir nutzen jetzt jede Möglichkeit, um für die Aufführung in zwei Wochen zu proben. Sag nicht, du hast es vergessen. Du wolltest kommen!«

Ich beiße mir auf die Lippen, in zwei Wochen findet auch das Konzert einer meiner Lieblingsbands statt, zu dem ich gehen will. »An welchem Tag?«

»Samstag.«

Glück gehabt, das Konzert ist am Freitag.

»Dann sieh zu, dass ich einen Platz in der ersten Reihe bekomme.«

»Da sitzen die Leute vom College, aber die Reihen dahinter sind für unsere Familien und Freunde reserviert.«

»Perfekt.« Ich nehme mir den letzten Nacho-Chip. »Kommt Davin auch?«

Verlegen zuckt sie mit den Schultern, sieht auf ihre Finger hinab. »Keine Ahnung.«

Der Kerl ist seit dem zweiten Studienjahr ihre On-off-Beziehung, ein Kollege aus dem Club, in dem sie jobbt, und eigentlich befinden sie sich gerade in einer On-Phase.

»Scar, dieser Kerl ist schlecht für dich. Er macht mit dir, was er will.«

»Ich weiß.«

»Was findest du nur an ihm? Es gibt so viele tolle Typen da draußen.«

Sie schaut mich an, hebt eine Braue. »So toll, dass du dich mal wieder nicht entscheiden kannst?«

»Diesmal *will* ich es nicht, das ist der feine Unterschied. Ich kann gerade keinen Kerl in meinem Leben gebrauchen.«

»Vielleicht sollten wir uns beide mal ein Abenteuer gönnen. Einen heißen Bad Boy, der uns für eine Nacht auf andere Gedanken bringt.«

»Der Typ, der mich so anmacht, dass ich direkt mit ihm ins Bett will, muss erst noch geboren werden.«

»Ach was! Du musst nur mal wieder ausgehen und die Augen offenhalten.«

Ich lache und stupse sie mit dem Ellbogen in die Seite. »Okay, mache ich.«

»Versprochen?«

»Versprochen.«

»Wollen wir gleich am Samstag damit anfangen?«

»Musst du nicht arbeiten?«

Sie schüttelt den Kopf. »Wegen des Trainings habe ich Samstag Frühschicht.«

»Aber wehe, du meckerst dann rum, dass du für die Probe zu wenig Energie hast.«

»Wir können ja eher anfangen und um ein oder zwei Uhr Feierabend machen.«

Schnell überdenke ich die Idee.

Aufgrund ihrer Probe kann ich fast den ganzen Sonntag zum Lernen nutzen, also gehe ich kein Risiko ein.

»Komm schon, sag ja!« Hoffnungsvoll ergreift sie meine Hand und drückt sie.

»Okay, lass uns ausgehen.«

Ein breites Grinsen leuchtet auf ihrem wunderschönen Gesicht auf. »Du bist die Beste.«

»Ich weiß.«

*

Das Gespräch mit meiner Freundin hängt mir am nächsten Tag nach, was mir auf die Nerven geht. Weil es eine weitere Ablenkung darstellt.

Jesus, reicht es denn nicht, dass ich am Samstag mit ihr ausgehe? Zum ersten Mal seit Monaten?

Sauer auf meinen Kopf und mich selbst stapfe ich zur Subway-Station Spring Street Ecke Lafayette, stopfe mir die kabellosen Earbuds in die Ohren und starte meine Lieblingsmusik auf Zufallswiedergabe.

Doch auch hier scheint sich alles gegen mich verschworen zu haben, denn die beiden ersten Songs sind Balladen, die mich mit gefühlvollen Melodien und tiefgründigen Texten berühren. Zu allem Überfluss stürzen sie mich in eine Art emotionales Gedankenkarussell.

Fuck, wie ich das hasse!

Aus heiterem Himmel stelle ich alles infrage, was ich bereit bin, für mein Studienziel zu opfern.

Vielleicht hat Scarlett ja recht und mein Zukunftsplan ist den Verzicht nicht wert. Möglicherweise verpasse ich interessante Menschen oder genau den Einen, weil ich die Welt um mich herum ignoriere.

Bullshit! Von wegen der Eine! Den gibt es nicht.

Ja, das hält mein Kopf mir verdammt oft vor, schließlich hatte ich bisher kein Glück mit den Männern dieser Stadt.

Doch mein Herz hat eine eigene Meinung dazu und sagt deutlich, dass es das ist, was ich will.

Einen Mann, kein Greenhorn.

Nachdenklich steige ich am Astor Place aus der Subway und die Treppen hinauf.

Himmle ich deswegen diese Serien-Krieger an?

Wenn ja, dann sollte ich wohl Ausschau nach genau solchen Kerlen halten.

Weshalb ich mich direkt dazu entschließe, mehr auf meine Umgebung zu achten.

Der Weg bis zum Campus der *New York University* ist nicht weit, aber ich betrachte unterwegs aktiv jede Person, die mir begegnet.

Vor der *Stern School of Business* hole ich mir wie immer einen Kaffee an einem der beiden Verkaufswagen. Wende mich zum Gehen und schaue zu dem anderen Stand.

Wo sich ein schmieriger Italiener abrupt wegdreht und übertrieben unauffällig benimmt.

Verärgert presse ich die Lippen aufeinander, wende mich ab und marschiere die Treppen hinauf, über den Platz zum Haupteingang.

Was, zum Teufel, bildet sich mein Vater eigentlich ein?

Meint er wirklich, er könnte mir einen Bewacher auf den Leib hetzen, ohne dass ich es bemerke?

Gib es zu, dass er dir heute auffällt, ist eine Ausnahme.

Da mein Verstand recht hat, sinkt meine Laune weiter, und ich frage mich unwillkürlich, wie lange er mich schon beschattet.

Und sind da noch mehr von der Sorte?

Na warte, Dad! Dafür verpasse ich dir am Samstag einen Einlauf.

Von da an beäuge ich misstrauisch die anderen Studierenden, was erst im Laufe des Tages nachlässt. Trotzdem bin ich am Ende froh, mal einen Tag empfänglich für meine Außenwelt gewesen zu sein. Auch weil ich mit Erschrecken feststelle, wie viele langweilige Menschen meines Alters auf dem Campus herumlaufen.

Auf dem Weg zur Subway schlendere ich, wie so oft, am Washington Square Park entlang.

Sehe mich um und entdecke einen Mann, wie er auf sein Motorrad steigt.

Eine auffällig grün-schwarz lackierte Harley, wenn ich mich nicht irre. Er trägt Boots und eine schwarze Jeans, die sich eng an gut trainierte Beine und einen strammen Hintern schmiegt. Dazu eine schwarze Lederjacke über breiten Schultern sowie kräftigen Armen. Und darüber erhasche ich gerade noch einen Blick auf hellbraunes Haar, das in der Sonne kupfern schimmert, genauso wie der Dreitagebart über seinem markanten Kinn und Kiefer. Dann setzt er den Helm auf und startet die Maschine, fährt an und fädelt sich in den Einbahnstraßenverkehr ein.

Tja, und ich stehe da, starre ihm mit klopfendem Herzen nach.

Irgendwie werde das Gefühl nicht los, gerade eine Chance verpasst zu haben.

Da rempelt mich jemand von hinten an und ich stolpere vorwärts.

»Scheiße, tut mir leid. Alles okay?«

Ich schaue auf und entdecke eine junge Frau, die rückwärts läuft, mich nicht aus den Augen lässt. Erst als ich nicke, dreht sie sich um und hastet weiter.

Der Bann ist gebrochen und ich nehme meinen Weg Richtung Subway wieder auf, stecke mir die Hörer in die Ohren. Doch diesmal wähle ich absichtlich meine Playlist mit der Gute-Laune-Musik. Auf eine weitere Depriphase kann ich verzichten.

Und es funktioniert. Meine Stimmung hebt sich und die Hausarbeiten gelingen mir mit jeder Stunde besser. Was ich damit feiere, dass ich für Scarlett und mich das Abendessen koche, *Spaghetti all'arrabbiata* nach Rezept meiner *Nonna.*

Das Einzige, was mir die ganzen Stunden über nicht aus dem Kopf geht, ist das Bild dieses sexy Bikers.

»Ey, Cociarelli! Welchen Typen ziehst du gerade in Gedanken aus, hm?«

Ertappt blinzle ich und senke den Blick, die Wangen heiß vor Verlegenheit.

»Lass mich raten. Vielleicht diesen Uhtred aus *The Last Kingdom*? Glaub mir, im wahren Leben ist er nur halb so interessant.« Sie wickelt ein paar Nudeln auf ihre Gabel und schiebt sie sich in den Mund.

Ich schüttle den Kopf, esse ebenfalls einen weiteren Bissen.

»Dann einer von den *Vikings*?«

»Auch nicht.«

Einen Moment herrscht Stille, dann stößt sie die Luft aus. »Nein!«

Irritiert sehe ich sie an und begegne einem herausfordernden Grinsen.

»Wer ist er?«

»Keine Ahnung.«

»Was?«

Sie lacht und ich zucke mit den Schultern. »Ich habe ihn vorhin nach den Vorlesungen nur durch Zufall gesehen, wie er am Park auf sein Bike gestiegen ist.«

»Sexy?«

»So viel ich erkennen konnte, ja.«

»Ist er auch ein Student?«

»Weiß nicht, er wirkte ein paar Jahre älter.«

»Hat er dich auch gesehen?«

»Glaube nicht.«

»Was für ein Mist.«

»Schon, oder?« Ich lächle schief.

»Du solltest auf jeden Fall weiter Ausschau nach ihm halten.«

»Bullshit! Auf die Art verrenne ich mich nur in eine blöde Idee und frustriere mich selbst.«

»Und wenn er dir noch einmal über den Weg läuft?«

Sofort sehe ich sein attraktives Gesicht vor mir und mein Herz klopft heftig los. »Wer weiß, vielleicht spreche ich ihn ja an.«

»Das musst du sogar. Nicht auszudenken, was du verpassen könntest.«

»Wieso, was meinst du?«

»Na, du fährst endlich mal nur vom Anblick auf einen Typen ab, du bist also noch nicht ganz tot.«

Ich verdrehe die Augen. »Oh bitte!«

»Nein, ehrlich, das ist toll. Und deswegen musst du mir etwas versprechen.«

»Schon wieder?«

»Lad ihn einfach auf einen Kaffee ein.«

»Und mit welcher Begründung?«

»Keine Ahnung. Weil sein Bike dir gefällt?«

»Hm, ich fand es tatsächlich sehr cool.«

»Na also! Also lädst du ihn ein und ihr kommt euch näher. Wer weiß, was daraus wird.«

»Ach, ich weiß nicht …« Ich kaue auf meiner Lippe, spiele mit den Nudeln auf meinem Teller.

Meine Freundin versetzt mir einen Klaps auf den Arm. »Keine Ausreden, tu es einfach. Und falls nicht, werde ich es ohnehin herausfinden. Du kannst mir nichts verheimlichen.«

Womit sie leider recht hat.

»Okay, okay, du hast gewonnen.«

»Sehr gut. Und ich fange noch heute Abend an, dafür zu beten, dass ihr euch möglichst bald wieder begegnet.«

»Als ob du an Gott glaubst und auch noch zu ihm sprichst.«

»Für dich und dein Glück fange ich liebend gern damit an.«

Kapitel 3

Nolan

In der Hand einen großen Becher *Dark Roast*, verlasse ich am Freitagmorgen das *Starbucks* am Astor Place, trete einen Schritt zur Seite und werfe einen Blick auf die Uhr. Dann schlendere ich vor bis zum Kiosk und nippe an meinem schwarzen Kaffee, schaue über die Lafayette Street hoch und zum Subway-Eingang hinüber.

Keine Minute später verziehe ich den Mund zu einem süffisanten Lächeln.

Da ist sie. Pünktlich wie immer.

Erneut nehme ich einen Schluck von dem belebenden braunen Gebräu und beobachte Allegra Cociarelli, wie sie die Straße überquert und auf mich zukommt, den Blick auf ihr Smartphone gerichtet.

Ihr Markenzeichen, eine Umhängetasche aus grün-goldenem Stoff, der nur aus keltischen Knoten zu bestehen scheint, schlägt bei jedem Schritt gegen ihr Bein. Heute betonen eine enge graue Jeans und ein Top ihre zierliche Figur, und mein Blick wandert von den kurzen, hochhackigen Stiefeln genüsslich höher. Eine dünne Jacke verhüllt die Tattoos auf ihren Armen, doch der silberne

Mjölnir, Thors Hammer, der an einem Lederband um ihren schlanken Hals hängt, ruht deutlich sichtbar auf ihrem Dekolleté.

Das kurze schwarze Haar mit den anrasierten Seiten hat sie zu einer wilden Frisur nach vorn gestylt, die ihr herzförmiges Gesicht unterstreicht. Wie immer trägt sie kaum Make-up, nur einen breiten schwarzen Lidstrich und Wimperntusche. Und der einzige weitere Schmuck besteht aus silbernen Ohrsteckern sowie einem dezenten Piercingring im linken Nasenflügel.

Keine Mafiatochter, wie ich sie mir vorgestellt hätte, aber womöglich umso leichter zu knacken.

Als sie an mir vorbeigeht, registriere ich die Bluetooth-Hörer in ihren Ohren und grinse.

Ja, sie macht es mir verdammt leicht, trotzdem verlasse ich mich nicht auf ihre sorglose Gleichgültigkeit.

Ich wende mich ab und schlendere ihr nach. Ihr Duft liegt auch viele Schritte hinter ihr noch in der Luft, eine aufregende Mischung aus Frucht und etwas Holzigem darunter. Ungewöhnlich für eine Frau, doch im Gegensatz zu den weiblichen Parfüms, die ich bisher kennengelernt habe, empfinde ich ihr Aroma als extrem sinnlich.

Wie es wohl direkt auf ihrer Haut riecht?

Nun, ich werde es beizeiten mit größtem Vergnügen herausfinden.

Und welch ein Vorteil für meinen Plan. Nicht auszudenken, wenn sie mich total abgetörnt hätte.

Am Ende des Astor Place schwenkt sie nach links auf den Broadway und drei Blocks weiter wieder nach rechts. Am Ende der West 4th Street überquert sie die Straße und kauft sich an einem der Verkaufswagen vor der *NYU Stern School of Business* einen Kaffee.

Ich bleibe zurück und lehne mich in den Eingang eines leer stehenden Geschäfts. Beobachte sie, wie sie die wenigen Stufen hinaufeilt und die Gould Plaza überquert.

Sie ist noch nicht durch den Haupteingang des Universitätsgebäudes verschwunden, da schwenkt mein Blick zu dem anderen Verkaufswagen.

Natürlich ist er da. Hält in der einen Hand einen Becher Kaffee, in der anderen einen glasierten Donut. Und wie jeden Morgen beobachtet auch er die hübsche Studentin.

In meinem Magen breitet sich das bekannte flaue Gefühl aus.

Wer ist der Kerl?

Er wirkt wie ein Südeuropäer, vielleicht sogar Italiener, etwa Ende dreißig. Das typische dunkle, nach hinten gegelte Haar, der etwas dunklere Teint sowie gewisse Gesichtszüge verleiten mich zu dieser Vermutung.

Außerdem hat er heute etwas extrem Verschlagenes an sich, das ich schlecht einordnen kann, vom Bauchgefühl her aber mit der Mafia in Verbindung bringe. Und das hat sich bisher nur selten geirrt, dafür hat all das gesorgt, was ich in der internationalen Spezialeinheit gelernt und erlebt habe.

Moment – wenn der Typ ein Mafioso ist, was bedeutet das für meine Ziele?

Ich habe keinen Bock darauf, dass dieser Wichser mir dazwischenfunkt.

Die Mafiaprinzessin gehört mir.

Verärgert kneife ich die Augen zusammen, stoße mich von der Wand ab und überquere die Straße, um mir an dem Verkaufswagen einen weiteren Kaffee zu kaufen.

Dabei behalte ich ihn über den gebeugten Rücken des Verkäufers hinweg im Auge, ziehe einen Geldschein aus meiner Hosentasche. Wie er das restliche Gebäck in seinen Mund stopft und den Becher leert, hat etwas Wütendes an sich. Dann holt er das Smartphone heraus, entsperrt das Display und starrt eine Weile darauf.

Der Verkäufer wendet sich mir zu. »Hier, bitte, Mister. Ihr Kaffee.«

Ich reiche ihm das Geld und beuge mich nach links, um den Blickkontakt zu halten. »Danke, stimmt so.«

»Vielen Dank.«

Ich nehme den Becher entgegen und trete zur Seite, um dem nächsten Kunden Platz zu machen. Lehne mich ein paar Schritte weiter gegen die Mauer des Vorplatzes und gebe vor, ebenfalls mit meinem Telefon beschäftigt zu sein. Die perfekte Tarnung, denn mit meinen siebenundzwanzig Jahren falle ich auf dem offenen Campus der *NYU* kaum auf.

Vorsichtig nippe ich an meinem Kaffee und kann gerade noch verhindern, angewidert das Gesicht zu verziehen.

Was für ein Scheißzeug.

Aus dem Augenwinkel beobachte ich den Stalker, den ich bereits bei Allegras dritter Observierung vor ein paar Wochen entdeckt habe und seitdem im Auge behalte.

Ja, heute wirkt er zweifellos nervös.

In meinem Kopf schrillt eine Alarmsirene.

Was hat er vor?

Da schaut er auf die Uhr, steckt das Telefon wieder ein und trinkt den Becher aus. Wirft ihn in den Mülleimer des Verkaufsstands und läuft die Straße hinauf, Richtung Broadway.

Ich sehe ihm nach, bis er aus meinem Blickfeld verschwindet. Obwohl ich ihn längst ausspioniert habe und weiß, dass er nun zur Arbeit fährt, bleibt das miese Gefühl.

Keine Ahnung, wie er mit Allegra verbunden ist, aber er hat es definitiv auf sie abgesehen, alle anderen Studentinnen sind ihm egal.

Womit ich zu der Idee mit der Mafia zurückkehre.

Vielleicht arbeitet er für einen anderen New Yorker

Clan. Leute, die ebenfalls eine Rechnung mit den Cociarellis offen haben.

Weswegen ich mir vornehme, heute Nachmittag umso aufmerksamer zu sein.

Ich warte noch einige Minuten, ob er unverhofft zurückkehrt, und überquere schließlich die Straße. Werfe den fast vollen Becher in den nächsten Mülleimer und vergrabe die Hände in den Taschen meiner Lederjacke. Zwei Blocks weiter erreiche ich mein Motorrad, schwinge mich darauf und fahre zum Boxtraining.

Ich powere mich aus, angestachelt von Erinnerungen und meinem inneren Mantra, das mich durch die letzten Jahre begleitet hat.

Mein Onkel Adair, der Bruder meines Vaters, hat mich zu diesem Sport gebracht. Um meine Aggressionen abzubauen, mit dem Schmerz klarzukommen. Und weil er verstanden hat, warum ich kein schmächtiger, feiger Student mehr sein wollte, sondern endlich ein Mann, der für seine Familie kämpft und einsteht.

Nur ihm habe ich von meinem Durst nach Rache erzählt und er hat mir geholfen, einen detaillierten Plan zu erstellen. Angefangen von meiner Verpflichtung beim irischen Geheimdienst, über den ich zu der Spezialeinheit gestoßen bin, sowie der eigentlichen Berufswahl im Anschluss. Über Informationsbeschaffung bis hin zu meiner Rückkehr nach New York.

Außerdem waren er und Tante Orla mein einziger Zufluchtsort, ein Zuhause. Ich habe ihnen verdammt viel zu verdanken.

Die Erinnerung an den Abschied auf dem Flughafen von Dublin taucht in meinem Kopf auf, doch ich verdränge sie.

Ich kann jetzt keine Sentimentalitäten gebrauchen.

Nach dem Training fahre ich nach Little Italy, stelle die

Harley in sicherer Entfernung ab und schlendere schließlich in eine unscheinbare Straße voller kleiner Geschäfte und schlichter Lokale.

Eines davon dient meinen anderen beiden Zielobjekten als Treffpunkt, jeden Tag zum Lunch. Bei gutem Wetter sitzen Fabio Pugliesi und Aldo Rizzo an einem der Tische auf dem Gehweg und palavern über Gott und die Welt. Wenn es allerdings um die Familie geht, senken sie die Stimmen und wechseln zu ihrer zweiten Muttersprache, so wie vermutlich das gesamte Fußvolk der fünf Mafia-Clans von New York.

Wegen der akribischen Recherche im Vorfeld war es verdammt leicht, den beiden Mördern meiner Mutter vor ein paar Wochen aufzulauern und ihnen Peilsender sowie Wanzen zu verpassen. Doch inzwischen ist es fast zu einem Ritual geworden, mir ihre Visagen mindestens einmal pro Tag anzusehen, sie zu studieren.

Diesmal verstecke ich mich in der kleinen Konditorei schräg gegenüber. Sitze wie einige andere Männer mit Kaffee, Gebäck sowie Tageszeitung an einem Fenstertisch und belausche sie über mein Smartphone und die Earbuds.

Der ständige Wechsel zwischen Englisch und Italienisch ist nervig, aber kein Problem, schließlich habe ich im Rahmen meiner Zeit bei der Spezialeinheit einige Fremdsprachen erlernt. Außerdem geht es heute anscheinend nur um Belanglosigkeiten und ich beschließe schon, abzuhauen.

Da äußert Rizzo in einem Nebensatz, dass er sich krank fühlt und am Wochenende zu Hause bleiben will. So angeschlagen und unkonzentriert sei er höchstens ein Sicherheitsproblem für den Capo.

Auf meinem Gesicht breitet sich ein Lächeln aus.

Besten Dank für diese willkommene Vorlage.

Ich trinke den Kaffee aus, bringe mein Geschirr zur

Theke und verabschiede mich. Verlasse das Lokal und spaziere zurück zu meinem Motorrad.

Fahre zufrieden in die Bronx, stelle die Maschine an der gewohnten Stelle ab und schaue hoch.

Seitdem ich wieder in New York bin, bewohne ich das dritte Schlafzimmer der Bude im ersten Stock. Dominic und sein jüngerer Bruder Matthew haben mich erst einmal bei sich aufgenommen und ich bin verdammt dankbar dafür.

Vor allem, dass Dom nach all den Jahren noch immer mein bester Freund ist.

Ich steige die Außentreppe hinauf, betrete die stille Wohnung und setze mich in meinem Zimmer vor den Laptop.

Wie jeden Tag gehe ich die Fotos und Informationen durch, die ich in den letzten Wochen von Allegra gesammelt habe. Ich weiß, wo sie wohnt, und zwar zusammen mit ihrer besten Freundin Scarlett. Kenne die meisten ihrer Gewohnheiten, ein paar ihrer Freunde und Kommilitonen. Anscheinend hat sie weder einen festen Freund noch irgendwelche Bettgeschichten in dieser Zeit, konzentriert sich auf ihr Studium.

Dafür hätte ich nicht einmal ihr Smartphone hacken und tracken müssen, aber es war einfach, ihr verkleidet und unauffällig nahe genug zu kommen. Außerdem kann ich auf diese Weise jederzeit verfolgen, wo sie ist. Das erleichtert die Observation und erspart mir unnötiges Herumlungern, wodurch sie mich unweigerlich bemerken würde.

Tja, wie auch immer – es wird Zeit für den nächsten Schritt.

Dafür brauche ich einen Vorwand oder ein Ereignis, um in ihr Leben zu treten, doch mir fehlt die zündende Idee. Weshalb ich mich schließlich aufs Bett werfe und zu dem Thriller greife, den ich gerade lese. Ich brauche dringend Ablenkung.

Am Nachmittag steige ich frühzeitig auf die alte Harley, die mein Vater mir zum achtzehnten Geburtstag geschenkt und die Dominic zusammen mit ein paar anderen Dingen für mich eingelagert hat. Mache mich auf den Weg zum Campus, parke das Motorrad und schlendere zu meinem Ziel.

Diesmal warte ich gegenüber der *Steinhardt School of Culture, Education and Human Development*, die gleich neben der *Stern* liegt. Lässig an den Eisenzaun gelehnt, der den Washington Square Park umgibt, belauere ich die Eingänge der beiden Gebäudeseiten.

Wie immer wimmelt es hier vor Studierenden und anderweitigen Personen. Hinzu kommen die Handwerker und Bauarbeiter, die rund um das eingerüstete Universitätsgebäude links von mir beschäftigt sind, hauptsächlich ab der ersten Etage aufwärts. Außerdem ist dort die Seite zum Washington Place unter dem Gerüst gesperrt und davor steht ein Schuttcontainer, sodass die Fußgänger zum Teil einfach auf die Straße ausweichen.

Unerwartet breitet sich bei dem Gewimmel Unruhe in mir aus und ich runzle misstrauisch die Stirn.

Bis jetzt war es kein Problem, die Mafiaprinzessin im Auge zu behalten, aber seit heute Morgen …

Eine Bewegung unter dem Gerüst zieht meine Aufmerksamkeit auf sich und mein Kopf zuckt herum.

Fuck, dieser Stalker ist wieder da. Drückt sich zwischen Gerüstträger und den Container.

Was, zum Teufel, macht er hier?

Mein mieses Bauchgefühl wird stärker, das kann kein gutes Zeichen sein.

Anhand der Reaktion auf seinem Gesicht bemerke ich, dass Allegra aufgetaucht sein muss, und schaue hinüber.

Da ist sie, noch ins Gespräch mit Kommilitonen vertieft. Sie lachen, reden und trennen sich schließlich.

Die Mafiaprinzessin überquert den Washington Place, wie sie es oft tut, um an der *Grey Art Gallery* am Ende des nächsten Blocks vorbeizuschlendern. Danach läuft sie jedes Mal den Waverly Place entlang zu der Subway-Station an der Lafayette Street und fährt von dort aus zu ihrer Wohnung in Little Italy.

Ich richte mich auf, gehe auf die T-Kreuzung zu.

Zwei Schritte weiter taucht sie in den Schatten des Baugerüstes ein.

Unvermittelt erscheint der Stalker hinter dem Container, packt Allegras Arm und zerrt sie in den abgesperrten Bereich unter dem Gerüst. Raus aus dem Licht sowie meinem Blickfeld.

Ich renne los, direkt vor der Motorhaube eines Fahrzeugs, das mich anhupt, und höre die Angst in ihrer Stimme.

»Hey, was soll denn das? Lass mich los, du Arsch!«

»Halt die Klappe, dann geschieht dir nichts.«

Die Kälte in seiner Stimme jagt mir eine Gänsehaut die Arme hinauf, doch sie sorgt auch dafür, dass ich auf Automatik umschalte.

Als ich näherkomme, sehe ich, wie er Allegra in eine Mauernische drängt und an ihrem Hals etwas aufblitzt.

Fuck!

»Hey, Arschloch!«

Sein Kopf fährt zu mir herum und ich strecke den Arm aus, verlangsame meinen Schritt. »Lass sie gehen.«

»Verpiss dich, das geht dich nichts an.«

Ich schmunzle, deute ein Kopfschütteln an. »Sorry, Mann, aber wenn du eine wehrlose Frau bedrohst, geht es mich sehr wohl etwas an.«

Mit einem schnellen Blick vergewissere ich mich, dass

sie okay ist, und konzentriere mich wieder auf ihren Angreifer.

Seine Augen zucken von einer Seite zur anderen und sein Adamsapfel hüpft.

Er hat wohl nicht mit einer Störung gerechnet.

Nur noch drei Schritte trennen uns.

Da nimmt er das Messer von ihrem Hals, fuchtelt damit vor meiner Nase herum und öffnet den Mund.

Was ich sofort für meinen Angriff nutze.

Mit der Rechten schlage ich seine Hand mit dem Messer zur Seite, weg von seinem Opfer, und greife gleichzeitig zu. Zerre ihn mit einem kräftigen Ruck zu mir heran.

Noch während er Allegra mitreißt und loslässt, drehe ich mich zur Seite. Packe mit der anderen Hand seinen Unterarm, ziehe das Knie hoch und schmettere sein Handgelenk darauf.

Er schreit auf und das Messer fällt klirrend zu Boden.

Blitzschnell lasse ich seinen Unterarm wieder los, wende ihm den Rücken zu und versetze ihm mit dem linken Ellbogen einen kräftigen Schlag ins Gesicht.

Es knirscht spürbar und er jault auf.

Dadurch ist er so weit außer Gefecht gesetzt, dass ich ihn zu Boden werfen kann. Den verletzten Arm zerre ich ihm auf den Rücken, knie mich zusätzlich darauf und schaue Allegra an.

Sie rappelt sich auf, setzt sich auf die Fersen und wirkt unverletzt.

»Alles okay?«

Die Hand an der Kehle starrt sie mich mit weit aufgerissenen Augen an, nickt.

»Gut, dann rufen Sie bitte die Polizei.«

Kapitel 4

Allegra

»Okay, Ms. Cociarelli, dann bekomme ich hier noch eine Unterschrift, um Ihre Aussage zu bestätigen.«

Ein letztes Mal überfliege ich den Text, ergreife den Stift, den mir die Polizistin hinhält, und unterschreibe auf der vorgesehenen Linie.

»Danke.« Sie dreht das Klemmbrett zu sich um und nimmt es auf.

»Und … wie geht es jetzt weiter?« Ich packe die Seiten meines Shirtcardigans und schlage sie vor meiner Brust übereinander, schiebe die Hände unter meine Arme.

»Keine Angst, Sie müssen Mr. Cortez vorläufig nicht begegnen, er wird direkt dem Haftrichter vorgeführt.«

Mich schaudert es. »Vorläufig?«

»Da er bei uns bereits bekannt ist und Mr. Walsh ihn auf frischer Tat ertappt hat, wandert er jetzt erst einmal ins Gefängnis. So schnell werden sie ihm nicht mehr über den Weg laufen.«

Ich verziehe das Gesicht.

Der Gedanke, dass er mir irgendwann erneut auflauert, ist gruselig. Dad muss herausfinden, was dahintersteckt.

Doch erst habe ich etwas anderes zu tun. »Ist Mr. Walsh noch da? Ich würde mich gern bei ihm bedanken.«

Die Polizistin nickt. »So viel ich weiß, sitzt er im Wartebereich.«

Sie steht auf und geht zur Tür, ich folge ihr hinaus. Auf dem Flur verabschieden wir uns mit Handschlag und ich laufe Richtung Ausgang. Vorbei an dem Tresen und in den Wartebereich davor.

Und tatsächlich, da sitzt er, nach vorn gebeugt, die Ellbogen auf die gespreizten Schenkel gestützt und die Hände zwischen den Knien gefaltet.

Sofort schnellt mein Puls in die Höhe und in meinen Beinen kriecht die unwillkommene Schwäche hoch.

Wie gesagt – eigentlich halte ich mich für eine starke Frau, schließlich weiß ich, was ich will und gehe meinen Weg. Ich mache auch den Mund auf, wenn mir etwas nicht passt, und habe meistens eine ziemlich große Klappe.

Aber sobald ich Männern wie ihm gegenüberstehe, höllisch attraktiv und selbstbewusst, vergesse ich all das. Und wenn ich dann auch noch den ersten Schritt machen, sie ansprechen soll … Fuck, wie ich es hasse!

Trotzdem atme ich auf dem Weg tief durch, bleibe vor ihm stehen und straffe die Schultern. »Mr. Walsh?«

Er hebt den Kopf, lächelt leicht und steht auf. »Hey. Alles erledigt?«

Ich nicke, beiße mir auf die Lippe und hebe den Blick, da er mich um mehr als einen Kopf überragt. »Ich wollte mich bei Ihnen bedanken, für Ihre Hilfe.«

»Ach was, das hätte jeder getan.«

»Wohl kaum. Also, ganz herzlichen Dank dafür, Mr. Walsh.« Schnell strecke ich ihm die Hand entgegen, bevor ich es mir anders überlege.

»Mr. Walsh? Ich bitte dich! Ich bin Nolan.« Er ergreift meine Hand, zögert eine Sekunde und schüttelt sie.

Verwirrt starre ich auf unsere Hände und spüre dem seltsamen Kribbeln nach, das von da aus meinen Arm hoch wandert. Doch im nächsten Moment rufe ich mich zur Vernunft und sehe ihn an. »Allegra. Allegra Cociarelli.«

»Hi, Allegra.« Ein sexy Grinsen zieht seine Mundwinkel in die Höhe und in seinen graublauen Augen blitzt es auf.

»Hi.« Verlegen löse ich meine Hand aus seiner, schiebe beide in die Gesäßtaschen meiner Jeans. Räuspere mich und gebe mir innerlich einen Schubs. »Also, ich ... dürfte ich dich vielleicht auf einen Kaffee einladen oder –«

»Allegra, *per carità*!«, erklingt da eine männliche Stimme.

Ich zucke zusammen, fahre herum.

Muss er ausgerechnet *jetzt* hier auftauchen?

»Dad!«

Direkt vor mir bleibt er stehen, reißt mich in seine Arme und drückt mich an sich. Über seine Schulter hinweg entdecke ich Terence, der mir zunickt.

»Wie geht es dir, meine Kleine? Alles in Ordnung? Geht es dir gut?« Er schiebt mich von sich, hält meine Oberarme fest und betrachtet mich eingehend.

»Ja, Dad. Aber nur dank meines Retters.« Ich deute mit dem Kopf auf Nolan.

Endlich lässt mein Vater mich los und ergreift Nolans Hand. »Pascuale Cociarelli, ich bin Allegras Vater.«

»Nolan Walsh, guten Tag.«

»Was genau ist passiert?« Dad schaut von ihm zu mir.

»Da war dieser Typ, der mich ohne Vorwarnung vom Gehweg unter das Baustellengerüst gezerrt und mir ein Messer an den Hals gehalten hat. Und dann ist auch schon Mr. Walsh aufgetaucht, hat ihn abgelenkt, entwaffnet und überwältigt. Das hat höchstens eine Minute gedauert.«

»Klingt, als wären Sie geübt darin.«

Nolan zuckt mit den Schultern. »In gewisser Weise.«

»Wissen Sie was? Kommen Sie morgen zum Lunch, ich

will alles darüber wissen.«

»Oh nein, das ist nicht nötig. Ihre Tochter wollte mich ja bereits –«

»Keine Widerrede.« Mein Vater wendet sich seinem Assistenten zu. »Terence? Notiere dir seine Telefonnummer und E-Mail-Adresse, dann kannst du ihm alles Weitere zuschicken.«

Noch einmal schüttelt er Nolan die Hand, ergreift meinen Arm. »Wir sehen uns morgen, Mr. Walsh.«

Damit führt er mich hinaus, wie immer in Eile, und ich kann Nolan nur einen schnellen, entschuldigenden Blick zuwerfen.

Dad manövriert mich nach draußen und zu seinem wartenden Wagen, schiebt mich auf die Rückbank und rutscht nach. Wo der Capo die Oberhand übernimmt. »Was war das für ein Kerl, der dich überfallen hat?«

Ich seufze und warte auf Terence, der gleich hinter uns einsteigt. Sobald er auf der Bank gegenüber sitzt, beschreibe ich den Angreifer.

»Wie heißt er?«

»Silvio Cortez.«

»Ein Latino?«

»Keine Ahnung.«

Mein Vater wendet sich an Terence. »Finde heraus, wer das ist. Und ich will wissen, ob es eine Verbindung zu Mr. Walsh gibt.«

»Wird erledigt.«

»Was soll das, Dad? Nolan hat mich gerettet.«

»Er kann das Ganze auch inszeniert haben. Um an dich heranzukommen.«

Die Erinnerung, wie Nolan am Washington Square Park auf sein Motorrad steigt, blitzt in meinem Kopf auf.

Das war gestern Nachmittag. Und morgens …

»Cortez ist mir gestern früh schon aufgefallen, vor der

Stern, und ich habe gedacht, du hast einen deiner Schatten auf mich angesetzt.«

Er schaut mich an, die Augen leicht zusammengekniffen. »Das würde ich niemals tun.«

Ich hebe eine Braue. »Sicher?«

»Ja, meine Kleine. So schwer es mir fällt, ich respektiere deine Wünsche.«

»Hm.« Skeptisch verschränke ich die Arme vor der Brust und er lacht auf, fährt sich durch die halb ergrauten, dunklen Locken.

Dann weist er seinen Chauffeur an, zu meiner Adresse zu fahren, und lässt die Trennscheibe hochgleiten. »Ich hoffe sehr, dass der Kerl von keiner anderen Familie oder einer anderen Gruppierung auf dich angesetzt wurde.«

Ein mulmiges Gefühl breitet sich in meinem Magen aus. »Geht mir genauso.«

»Deshalb würde ich dir gern –«

»Vergiss es.«

»Aber Allegra …«

»Nein.« Ich funkle ihn wütend an.

Er zögert, nickt schließlich. »Aber eines sag ich dir, da ist das letzte Wort noch nicht gesprochen.«

Ich öffne den Mund, doch er hebt nur die Hand. Sein unmissverständliches Zeichen, zu schweigen.

Wütend klappe ich ihn wieder zu und starre aus dem verdunkelten Fenster hinaus auf die Straße.

Jesus, ich weiß, welche Schwierigkeiten seine Position auch für mich bewirkt, aber die Art, wie er mich behandelt, bringt mich regelmäßig auf die Palme.

Weil ich mich machtlos fühle, ausgeliefert.

Dabei will ich nur mein eigenes Leben leben, ist das denn so schwer zu verstehen?

Wärst du mal nach Europa verschwunden, so wie deine Schwestern.

Nein, das Auslandsjahr vor dem Studium hat mir gereicht. New York ist meine Heimat.

Ich schweige und ignoriere das geschäftliche Gespräch zwischen Dad und seinem Assistenten. Steige wortlos aus, sobald der Wagen in der Elizabeth Street hält, und werfe die Tür mit Wucht hinter mir ins Schloss.

Dann marschiere ich zum Hauseingang und hinauf in unsere Wohnung.

Scarlett ist nicht da, weswegen ich die Zeit nutze und unter die Dusche steige. Der Drang, die Berührung dieses Irren abzuwaschen, ist einfach zu mächtig.

Sogleich sehe ich ihn wieder vor mir, sein verzerrtes Gesicht und den seltsamen Blick. Spüre seinen Atem, rieche die ekelhafte Mischung aus Knoblauch und Minze.

Was auch die beschissene Fassungslosigkeit auslöst, die mich in jenem Moment gelähmt hat.

Gequält schließe ich die Augen und versuche, die Erinnerungen mit dem heißen Wasserstrahl zu vertreiben. Beschwöre stattdessen Nolans Gesicht herauf.

Das Lächeln, die wunderschönen Lippen, das kupferfarbene Schimmern in seinem Haar. Oh, fuck, und diese Augen!

Bei der Erinnerung kehrt das seltsame Kribbeln zurück und breitet sich in meinem Körper aus. Oder habe ich es mir vorhin nur eingebildet?

Ja, vermutlich war ich wegen des Überfalls total aufgewühlt. Anders kann ich mir nicht erklären, dass er mit einer Berührung Empfindungen geweckt hat, die ich nur von intimen Momenten kenne.

Ich verlasse die Dusche, schlinge mir ein Handtuch um den Kopf und trockne mich ab. Schlüpfe in bequeme Klamotten und schlurfe in die Küche, um mir eine heiße Schokolade zu kochen. Ich brauche jetzt dringend ein paar Glückshormone.

Kaum steht der Topf mit der Milch auf dem Herd, öffnet sich die Wohnungstür und Scarlett kommt herein. »Hey, Süße!«

Über die Schulter hinweg werfe ich ihr ein Lächeln zu. »Hallo, Scar. Magst du auch eine Schokolade?«

Sie seufzt und lässt ihre Tasche an der Garderobe zu Boden fallen. »Oh ja! Genau das, was ich jetzt brauche.«

»Kein Problem.« Ich hole die Milch aus dem Kühlschrank, fülle die Menge im Topf auf und stelle die Flasche zurück. »Harter Tag?«

»Ach, heute ist irgendwie alles schiefgelaufen.«

Ich höre, dass sie einen Stuhl unter unserem kleinen Esstisch hervorzieht und sich darauf plumpsen lässt.

»Willkommen im Club. Was ist passiert?«

»Nur so blöde Kleinigkeiten.« Sie zählt diverse Missgeschicke und Peinlichkeiten auf. »Und was war es bei dir?«

Ich zucke mit den Schultern und rühre Backkakao mit einem Schneebesen in die Milch. »Ein kleiner Überfall?«

»Haha, sehr witzig.«

»Über so etwas mache ich keine Witze.«

»Aber … dein *Ernst*? Was war denn los?«

Während die Milch wärmer wird, erzähle ich ihr von dem Vorfall. Füge unter ständigem Rühren etwas Zucker hinzu und gieße die Schokolade schließlich in zwei Tassen.

»Kanntest du den Kerl?«

»Den Angreifer? Nein.« Ich geselle mich zu ihr, stelle ihr eine Tasse hin und setze mich mit meiner auf den Platz gegenüber.

»Und dein Retter?«

Ich nippe an dem heißen, herbsüßen Getränk und seufze voller Genuss auf. Dann schaue ich sie an und lächle schief. »Das war der Typ mit dem grünen Motorrad, der mir gestern aufgefallen ist.«

»Wie bitte?« Sie reißt Augen und Mund auf, hält mit der Tasse kurz vor den Lippen inne und starrt mich verblüfft an.

»Wahnsinn, oder?«

»Warum war er dort? Ist er ein Student?«

»Keine Ahnung, ich hatte keine Gelegenheit, ihn danach zu fragen. Aber wie ich gestern schon meinte, für einen Studenten scheint er mir ein wenig zu alt.«

»Vielleicht war er beim Militär und fängt erst jetzt damit an.«

»Das würde zumindest erklären, warum er diesen Mistkerl so mühelos überwältigen konnte.«

»Ich hoffe, du weißt seinen Namen. Oder hast dir seine Telefonnummer geben lassen.«

»Er heißt Nolan Walsh. Und gerade als ich ihn zum Dank auf einen Kaffee einladen wollte, kam mein Vater daher. Die Telefonnummer hat Terence jetzt.«

»Was? Warum?«

»Dad hat ihn für morgen zum Lunch eingeladen.«

Meine Freundin verdreht die Augen. »Dass er sich aber auch überall einmischen muss.«

»Ich weiß.« Vorsichtig nehme ich einen weiteren Schluck von der Schokolade.

»Aber das heißt, ihr seht euch morgen wieder. Dann kannst du ihn ja immer noch einladen. Und dir seine Telefonnummer sichern.«

Als ich aufsehe, wackelt sie vielsagend mit den Augenbrauen.

»Ach, ich weiß nicht. Ich will mich ihm nicht aufdrängen.«

»Hey! Du hast gesagt, er gefällt dir. Also nutz die Chance, ihn kennenzulernen.«

»Aber ich will nicht, dass er aus Mitleid –«

»Komm schon, hör auf damit! Selbst wenn, das ist *die*

Gelegenheit. Vielleicht funkt es ja zwischen euch und er lädt dich auf ein Date ein.«

Unwillkürlich wandern meine Gedanken zurück ins Polizeirevier.

»Was sehe ich denn da? Hat es etwa schon gefunkt?« Sie grinst mich an.

»Keine Ahnung, ob ich mir das nur eingebildet habe, aber als wir uns die Hand geschüttelt haben, war da so ein Kribbeln.«

»Hat er es auch gespürt?«

»Woher soll *ich* das wissen?«

»Na, hat er irgendeine Reaktion gezeigt?«

»Nur so ein ganz kurzes Zögern. Hatte bestimmt nichts zu bedeuten.«

»Hm, schade.«

Eine Weile lang trinken wir schweigend.

»Trotzdem kann noch etwas daraus werden, du musst nur herausfinden, ob er Interesse hat.«

Ich lächle. »Du bist unmöglich.«

»Das ist mein Job, als deine beste Freundin.«

»Ach ja? Und wenn ich das bei dir versuche, blockst du ab?«

Sie verzieht das Gesicht, winkt ab. »Bei mir bringt das nichts mehr. Außerdem laufen mir keine heißen Typen über den Weg, die ich anschmachten könnte.«

»Weil du keinen Blick dafür übrig hast.«

»So wie du, normalerweise.«

Ich erwidere ihr Grinsen. »*Touché*!«

*

Nach dem Abendessen verziehe ich mich an meinen Schreibtisch, um zu lernen.

Ja, an einem Freitagabend, ich habe viel Stoff zu

bearbeiten. Außerdem lenkt es mich von dem Überfall ab.

Zumindest für eine gewisse Zeit.

Denn irgendwann wird mir bewusst, dass die Erinnerungen sich immer öfter in meinen Kopf schleichen und wie ein Film vor meinem inneren Auge ablaufen.

Also gebe ich es schließlich auf, klappe Bücher sowie Block zu und schiebe die Unterlagen beiseite. Stattdessen starte ich den Laptop und gebe den Namen des Angreifers in die Suchleiste des Internetbrowsers ein.

Eine Flut von Links füllt meinen Bildschirm, ich wechsle in die Bildansicht.

Nein, das ist zu viel.

Erst nach der Ergänzung »New York« reduziert sich die Auswahl deutlich und ich scrolle hindurch, betrachte die Bilder. Ohne Ergebnis.

Nachdenklich schaue ich aus dem Fenster, vor dem es bereits dunkel ist.

Hoffentlich findet Dad etwas heraus, ich will wissen, was es mit dem Angriff auf sich hat.

Mit einem Seufzen wende ich mich wieder dem Bildschirm zu, lege die Finger auf die Tastatur und tippe den Namen meines Retters ein.

Scrolle mich durch zig Bilder und Seiten, doch auch hier finde ich keine einzige Information.

Wie, zur Hölle, kann das sein?

Warte bis Morgen, da kannst du ihn danach fragen.

Beim Mittagessen mit meinen Eltern? Auf keinen Fall!

Scarletts Bemerkung schleicht sich in meinen Kopf.

Aber das heißt, ihr seht euch morgen wieder. Dann kannst du ihn ja immer noch einladen. Und dir seine Telefonnummer sichern.

Ob ich das wirklich tun sollte?

Ich grüble darauf herum, bis die Stimme in meinem Hinterkopf energischer wird.

Mehr als ein Nein kann dir nicht passieren.

Stimmt, eigentlich kann ich nur gewinnen.

Und wenn er kein Interesse hat, dann hat er eben Pech gehabt.

Ich muss grinsen, meine Laune hebt sich.

Weswegen ich den Computer zuklappe und meine Bücher erneut vor mir ausbreite. Das muss ich dringend fürs Lernen nutzen.

*

Voller Energie, aber unruhig verlasse ich am nächsten Vormittag die Wohnung und marschiere zur Subway-Station. Ich will vor Nolan bei meinen Eltern sein, um in Ruhe mit meinem Vater sprechen zu können.

Apropos Nolan.

Bei dem Gedanken an ihn glüht es in meinem Bauch auf – danke an den heißen Traum heute Morgen – und ich schiebe mir die Earbuds in die Ohren, um mich mit meiner Lieblingsmusik davon abzulenken. Was nur semigut funktioniert, deshalb gehe ich im Kopf meine Notizen von gestern Abend durch.

Vor dem Townhouse angekommen schalte ich die Musik aus und räume die Ohrhörer weg, laufe die Stufen hinauf und tippe meinen Zugangscode ein.

Ein leises Summen ertönt, ich drücke die schwere Sicherheitstür auf und lasse sie hinter mir wieder ins Schloss fallen. Dann trete ich durch die Glastür in den Eingangsbereich und streife mir den Träger meiner Messenger-Bag über den Kopf. »Mom? Dad?«

»Ich bin im Büro!«, ertönt von oben die Stimme meines Vaters.

»Okay.« Ich hänge meine Jacke an die Garderobe, schultere die Tasche und gehe in den ersten Stock, die Etage meiner Eltern. Geradeaus gelange ich durch den

Flur direkt in sein Büro, klopfe an die offenstehende Tür und trete ein.

»Guten Morgen, meine Kleine!« Er erhebt sich von seinem Bürostuhl, kommt mir um den Schreibtisch herum entgegen und begrüßt mich mit einem Wangenkuss, den ich erwidere.

»Bitte, Dad, nenn mich nicht immer so.«

»Aber du bist nun einmal meine Kleine.« Mit einem entschuldigenden Lächeln tritt er zurück.

»Privat ist es ja okay, aber vor anderen Leuten einfach nur peinlich. Deswegen wäre ich dir sehr dankbar, wenn du es sein lassen würdest. Und auch gleich beim Lunch damit anfängst.«

»Wegen Mr. Walsh? Du hast gar nichts davon gesagt, dass du ihn kennst.«

»Tue ich auch nicht, aber du machst das ständig und es nervt. Ich bin dreiundzwanzig.«

Kopfschüttelnd kehrt er an seinen Arbeitsplatz zurück. »Was du immer hast!«

In mir wallt altbekannter Ärger auf. »Nein, Dad, nicht *was ich immer habe*. Ich bitte dich nur, mich wie eine Erwachsene zu behandeln, besonders außerhalb der Familie. Du gibst doch sonst so viel darauf, das Ansehen zu wahren.«

Er mustert mich, bevor er sich hinsetzt und schließlich nickt. »In Ordnung. Ich werde mich bemühen, daran zu denken.«

Ich stoße erleichtert die Luft aus und folge ihm, um mich in den Sessel vor seinem Schreibtisch fallenzulassen. »Gut. Und jetzt erzähl mir, was Terence über dieses Arschloch herausgefunden hat.«

Mein Vater hebt eine Braue, verzieht missbilligend das Gesicht. »Wo bleibt denn deine gute Erziehung?«

»Da-had! Als ob ihr in *la famiglia* auf eure Wortwahl

achten würdet.«

»Du bist kein Teil der *famiglia Lombardi.*«

Ich schnaube verächtlich und verschränke die Arme vor der Brust. »Schön wärs!«

Ein paar Sekunden lang funkeln wir einander an, dann schüttelt er den Kopf. »Lass uns nicht schon wieder streiten.«

»Gute Idee. Also, was wisst ihr über diesen Cortez?«

»Nicht viel, aber anscheinend, gibt es keinerlei Verbindungen zu den anderen vier Clans. Alles andere überprüft Terence noch, aber das wird wohl bis Montag dauern.«

»Hm. Und mein Retter?«

Er faltet die Hände auf dem Tisch und schürzt die Lippen. »*Nessuna cosa*, nicht mal ein Krümel. Sehr auffällig.«

»Wie meinst du das?«

»Er ist wie ein Geist, es gibt keinerlei Informationen über ihn.«

»Vielleicht war er beim Militär. Oder im Ausland.«

»Das gedenke ich nachher herauszufinden.«

»Aber bitte mach kein Verhör daraus, okay?«

»Habe ich das je getan?«

Resigniert verdrehe ich die Augen.

Oh ja, das hat er. Und damit fast jeden Jungen vergrault, den ich während der Highschool mit nach Hause gebracht habe.

Kein Wunder, dass ich gleich danach ausgezogen bin, oder?

Kapitel 5

Nolan

»Du hast dich ja ganz schön in Schale geworfen.« Dominic lehnt mit dem Hintern an der Arbeitsfläche, in der Hand eine Tasse.

Auf dem Weg zum Küchentisch steigt mir Kaffeeduft in die Nase und ich werfe ihm einen Blick zu.

Er mustert mich von unten bis oben. »Willst du etwa Eindruck schinden?«

»Natürlich.« Ich nehme die Lederjacke von der Stuhllehne, ziehe sie an und zupfe an den Manschetten die Hemdsärmel darunter glatt. »Wenn der Capo mich schon zu sich nach Hause einlädt …«

»Pass bloß auf dich auf.«

»Das heute ist vollkommen harmlos.«

»Du wirst versuchen, dort herumzuschnüffeln.«

»Vielleicht.«

»Oder ihm Informationen zu entlocken.«

»Keine Angst, ich weiß, was ich tue.« Ich richte den Hemdkragen, schließe den Reißverschluss der Jacke. »Was steht bei dir heute auf dem Plan?«

Mein bester Freund zuckt mit den Schultern. »Security

im *Ginger.* Wir treffen uns vorher im Clubhaus.«

Ich unterdrücke das brennende Gefühl, das jeder Gedanke an die Gang in meinem Magen auslöst. Taste meine Taschen nach Brieftasche, Smartphone sowie Schlüsseln ab, fische Letzteres heraus. »Wir sehen uns.«

»Bis dann.«

Ich schnappe mir den Helm vom Tisch, verlasse unsere Bude und steige die Außentreppe zum Parkplatz neben dem Haus hinab. Schwinge mich auf den Sitz, starte die Maschine und setze den Helm auf. Dann kippe ich die Harley ein wenig zur Seite, kicke den Ständer hoch und rolle auf die Straße.

Auf dem Weg nach Gramercy Park lasse ich die gestrigen Ereignisse noch einmal an meinem inneren Auge vorbeiziehen.

Das mit dem Angriff und der Rettung war zwar eine glückliche Fügung, aber es kam unerwartet. Nichts hat darauf hingewiesen, dass dieser Cortez eine solche Aktion starten würde. Oder besser gesagt, ich habe einiges übersehen. Zum Beispiel die Anzeigen wegen tendenziell gleicher Handlungen, die ihm nie bewiesen werden konnten. Belästigung, Stalking, Übergriffe.

Okay, ich konnte dazu beitragen, ihn endlich ins Gefängnis zu bringen.

Trotzdem rumoren Zweifel in meinem Bauch, dass die Angelegenheit damit erledigt ist.

Sobald Allegra sich ein paar Schritte entfernt hat, um die Polizei zu rufen, habe ich ihn aufgefordert, mir die Wahrheit zu sagen. Über sein wahres Motiv, mögliche Hinterleute oder einen Auftraggeber. Doch weder das Reißen an seinem Haar noch der schmerzhafte Griff hinter sein Schlüsselbein haben ihn dazu gebracht, den Mund aufzumachen.

Mein Bauchgefühl sagt mir, dass mehr dahintersteckt,

und das passt mir gerade überhaupt nicht in den Kram. Wäre ja noch schöner, wenn mir irgendeine Mafiafehde dazwischenfunkt.

Deswegen habe ich abends ein paar Stunden damit verbracht, tiefer zu graben, doch ohne konkrete Anhaltspunkte musste ich frustriert aufgeben.

Eventuell gelingt es mir stattdessen, bei diesem Lunch an Informationen zu kommen. Für die Vorbereitung habe ich mir sogar die halbe Nacht um die Ohren geschlagen.

Hinter dem Stuyvesant Square Park biege ich in die East 15th Street ab und fahre so langsam, wie es der Verkehr zulässt, um die Hausnummer 135 zu suchen.

Kurz davor endet eine Reihe von Abstellplätzen eines Bike-Sharing-Anbieters und ich nutze die Lücke bis zum dahinter geparkten Wagen, um mein Motorrad hinein zu stellen.

Dieser Straßenabschnitt wirkt ruhig, trotzdem mustere ich unauffällig die Gegend, während ich meinen Helm in einer der beiden Gepäcktaschen verstaue. Natürlich entdecke ich die dunkle Chrysler-Limousine, die schräg gegenüber parkt und aus deren halb geöffneten Seitenfenstern Zigarettenrauch aufsteigt.

Wenig überraschend, dass ein Capo wie Pascuale Cociarelli auch privat bewacht wird. Allerdings hätte ich mit einem besser abgeschotteten Haus gerechnet.

Ich richte mich auf, öffne die Lederjacke und lasse den Schlüssel in die Innentasche gleiten. Dann ziehe ich das Smartphone heraus, aktiviere eine spezielle App und schiebe es in meine Gesäßtasche. Betrachte kurz das viergeschossige Townhouse mit roten Klinkern und schwarzen Sprossenfenstern.

Mal sehen, was sich hinter der unscheinbaren Fassade verbirgt.

Das schmiedeeiserne Tor am Fuß der Treppe steht

offen, folglich steige ich die Stufen zu der schwarzen Doppeltür hinauf. Erfasse mit einem Blick das Hochsicherheitsschließsystem mit Zahlenfeld sowie Kamera und drücke auf den Klingelknopf.

Das rote Lämpchen neben der Videokamera leuchtet auf und eine resolute weibliche Stimme meldet sich. »Sie wünschen?«

»Guten Tag, mein Name ist Walsh. Mr. Cociarelli erwartet mich zum Essen.«

Die LED erlischt und kurz darauf wird die Tür geöffnet.

Eine kurvige Grauhaarige in Stoffhose und Hemdbluse tritt zur Seite, deutet lächelnd in den Eingangsbereich hinter sich. »Guten Tag, Mr. Walsh, kommen Sie bitte herein.«

»Danke.« Ich durchquere den Vorraum sowie die offene Glastür und warte, dass die Hausangestellte mir folgt. Rechts öffnet sich ein Durchgang zu einer Art Aufenthaltsraum oder Bibliothek, mit modernen Regalen voller verschiedener Bücher zu beiden Seiten des offenen Kamins, und davor gruppieren sich je zwei Sofas und Sessel um einen Tisch.

»Darf ich Ihnen die Jacke abnehmen?«

»Oh, natürlich, tut mir leid.« Hastig schlüpfe ich aus der Lederjacke und reiche sie ihr.

Sie hängt das schwere Stück über einen Bügel und den an die kleine Garderobe neben der Tür zum Wandschrank. »Bitte, folgen Sie mir ins Wohnzimmer.«

Hinter ihr gehe ich durch den schmalen Flur, vorbei an Treppenhaus und Aufzug links sowie Esszimmer rechts. Geradeaus betritt die Haushälterin besagten Raum, der vom Teppich bis zu Kunstgegenständen wie die Bibliothek in warmen Grau- und Brauntönen eingerichtet ist.

Wenige Schritte weiter bleibt sie stehen und ich folge

ihrem Beispiel. »Mr. Walsh, Sir.«

»Danke, Edith.« Der Herr des Hauses erhebt sich aus einem der beiden schokoladenbraunen, modernen Sessel vor der Fensterfront und kommt mit ausgestreckter Hand auf mich zu. »Mr. Walsh.«

Allegra sowie ihre Mutter sitzen auf der hellgrauen Couch und stehen ebenfalls auf, weshalb ich den Capo entschuldigend anlächle.

»Verzeihen Sie, Sir, die Damen zuerst.« Ich wende mich Emilia Cociarelli zu, um ihre Hand zu schütteln und eine Verbeugung anzudeuten. »Nolan Walsh, guten Tag, Mrs. Cociarelli.«

Die Lady mit dem runden Gesicht und den welligen dunklen Haaren lächelt mich erfreut an. »Herzlich willkommen, Mr. Walsh.«

»Danke.«

Sie legt die andere Hand über unsere. »Und noch einmal meinen herzlichsten Dank dafür, dass Sie Allegra zur Hilfe gekommen sind. Das hätten nur wenige außer Ihnen getan.«

»Für mich war es selbstverständlich.«

»Das ist selten geworden.«

Ich nicke und gehe zwei Schritte weiter, schüttle die Hand ihrer Tochter. Was sich erneut viel zu gut anfühlt. »Hallo, Allegra.«

»Hey, Nolan.« Ihr Lächeln ist verdammt süß und die grauschimmernde Bluse passt farblich hervorragend zu ihren graublauen Augen.

Bleib bei der Sache!

Dann wende ich mich ihrem Vater zu und schüttle seine Hand. »Noch einmal vielen Dank für die Einladung.«

»Ich bitte Sie, das ist ja wohl das Mindeste.« Er klopft mir auf die Schulter. »Was möchten Sie trinken? Einen Aperitif? Oder trinken Sie aus gegebenem Anlass ein Glas

Champagner mit uns?«

»Nein, danke, ich bin mit dem Motorrad da. Aber ein Glas Cranberrysaft wäre toll.«

Er nickt Edith zu und die verlässt das Wohnzimmer, dann deutet er auf den Sessel, in dem er gerade noch gesessen hat. »Bitte, nehmen Sie Platz.«

»Danke.« Ich gehe hinüber und setze mich, genauso wie die Familie.

Allegra zieht ein Bein halb unter ihren Hintern, während ihre Mutter das beigefarbene Kleid hinten glatt streicht, bevor sie sich auf der Couch niederlässt. Ihr Vater nimmt im Sessel neben mir Platz, schlägt die Beine übereinander und dreht ihn in meine Richtung.

Seine Frau räuspert sich. »Mr. Walsh, bitte verzeihen Sie meine Neugier, aber ich möchte alles über Sie erfahren.«

Ich lache leise und lehne mich zurück. »Bitte, fragen Sie nur.«

»Als Erstes Ihr Akzent, der stammt nicht aus dieser Stadt, nicht wahr?«

»Hört man das wirklich so deutlich?«

Sie nickt.

»Ich habe in Dublin studiert und gearbeitet.«

»Warum ausgerechnet dort?«

»Ein Teil meiner Familie stammt aus Irland und ich wollte unbedingt ans *Trinity College*.«

»Ah ja. Nun, man hört sehr viel Gutes über diese Universität.«

Allegra neigt den Kopf zur Seite, betrachtet mich eingehend. »Welchen Abschluss hast du?«

»Master of Computer Science.«

»Echt jetzt?« Ihre Brauen schießen nach oben. »So, wie du den Kerl überwältigt hast, hätte ich eher auf einen militärischen Werdegang getippt.«

Verdammt smart, die Kleine.

Ich lächle, mit meinem Ausscheiden aus dem Geheimdienst habe ich die perfekte Vita erhalten und darauf aufgebaut. »Ich habe mich als Sicherheitsfachkraft sowie Personenschützer ausbilden lassen und nebenher auch in dem Bereich gearbeitet.«

»Und nun sind Sie nach New York gekommen, um hier zu arbeiten? Als IT-Spezialist?«, fragt der Capo.

Ich wende mich ihm zu und nicke. »Ja, vor ein paar Wochen. Allerdings wurde das Unternehmen kurz vorher aufgekauft und an meinem ersten Arbeitstag durfte ich gleich wieder gehen. Umstrukturierung und Konsolidierung.«

Kurz huscht sein Blick zu Allegra. »Das heißt, Sie suchen nach einem neuen Job?«

»Genau.«

»Hattest du Vorstellungsgespräche an der *NYU*? Ich habe dich vorgestern schon am Park gesehen.«

Ach ja? Hat sie das?

Wie gut, dass ich auch darauf vorbereitet bin.

»Nein, aber in einem diagnostischen Labor auf der anderen Seite. Danach bin ich durch den Park geschlendert und weil mir die Atmosphäre des offenen Campus so gut gefällt, bin ich gestern noch einmal hingefahren.«

»Und dabei haben Sie den Überfall auf meine Tochter bemerkt.«

Mit einem Lachen drehe ich mich wieder zu ihrem Vater um. »Ehrlich gesagt ist mir ihre Tasche ins Auge gefallen und die auffällige Musterung hat mich an Irland erinnert. Deswegen bin ich ihr mit den Augen gefolgt und habe den Angriff von Anfang an miterlebt.«

»Dieses unangemessene Ding!« Seine Frau schnaubt.

»Seht ihr?« Allegra breitet die Arme aus. »Nicht nur absolut cool, sondern auch so auffällig, dass sie mein Leben gerettet hat.«

Edith kommt mit einem Tablett in den Raum, verteilt den Champagner an die Familie und reicht mir ein Glas Cranberrysaft, in dem einige Eiswürfel schwimmen.

Dankend nehme ich es entgegen und werfe einen Blick in die Runde.

Wir warten, bis sie das Wohnzimmer wieder verlassen hat, dann hebt Allegras Vater das Glas. »Auf Mr. Walsh und seine mutige Tat.«

»Auf Mr. Walsh.« Allegra und ihre Mutter lächeln.

Ich erwidere es und hebe ebenfalls kurz mein Glas. »Cheers!«

Wir trinken alle einen Schluck, danach löchern sie mich mit Fragen zu meinem bisherigen beruflichen Werdegang.

Zwischendurch wechseln wir ins Esszimmer und genießen ein köstliches Menü mit einer Vorspeise aus gemischten Antipasti und Filetsteak zum Hauptgang, wie ich selten eines gegessen habe.

Die Fragen wenden sich meinem Studium und den Inhalten zu, was mir schließlich Gelegenheit gibt, ein wenig von mir abzulenken und Allegra ins Spiel zu bringen. Ich erfahre, dass sie einen zweifachen Masterabschluss anstrebt, in Wirtschaftspsychologie sowie Medien, Kultur und Kommunikation. Und verstehe endlich, warum sie kaum etwas anderes macht, als zu lernen.

Ihre Eltern loben sichtlich stolz ihre exzellenten Noten und breiten ihre hervorragenden Jobchancen vor mir aus. Allegra jedoch hält sich zurück und lächelt nur höflich.

Was wohl dahintersteckt?

Zum Abschluss serviert Edith Espresso mit Amarettogebäck und das bisher lebhafte Gespräch verebbt langsam.

Weswegen ich mich schließlich räuspere und in die Runde schaue. »Es wird Zeit, zu gehen. Noch einmal danke für die Einladung, das Essen war hervorragend.«

Pascuale Cociarelli nickt. »Gern geschehen. Aber bevor Sie gehen, möchte ich Ihnen noch ein Angebot machen.«

Überrascht schaue ich ihn an, genauso wie seine Familie. »Ein Angebot?«

»Ja. Sehen Sie, ich bekleide eine Position, die mich auf gewisse Weise angreifbar macht. Und so sehr ich versuche, meine Familie da herauszuhalten – manchmal misslingt es.«

Jetzt wird es interessant.

»Sie meinen, der gestrige Angriff sollte *Sie* treffen?«

»Davon gehe ich aus. Meine Tochter hat keine Feinde, ich schon.«

»Dass dieser Kerl Ihre Tochter angegriffen hat, kann Zufall gewesen sein.«

»Die Wahrscheinlichkeit ist eher gering.«

»Warum ausgerechnet jetzt?«

»Um ehrlich zu sein, rechne ich seit Allegras Auszug damit, dass jemand sie als Ziel wählt, um mich zu schädigen.«

Die stöhnt neben mir auf. »Dad, bitte, es reicht jetzt.«

Ich werfe ihr einen fragenden Blick zu, sie verzieht entschuldigend das Gesicht.

Ihr Vater schiebt die Espressotasse beiseite und faltet die Hände auf dem Tisch. »Da stimme ich dir zu, aber auf eine andere Weise, als du denkst.«

Nachdenklich mustere ich seine ernste Miene. »Mr. Cociarelli, warum erzählen Sie mir das? Worauf wollen Sie hinaus?«

Da sieht er mir geradewegs in die Augen. »Ich möchte Ihnen einen Job anbieten, Mr. Walsh. Zumindest, bis Sie eine Anstellung gefunden haben, die Ihren Qualifikationen entspricht.«

Meine Brauen schießen nach oben und in meinem Bauch breitet sich ein aufgeregtes Kribbeln aus.

Sollte ich wirklich die Chance bekommen, ins Innerste

der Familie vordringen zu können? Einfach so?

»Und woran denken Sie genau?«

»Seien Sie Allegras Bodyguard. Sie haben bereits bewiesen, dass Sie meine Tochter beschützen können.«

»Dad!«

Ich ignoriere ihren wütenden Ausruf, erwidere seinen entschlossenen Blick. »Das kommt verdammt überraschend.«

»Ich weiß.« Er schaut zu Allegra hinüber. »Meine Tochter verweigert diesen Schutz, aus Prinzip, aber nach dem gestrigen Tag –«

»Und das mit gutem Grund. Mit so einem Schatten kann ich mich doch kaum noch frei bewegen. Das wäre wie eine Fußfessel.«

»Deswegen ist Mr. Walsh perfekt für diesen Job. Er ist nur ein paar Jahre älter und wir werden ihn als Studierenden an der *NYU* einschleusen. Dort fällt er überhaupt nicht auf und wenn er dann noch deinen Freund spielt –«

»Meinen *Freund*?«

Ich kämpfe gegen das Grinsen an, das an meinen Mundwinkeln zupft, und lehne mich zurück.

»*Einen* Freund, *deinen* Freund, was auch immer. Hauptsache, er kann sich unauffällig in deiner Nähe aufhalten.«

Mit einem Grollen wendet sie sich ihrer Mutter zu. »Sag doch auch mal was.«

Emilia Cociarelli zuckt nur mit den Schultern und lächelt entschuldigend. »Er hat recht.«

Irgendwie tut sie mir ein wenig leid, aber darauf nehme ich garantiert keine Rücksicht. Stattdessen gehe ich es scheinbar professionell an. »Was genau stellen Sie sich vor?«

»Wie gesagt, wir schleusen Sie an der Universität ein.

Sie fahren morgens mit meiner Tochter hin und bleiben bei ihr, bis sie wieder zu Hause ist. Davon abgesehen müssten Sie nur tätig werden, wenn sie zu irgendwelchen Veranstaltungen geht. Was selten genug vorkommt, so viel ich weiß. Und das Apartment werde ich ab sofort überwachen lassen.«

»Was für eine verfickte Scheiße«, murmelt sie und wird umgehend von ihren Eltern ermahnt.

»Sie denken also, dass Ihre Tochter in Gefahr schwebt.«

»Ja. Deswegen wäre ich Ihnen sehr dankbar, wenn wir uns kurzfristig einigen könnten. Und am Geld soll es nicht scheitern, meine Tochter ist mir alles wert.«

»Wenn es für Sie in Ordnung ist, würde ich gern wenigstens eine Nacht darüber schlafen.«

»Natürlich, kein Problem. Mein Assistent macht Ihnen ein Vertragsangebot fertig und steht Ihnen für Rückfragen zur Verfügung, ich werde alles genauestens mit ihm durchgehen. Und wenn Sie einverstanden sind, schicken Sie ihm Ihre Unterlagen zu. Je eher, desto besser.«

»Ich würde eine gewisse Ausrüstung brauchen.«

»Kein Problem, Terence kümmert sich um alles.«

Ich schürze die Lippen und nicke nachdenklich. »Okay, ich lasse es mir durch den Kopf gehen und melde mich.«

»Bestens.«

Wir erheben uns und schütteln einander die Hand. Dann gehe ich um den Tisch herum, um mich bei Mrs. Cociarelli zu verabschieden.

Doch als ich neben Allegra stehen bleibe, ignoriert sie meine ausgestreckte Hand und starrt mich stattdessen herausfordernd an.

Ich hebe die Brauen und warte einen Moment, zucke mit den Schultern und wende mich ab.

Da springt sie auf und stößt den Stuhl zurück. »Warte, ich komme mit raus.«

Mit einem frostigen Blick sieht sie von ihrer Mutter zu ihrem Vater, schiebt den Stuhl unter den Tisch. »Wir sehen uns.« Damit dreht sie sich um und stapft an mir vorbei zur Garderobe, ich folge ihr.

Schweigend ziehen wir unsere Jacken an, sie schultert ihre Messenger-Bag und reißt die Glastür auf.

Schmunzelnd verlasse ich das Haus, schließe beide Türen hinter uns und geselle mich am Fuß der Treppe zu ihr. »Alles okay?«

Sie hebt eine Braue. »Sehe ich so aus?«

Ich grinse. »Nein.«

»Hör zu, ich will nicht, dass du … vielleicht sollten wir …« Allegra stockt, hebt in einer hilflosen Geste die Hände.

»Einen Kaffee trinken gehen? Gute Idee.« Ich bedeute ihr mit dem Kopf, mit mir zu kommen, und gehe zu meiner Maschine. Stecke den Zündschlüssel ein, beuge mich über den Sitz und öffne die andere Gepäcktasche.

Sie bleibt vor mir stehen. »Vorgestern waren da noch keine Taschen.«

Lächelnd richte ich mich auf, halte ihr den zweiten Helm hin. »Ich habe mir gedacht, ich bringe dir mal einen Helm mit.«

Erstaunt nimmt sie ihn entgegen. »Das heißt, du wolltest auf jeden Fall noch einen Kaffee mit mir trinken gehen?«

»Jepp.« Ich schließe den Taschengurt und hole meinen Helm aus dem anderen Versteck.

»Warum?«

»Warum nicht? Du wolltest mich doch gestern auch dazu einladen.«

»Und dann ist mein Vater dazwischengekommen.«

»Sieh es positiv, so sparen wir uns das erste Kennenlernen.« Ich zwinkere ihr zu, setze den Helm auf und schließe den Kinngurt.

Da sie noch immer wie erstarrt dasteht, beuge ich mich ein Stück zu ihr. »Lass uns fahren, sonst taucht dein Vater hier auf und verbietet dir, auf meinem Bike mitzufahren.«

Woraufhin sie die Augen verdreht und den Helm aufsetzt. »Das wüsste ich aber.«

Grinsend starte ich die Maschine.

Kapitel 6
Allegra

Oh, Fuck! Was habe ich mir nur dabei gedacht, auf sein Motorrad zu steigen?

Nolan fährt runter Richtung Lower East Side und ich klammere mich an ihm fest wie ein Groupie an seinem Superstar.

Mit geschlossenen Augen schmiege ich mich an seinen Rücken, die Arme um seine Mitte geschlungen und die Schenkel gegen seine gedrückt. Bei jeder Bewegung spüre ich das Knarzen seiner Jacke, rieche eine Mischung aus Lederpflegemittel und seinem Parfüm. Und das Vibrieren, das aus der Harley durch meinen Schoß und höher steigt, tut sein Übriges, um eine unruhige Erregung in mir auszulösen.

Dieser Mann ist heiß und sexy und hat etwas an sich, das mich in seinen Bann zieht. Wogegen ich anscheinend vollkommen machtlos bin.

Und jetzt soll er mein Bodyguard werden? Ständig in meiner Nähe sein und auch noch meinen Freund spielen? Ich bin komplett am Arsch!

Stimmt!

Die Stimme in meinem Hinterkopf lacht gehässig und beschwört unanständige Bilder in mir herauf. Automatisch spanne ich Bein- und Beckenmuskeln an, reiße mich aber im letzten Moment zusammen.

Nicht auszudenken, was er vermuten könnte, falls er es bemerkt.

Und meine Gedanken sollte ich auch dringend in unverfängliche Bahnen lenken.

Wohin will er eigentlich?

Und wann sind wir endlich da? Diese Fahrt ist die reinste Folter für mich.

Ich öffne die Augen und mustere die Gegend, entdecke allerdings keinen bekannten Anhaltspunkt. Und auch das Straßenschild, das ich an der nächsten Ampel sehe, hilft mir kein bisschen weiter.

Schon traurig, dass ich mich als Kind dieser Stadt kaum darin auskenne.

Womit es mir vermutlich geht, wie Millionen andere New Yorker.

Nur Nolan scheint eine der wenigen Ausnahmen zu sein.

Zwei Kreuzungen weiter biegt er nach links ab und ich schaue die Hauptstraße hinunter. Wobei ich ein oder zwei vertraute Wolkenkratzer am Horizont ausmache. In meiner Wohngegend sind sie sogar etwas größer, also näher dran.

Endlich habe ich eine grobe Vorstellung davon, wo wir uns befinden, da drosselt er das Tempo. Biegt noch zweimal nach links ab und hält am Straßenrand. Gleich hinter einem lang gezogenen Bretterverschlag mit Plastikfenstern, der wie eine Bushaltestelle wirkt.

Er schaltet den Motor ab und ich löse mich von ihm, richte mich auf. Dann dreht er den Kopf in meine Richtung. »Wir sind da. Brauchst du Hilfe?« Er reicht mir die Hand.

»Danke, geht schon.« Zum Absteigen halte ich mich an seiner Schulter fest, beuge mich vor und nehme den Helm ab. Die Zeit, bis er neben mir steht, nutze ich, um mich umzusehen.

Der Bretterverschlag ist eine Art Schutz für ein paar Tische und Stühle, vielleicht der Außenbereich eines Cafés. Auf der anderen Straßenseite gibt es einen länglichen Spielplatz, von Bäumen gesäumt, davor parken unzählige blaue *Citi Bikes* in ihren Abstellstationen.

»Wollen wir?«

Ich wende mich ihm zu und folge ihm zu einem kleinen Lokal, auf dessen Markise »Lazy Llama« steht.

Schon der Name zupft an meinen Mundwinkeln, und als wir das Innere betreten, lächle ich verzaubert. »Scheiße, ist das süß! Woher kennst du diesen Laden? Wohnst du in der Gegend?«

Dunkle Holzmöbel und auf einer Seite rohes Mauerwerk, auf dem sogar ein kleines Kunstwerk prangt: eine abstrakte Collage aus Kaffeezubehör, Stadt und Natur.

»Nein, reiner Zufall. Habe es neulich während der Jobsuche entdeckt.« Er führt mich zu dem einzigen freien Tisch, überlässt mir den Platz auf der Sitzbank. Wir legen die Helme neben mir ab, ich stelle meine Tasche daneben. »Was möchtest du?«

Ich überfliege die Angebotstafel. »Latte macchiato mit Macadamia.«

»Alles klar.« Nolan geht zum Tresen, gibt seine Bestellung auf und der Barista schiebt sich hinter eine dunkelrote, original italienische Kaffeemaschine. Darauf sitzt ein langhaariges Plüschlama mit bunter Inkamütze, wie um den unten auf dem Tresen aufgedruckten Spruch zu unterstreichen.

Be happy!

Grinsend schäle ich mich aus der Jacke, schlage die Beine übereinander und lehne mich zurück. Mein Blick wandert automatisch zu Nolans Kehrseite und mir wird heiß.

Ich beiße mir auf die Unterlippe, beobachte ihn verstohlen. Wie er bezahlt und wartet. Als er sich schließlich umdreht und mit den Getränken herüberkommt, lächle ich ihn an und er erwidert es.

Was meinen Schoß noch mehr in Aufruhr versetzt.

Fuck.

Er serviert mir einen großen Porzellanbecher, außen schwarz und mit dem weißen *Lazy Llama* darauf, wofür ich mich bedanke.

Für sich selbst stellt er einen länglichen Porzellanteller auf den Tisch, auf dem eine Tasse mit schwarzem Kaffee sowie ein Glas Wasser stehen. Dann zieht er seine Jacke aus, legt sie über die Helme und setzt sich mir gegenüber auf den Stuhl.

Schweigend trinken wir einen Schluck und ich überlege fieberhaft, wie ich das Gespräch am besten beginne.

»Du hasst es, wie dein Vater über dich bestimmen will.«

Überrascht hebe ich eine Braue. »Bist du immer so direkt?«

»Meistens.« Er sieht mir geradewegs in die Augen. »Wozu um den heißen Brei herumreden?«

»Stimmt, das erleichtert so manches.«

»Ganz genau. Deshalb möchte ich auch eine ehrliche Antwort von dir. Wäre ich als Bodyguard für dich in Ordnung?«

Ein paar Sekunden überdenke ich die Fakten, bin hin- und hergerissen.

Er schiebt den Teller in die Tischmitte, verschränkt die Unterarme auf dem Holz. »Falls nicht, lehne ich auf jeden Fall ab.«

Mein Lächeln fällt ein wenig schief aus. »Das ist die falsche Frage. Eigentlich ist *kein* Bodyguard für mich in Ordnung.«

»Und ich erst recht nicht.«

»Das habe ich nicht gesagt. Vermutlich … wärst du aktuell sogar der einzige Kompromiss, auf den ich mich einlassen würde.«

»Ach ja? Und warum?«

»Weil du mir das Leben gerettet hast und mir sympathischer bist, als diese typischen Lackaffen.«

»Und ich dachte schon, es läge an meinem guten Aussehen.«

Ich schnalze mit der Zunge. »Wie arrogant!«

»Nur selbstbewusst.«

Ich verdrehe die Augen und trinke einen Schluck, um meine Unsicherheit zu überspielen.

»Aber zu deiner Beruhigung – eine so süße Kundin ist mir auch lieber als ein großkotziger Geschäftsmann oder eine eingebildete Celebrity.«

Wie bitte? Er findet mich süß?

Einen Moment lang erwidere ich überrascht und mit hämmerndem Herzen seinen Blick, der mit jeder Sekunde intensiver zu werden scheint.

Oder bilde ich mir schon wieder etwas ein?

Fuck, das muss aufhören.

Ich blinzle. »Du hast in deiner Zeit als Personenschützer bestimmt einiges erlebt.«

»Kann man so sagen, ja.«

»Und es macht dir immer noch Spaß?«

Er nickt. »Auch wenn es weit hinter meiner eigentlichen Tätigkeit zurückbleibt.«

»Wobei du kein bisschen wie ein IT-Nerd wirkst.«

»Wie sehen diese Nerds denn deiner Meinung nach aus?«

Ich zucke mit den Schultern. »Na, so wie Sheldon aus *Big Bang Theory*.«

Unvermittelt bricht er in Gelächter aus, rau und tief, womit er sämtliche Blicke auf sich zieht.

Auch ich starre ihn wie gebannt an und in meinem Bauch explodiert Hitze, steigt höher.

Jesus Christ! Wie soll ich es bloß demnächst in seiner Nähe aushalten?

Kopfschüttelnd schaut er mich an. »Du wirst es nicht glauben, aber mit mir haben auch ein paar verdammt hübsche wie intelligente Frauen ihren Abschluss gemacht.«

Ein Schwall heißer Eifersucht steigt in mir auf, explizite Bilder von ihm und langbeinigen Sexbomben.

Und ich möchte mich am liebsten für dieses kindische Verhalten ohrfeigen.

»Das kann jeder behaupten.« Ich zwinge mich zu einem Grinsen.

»Und wie ist das in deinen Kursen? Da sitzen doch bestimmt nur Emo-Girls, Umweltschützerinnen oder militante Frauen, die die Welt verbessern wollen.«

Mir ist klar, dass er mich nur necken will, wegen meiner Vorurteile, trotzdem trifft mich seine Bemerkung.

Gespielt locker hebe ich eine Augenbraue. »Und wozu zählst du *mich*?«

Da neigt er den Kopf zur Seite, mustert mich mit geschürzten Lippen. »Das weiß ich noch nicht so genau. Schätze, wir müssen uns näher kennenlernen.«

»Hoffentlich bist du dann nicht enttäuscht.«

»Warum sollte ich?«

»Na ja, wenn ich dich deiner Illusionen beraube …«

»Über meine Fantasien reden wir ein andermal.« Er zwinkert mir zu, trinkt von seinem Kaffee.

Und mir wird schon wieder heiß.

Schluss damit, sofort!

Ich versteckе mich erneut hinter meinem Porzellanbecher. Trinke ein paar Schlucke und sammle mich. Dann stelle ich den Kaffee entschieden auf den Tisch zurück.

»Also. Was ich schon vor dem Haus meiner Eltern sagen wollte.« Ich sehe ihm in die Augen. »Ich möchte nicht, dass du dich meinem Vater gegenüber verpflichtet fühlst, das Jobangebot anzunehmen. Oder weil du mich retten musstest. Normalerweise kann ich mich nämlich sehr gut selbst verteidigen, aber dieser Typ hat mich überrumpelt. Ich hätte nie am helllichten Tag und auf dem Campus mit einem solchen Übergriff gerechnet.«

Nolan wird ernst. »Diese Typen werden immer dreister und wenn ich deinen Vater richtig verstanden habe, hast du allen Grund dazu, vorsichtig zu sein.«

»Schon möglich, ja.«

»Ich kann mir vorstellen, wie blöd du es findest, dich seinetwegen einzuschränken. Das Los von Kindern aus reichen oder einflussreichen Familien.«

Ich nicke, muss mir ein Schnauben verkneifen.

Wenn er wüsste, für wen mein Vater arbeitet, würde er kaum so reden.

»Du hast gesagt, du könntest dich selbst verteidigen?«

»Ja, ich boxe. Und habe den einen oder anderen Selbstverteidigungskurs gemacht.«

»Du boxt? Ich auch.« Sein Lächeln wirkt ehrlich erfreut und ansteckend.

»Wirklich? Das ist cool! Ich kenne nur Typen, die Joggen oder ins Gym gehen.«

»Dabei ist Boxtraining viel effektiver, auch für den Muskelaufbau.«

»Boxt du bei Turnieren?«

»Nein. Du?«

Ich schüttle den Kopf. »Ursprünglich habe ich es

angefangen, um meine Eltern zu nerven. Aber ich habe schnell gemerkt, dass es mir hilft, Aggressionen abzubauen, die ich nur ihretwegen habe. Außerdem hält es einen echt fit und ich kann mich, wie gesagt, bestens wehren.«

»Ich hoffe, dein Trainer hat dir wenigstens beigebracht, dass du dein Können und deine Kraft niemals gegen Unterlegene oder Unschuldige einsetzen darfst.«

»Natürlich. Außerdem bin ich eh der friedliche Typ.«

»Bis man dich auf die Palme bringt?«

Ich lächle schief. »Dann hätte ich meinen Vater schon mehrfach verprügelt.«

Er grinst. »Klingt sehr besonnen und diszipliniert.«

»Muss ich sein, sonst würde ich mein Doppelstudium niemals schaffen.«

»Darf ich fragen, warum du diese beiden Abschlüsse machen willst?«

»Ich konnte mich noch nie gut entscheiden.«

»Klingt interessant.«

»Ach ja?«

»Als ob du einiges erleben und erreichen willst.«

»Stimmt.«

»Und trotzdem bist du zielstrebig.«

»Was nützt mir das, wenn ich keine Entscheidung treffen kann, sobald es darauf ankommt?«

Da schüttelt er den Kopf. »Ich glaube, das wirst du.«

Ich winke ab. »Wie auch immer.«

»Warst du jemals in einer wirklich wichtigen Situation? Etwas, wo deine Entscheidung über Leben oder Tod bestimmt hat?«

»Nein.«

»Etwas ähnlich Gravierendes?«

»Nicht, dass ich wüsste.«

»Woher willst du dann wissen, dass du keine

Entscheidung treffen könntest?«

Ich runzle die Stirn. »Was diskutieren wir hier gerade?«

»Ich wollte dir lediglich verdeutlichen, dass du dich auf keinen Fall kleiner machen solltest, als du bist. Auch wenn du es so empfindest. Ich denke, du bist eine starke Frau. In jeglicher Hinsicht.«

»Eine starke Frau, die sich von ihrem Vater einen Bodyguard vorsetzen lässt?«

»Auch die brauchen manchmal Schutz. Und es zeugt ebenfalls von Stärke, es dann zuzulassen.«

Misstrauisch verschränke ich die Arme vor der Brust und lehne mich zurück. »Hast du diese Sprüche beim Studium gelernt oder in der Ausbildung zum Personenschützer?«

»In meiner Familie gibt es verdammt weise Frauen.« Er zwinkert mir zu, hebt seine Tasse an und beobachtet mich beim Trinken über den Rand hinweg.

Verunsichert wende ich den Blick ab, mustere stattdessen die anderen Gäste.

Irgendwie werde ich nicht schlau aus ihm, aber mein Interesse wächst.

Wohin mich das wohl führt?

»Jetzt aber zurück zum eigentlichen Thema. Ist es okay, wenn ich dein Bodyguard werde? Ich kann den Job gut gebrauchen.«

Ich schaue ihn an, bin hin- und hergerissen zwischen der Anziehungskraft, die er auf mich ausübt, dem Widerstand gegen meinen Vater, Dankbarkeit und einer Spur Mitleid.

»Vielleicht klappt es auch bald mit einem Job und ich bin schneller wieder weg als geplant.«

Ein seltsames Gefühl breitet sich in meinem Bauch aus, eine Mischung aus Sehnsucht und Bedauern.

Ich will ihm näherkommen, auf verschiedene Arten,

und auf keinen Fall bereuen, es nicht versucht zu haben.

Jesus, entscheide dich!

Ich atme tief durch und tue das erste Mal in meinem Leben etwas, ohne großartig darüber nachzudenken. Ich folge meinem Bauchgefühl und springe. »Okay.«

Nolans Mundwinkel wandern in die Höhe. »Okay?«

»Ja, okay. Du hast den Job. Aber ich warne dich! Falls du mich einengst oder mir auf den Sack gehst, werde ich zur Kratzbürste.«

Sein Lächeln wird noch breiter. »Oh, ich *liebe* heißblütige Frauen.«

Gespielt genervt verdrehe ich die Augen, doch seine zweideutige Bemerkung mit dem verruchten Unterton trifft mich an ganz anderen Stellen.

Wow, das kann ja heiter werden.

Er trinkt seinen Kaffee aus und stellt die Tasse mit einem leisen Scheppern auf den Teller zurück. »Da wir das geklärt hätten, sollten wir direkt mit dem Job anfangen.«

»Auch wenn du noch gar nicht weißt, was mein Vater dir zahlt? Vielleicht ist es ja zu wenig Schmerzensgeld.«

Da lacht er leise, beugt sich vor. »Warum versuchst du, mich mit allen Mitteln abzuschrecken?«

»Du sollst nur wissen, worauf du dich einlässt.« Und trotzdem kann ich ihm nicht alles verraten, über meine Familie und mich.

»Das glaube ich dir nicht.«

Statt einer Antwort presse ich die Lippen aufeinander und zucke mit den Schultern.

»Nun, ich werde es herausfinden. Und bis dahin brauche ich erst einmal Informationen über dich. Deinen Tagesablauf, deine Freunde und Gewohnheiten.«

Mir entschlüpft ein Seufzen. »Keine Angst, mein Leben ist gerade verdammt langweilig. Ich sitze in der Uni und lerne zu Hause, wo ich den größten Teil meiner Freizeit verbringe. Oh, aber in zwei Wochen gibt es eine Ausnahme. Die Aufführung meiner besten Freundin und ein Konzert.«

»Das werden wir nächste Woche genauer besprechen. Jetzt sollten wir erst einmal klären, als was ich auftreten soll. *Ein* Freund oder *dein* Freund?«

Herausfordernd erwidere ich seinen Blick. »Letzteres steht aktuell nicht zur Debatte.«

»Weil du einen Freund hast? Darüber haben wir nämlich noch gar nicht gesprochen.«

»Nein, ich habe keine Zeit für einen Freund.«

»Umso besser für mich. Und wie verbringst du deine Wochenenden?«

»Hauptsächlich mit Lernen, Serien oder Filme schauen, mit Scarlett abhängen.«

»Scarlett?«

»Das ist meine beste Freundin, mit ihr wohne ich seit Studienbeginn zusammen.«

»Okay. Und ihr geht nie aus?«

»Selten. Ansonsten besuche ich mal meine Eltern, so wie heute, zum Essen. Fahre zum Sport oder gehe joggen.«

»Klingt nach einem sehr langweiligen Leben.«

Seine scherzhafte Bemerkung trifft einen wunden Punkt, stachelt meinen Trotz an. »Sagen wir lieber, ich habe jegliche Ablenkung auf ein Minimum reduziert.«

»Oder den Spaß.«

»Das ist subjektiv.«

»Meinst du.«

»Ich habe genug Spaß in meinem Leben.«

»Darüber werde ich mir selbst ein Bild machen, wenn du erlaubst.«

Verärgert funkle ich ihn an. »Und wer bist du, darüber zu urteilen?«

»Ich urteile nicht über dich. Du solltest deine Zeit nur

bestmöglich nutzen. Es kann schneller vorbei sein, als man glaubt.«

»Keine Angst, das ist mir bewusst.«

»Perfekt. Damit kann ich arbeiten.«

»Was soll das werden? Du sollst mich nur beschützen.«

Er nickt. »Und ich gedenke, die Zeit mit dir intensiv zu nutzen.«

Fassungslos klappe ich den Mund auf, will ihn für seine unverschämten Worte zurechtweisen. Gleichzeitig breitet sich ein heißes Kribbeln in mir aus, das mich verwirrt.

Es erreicht Stellen, die ich oft missachte. Aus gutem Grund. Doch jetzt …

Keine Ahnung, woher es kommt und warum es so stark ist, aber ich will diesen Mann.

Es muss ein Zeichen sein, dass er mir das Leben gerettet hat, einen Tag, nachdem er mir aufgefallen ist. Und dass mein Vater ausgerechnet ihn als meinen Bodyguard anstellen will, ebenfalls.

Da erklingt Scarletts Stimme in meinem Kopf.

Du gefällst ihm, also schnapp ihn dir. Keine Ausreden, tu es einfach!

Na gut. Aber nur wenn er den ersten Schritt macht.

*

Wir tauschen unsere Telefonnummern aus und ich schicke ihm meinen Kursplan, den wir kurz durchgehen. Außerdem muss ich ihm alle wichtigen Informationen zu meiner besten Freundin geben. Danach bringt er mich nach Hause und wir verabreden, dass er mich Montagfrüh abholt.

Am Ende verstaut er meinen Helm in der Gepäcktasche, wünscht mir ein schönes Wochenende und fährt davon.

Noch immer von der Situation überrumpelt, sehe ich ihm nach, bis die Harley mit einem Knattern um die Ecke biegt und verschwindet. Dann betrete ich unser Wohnhaus, nehme die Post aus dem Briefkasten und laufe die Treppe in die zweite Etage hinauf.

Da Scarlett erst in ein paar Stunden nach Hause kommt, ist es viel zu still in unserer Wohnung und ich stehe einen Moment unschlüssig neben dem Esstisch herum.

Was soll ich nur mit der Zeit anfangen?

Am besten lernen, oder?

In mir regt sich Widerstand.

Nein, dafür bin ich zu unruhig.

Was ich jetzt brauche, ist Ablenkung. Ich muss nachdenken, mich sammeln, Energie abbauen, und dafür gibt es nur eine effektive Methode.

Deshalb laufe ich in mein Zimmer, schnappe mir meine Sporttasche und fahre ins Boxstudio.

Über eine Stunde konzentriere ich mich auf die Übungen und mit wachsender Anstrengung entspannt sich mein Verstand, schaltet sich sogar ab.

Doch lange hält die angenehme Stille in meinem Kopf nicht an. Schon auf dem Weg nach Hause denke ich über all das nach, was heute passiert ist und gesagt wurde. Nur schlauer werde ich daraus nicht. Da hilft nur noch eins.

Entsprechend zuversichtlich drücke ich die Wohnungstür hinter mir ins Schloss, hänge meine Jacke an die Garderobe und rufe: »Scar? Bist du da?«

»Dusche!«

»Kaffee?«

»Zehn Minuten.«

Perfekt.

Ich marschiere in mein Zimmer, werfe mein ganzes Zeug aufs Bett und packe meine Sporttasche aus. Den

Inhalt bringe ich in mein Bad und hänge alles zum Trocknen an diverse Haken sowie über die Heizung. Anschließend gehe ich in die Küche, starte über den dortigen smarten Lautsprecher meinen Musikstreamingdienst und suche alles zusammen, was wir brauchen.

Begleitet vom neuesten Album meiner Lieblingsband löffle ich Kaffee in die French-Press-Kanne, während der Wasserkocher rauscht. Stelle Tassen, Milch und Zucker auf den Tisch, lege Löffel dazu und gieße am Ende kochendes Wasser über das grob gemahlene Mehl, bis es bedeckt ist und in der Kanne aufwallt.

Da endlich öffnet sich die Tür des anderen Badezimmers und meine Freundin schlendert in Flip-Flops heraus, einen Handtuchturban auf dem Kopf. Mit einem wohligen Seufzen kommt sie herüber und erschnuppert den Kaffee. »Mmh, das riecht gut. Genau das, was ich nach dem Sondertraining brauche. Haben wir noch Cookies?«

»Keine Ahnung, sorry.« Ich schalte den Wasserkocher erneut ein.

Sie tritt neben mich, öffnet die betreffende Schranktür und kramt darin herum. »Schade, nur noch Frühstückskekse. Aber die tun's auch.« Trägt die Packung zum Tisch und setzt sich.

Ich schwenke die Kanne, bis das letzte Kaffeemehl von der Oberfläche verschwindet. Gieße kochendes Wasser nach, setze den Stempel auf und geselle mich zu ihr.

»Wie war die Probe?« Kurz werfe ich ihr einen neugierigen Blick zu, drücke behutsam den Stempel mit dem feinen Metallfilter hinunter.

»Ganz gut, denke ich, aber so langsam kommt das Lampenfieber durch.«

»Das gehört doch dazu.«

Sie verzieht das Gesicht. »Aber nicht, wenn es die

Alphatiere unausstehlich macht.«

»Fuck. Na ja, sieh es als Vorbereitung auf das wahre Leben. Außerdem hast du bestimmt bei jedem Engagement irgendeinen Vorgesetzten, der dich zu Höchstleistungen anspornen will.«

»Ich weiß, aber das ist etwas anderes. Ich kann es nur nicht ausstehen, dass sich in unserer Gruppe zwei oder drei Leute so überheblich aufführen und profilieren wollen. Wir haben alles *zusammen* erarbeitet, im Team.«

»Und auch da gibt es automatisch einen, der sich den Hut aufsetzt. Es kommt nur darauf an, was ihr daraus macht.« Lächelnd schenke ich uns ein.

»Danke, Frau Therapeutin.« Scarlett rührt Milch und Zucker in ihren Kaffee, nimmt sich einen Frühstückskeks und beißt ein Stück davon ab. »Aber jetzt erzähl du! Wie war es bei deinen Eltern?«

Ich lächle freudlos und fasse ihr die vergangenen Stunden zusammen, bis hin zu dem Abschied von Nolan, vor unserem Wohnhaus.

»Wow, das sind ja mal Neuigkeiten.« Sie stößt die Luft aus, steckt sich den Rest Keks in den Mund und lehnt sich zurück, mustert mich kauend. »Was denkst *du* denn über die Sache?«

Ratlos zucke ich mit den Schultern. »Keine Ahnung. Ich bin total verwirrt.«

»Weil er dir gefällt?«

»Ja, auch.« Ich schildere ihr das seltsame Gefühlschaos, das seit dem Lunch in mir rumort.

»Hm, verstehe ich das richtig? Du fühlst dich zu ihm hingezogen und würdest dem am liebsten nachgeben. Auf der anderen Seite hast du Schiss davor, auch weil dein Vater ihn als Bodyguard für dich engagiert hat und Sex mit einem Angestellten tabu ist.«

»So hat Dad es mir beigebracht.«

»Schon klar. Hast du Angst, dass du es nur willst, um gegen deinen Vater zu rebellieren?«

»Was? Nein, damit hat das nichts zu tun.« Nachdrücklich schüttle ich den Kopf. »Es verwirrt mich, wie stark ich auf Nolan reagiere. Und ich habe Angst, dass es kompliziert wird, wenn ich mit ihm ins Bett gehe. Ich mich unglücklich verliebe, meine Ziele aus den Augen verliere und am Ende am Boden zerstört bin.«

»Du meinst, du könntest es nicht einfach nur genießen, so lange es dauert.«

»Genau.«

»Und wenn sich mehr zwischen euch entwickelt? Ich kenne ihn ja überhaupt nicht, aber es wäre möglich. Wo ist dann das Problem? Abgesehen davon, dass es nicht in deinen Fünfjahresplan passt.«

»Wie, zum Teufel, soll ich ihm beibringen, dass ich die Tochter eines Capos bin? Er wird mich verachten und fallen lassen.«

»Woher willst du das wissen?«

»Weil das mein Schicksal ist.« Ich reibe mir mit beiden Händen übers Gesicht. »Ach, fuck, das ist wie ein Fluch, den ich nicht abschütteln kann. Ich wünschte echt, ich hätte ein anderes Leben.«

Scarlett beugt sich über den Tisch, ergreift meine Hände und drückt sie. »Bevor du nicht denjenigen triffst, mit dem du den Rest deines Lebens teilen willst, kannst du diese Gedanken getrost aus deinem Kopf verbannen. Hab Spaß und schränke dich deswegen bloß nicht ein. Sonst wirst du nämlich niemals herausfinden, ob dein neuer Bodyguard vielleicht der Eine hätte sein können.«

»Hör auf, dich über mich lustig zu machen.«

»Ach, Süße, das tue ich doch gar nicht. Ich nehme deine Gefühle und Sorgen verdammt ernst. Deswegen versuche ich ja, dich dazu zu ermuntern, die Chance zu ergreifen, die sich dir bietet. Nolan ist der erste Kerl seit Jahren, über den du dir Gedanken machst. Und der Erste überhaupt, auf den du derartig reagierst. Wenn das kein positives Zeichen ist, weiß ich auch nicht.«

»Meinst du wirklich?«

»Na klar! Entspann dich, lass alles auf dich zukommen und ihn den ersten Schritt machen. Denn ich glaube, das wird er.«

»Wenn das so einfach wäre …«

»Manchmal ist es das tatsächlich. Du musst es nur zulassen können.«

Ich erwidere den Druck ihrer Hände. »Danke, Scar, das habe ich gebraucht.«

»Und noch etwas Ablenkung, um dich vorzubereiten.«

»Was meinst du?«

»Na, unsere Verabredung heute Abend. Wir machen so richtig einen drauf, trinken, tanzen und flirten. Da kannst du schon mal freche Sprüche und vielsagende Blicke trainieren.«

»*Jesus*! Muss das sein?«

»Vergiss es, heute pushen wir dein Ego. Und wer weiß – falls du jemanden triffst, der Interesse hat, kannst du deinen Bodyguard vielleicht sogar eifersüchtig machen. Nur für den Fall, dass er einen Schubs für den ersten Schritt benötigt. Schließlich bist du diejenige, die im Mittelpunkt steht. Er soll verrückt nach dir sein, vor Sehnsucht nach dir vergehen. Dann läuft es von ganz allein und du musst dir keine Gedanken mehr machen, wie du es anfangen sollst.«

»Auch wenn es einfacher klingt, als es ist – du bist genial.«

Sie lacht auf. »Erzähl mir was Neues!«

Kapitel 7

Nolan

Lautlos laufe ich in den frühen Morgenstunden durch die Nebenstraßen von East Harlem, in dunkle Kleidung gehüllt, ein Basecap unter der Kapuze und schwarze Sneakers an den Füßen. Vermeide auffällige Bewegungen, nutze jeglichen Schatten und erreiche nach wenigen Minuten mein Ziel. Ein Wohnblock mit hellroter Klinkerfassade, in dessen Erdgeschoss sich kleine Geschäfte aneinanderreihen.

Ich schleiche auf den Barber-Shop zu, drücke mich in den Eingang daneben und lausche.

Bis auf das weit entfernte Geräusch von vereinzelten Fahrzeugen ist es still in der Straße. Sämtliche Lokale und Läden sind längst geschlossen, Partys gibt es heute auch keine. Alles passt perfekt zusammen.

Zufrieden ziehe ich das kleine Etui mit Werkzeug aus der Gesäßtasche, hocke mich hin und hole das nötige Besteck hervor, um das Türschloss zu öffnen.

Normalerweise bevorzuge ich den Hintereingang, so wie man es mir in diversen Missionen beigebracht hat, doch der hiesige Innenhof ist nur durch eines der Gebäude erreichbar. Außerdem sind Lage, Alter und Zustand des Bauwerks zur Straße hin für mich von Vorteil, kaum Sicherheitsvorkehrungen und weniger mögliche Störungen.

In den behandschuhten Fingerspitzen spüre ich, wie der Dietrich greift, das Schloss sich öffnet. Vorsichtig lehne ich mich gegen die Tür, schiebe sie ein kleines Stück auf und entferne das Werkzeug. Richte mich auf, stecke alles wieder ein und betrete den Flur.

Wie schon bei meinen letzten Besuchen empfängt mich eine Mischung aus Muff, Essen und Friseursalon, doch das blende ich aus. Schließe die Tür so langsam, dass die Falle im Schloss nicht zurückschnappt und die Tür nur anlehnt. Das erleichtert mir nachher einen schnellen, geräuschlosen Rückzug.

Sobald sich meine Augen an die Lichtverhältnisse gewöhnt haben, eile ich auf leisen Sohlen in die zweite Etage hinauf, knacke das Türschloss mit einem anderen Sperrhaken und dringe in das Apartment ein.

Hier ist es ein wenig heller als im Hausflur und ich husche in die Wohnküche. Durch die offene Schlafzimmertür tönt mir lautes Schnarchen entgegen, in der Luft hängt eine Mischung aus ätherischen Ölen, hauptsächlich Anis und Eukalyptus.

Ich laufe langsam hinein, bleibe neben dem Bett stehen und schaue auf den schlafenden Mafioso hinab.

Rizzo liegt in einem Gewirr aus Laken, Arme und Beine von sich gestreckt, den Mund weit geöffnet. Der Nachttisch quillt über vor Medikamenten und benutzten Papiertaschentüchern.

Von denen nehme ich eine Handvoll in die rechte Hand, ziehe mit Links einen Kabelbinder aus der Hosentasche und bringe mich in Position. Dann atme ich tief durch, fokussiere mich und handle.

Blitzschnell stopfe ich ihm den vollgerotzten Zellstoff

in Mund und Rachen.

Der Gangster erwacht, fährt hoch, doch ich schicke ihn mit einem Handballenschlag gegen die Stirn zurück ins Kissen.

Er ächzt benommen und ich nutze das aus, um seine Handgelenke aneinanderzufesseln. Den Kabelbinder so eng zu ziehen, dass der Mann aufstöhnt.

Ich packe ihn am Shirt und zerre ihn in eine sitzende Position, sodass er mir den Rücken zudreht. Trete hinter ihn und lege den linken Unterarm um seine Kehle, bringe meinen Mund an sein Ohr und wechsle ins Italienische. »Du kennst mich nicht, Rizzo, aber ich weiß sehr genau, was du vor acht Jahren getan hast, und dafür wirst du jetzt bezahlen.«

Der Mafioso versucht zu sprechen, doch selbst wenn ich ihn verstehen würde, es wäre mir egal.

Ich grinse. »Vermutlich hast du geglaubt, jener Mord für deinen Capo würde genauso ungesühnt bleiben wie deine anderen Taten.«

Diesmal bäumt er sich auf, kämpft gegen den Knebel an und ich drücke fester zu. Verzweifelt hebt er die Hände, will an meinen Arm zerren, doch ich packe seinen kleinen Finger und breche ihn mit einem kräftigen Ruck.

Sogleich verpufft sein Widerstand, er wimmert.

»Du armes Stück Scheiße weißt nicht, wovon ich rede? Ich kläre dich gern auf. Du und Pugliesi, ihr habt damals meine Mutter ermordet, Leonore Walsh, die Frau von Gangchef Patrick Walsh. Erinnerst du dich?«

Kurz bleibt es still, dann schüttelt er den Kopf, soweit das in seiner Lage möglich ist.

Ich schnalze mit der Zunge. »Du leugnest es? Glaubst du wirklich, du kommst damit durch?« Ich lache leise. »Schick einen Ruf in die Hölle und sag, dass du gleich da bist.«

Erneut kämpft Rizzo gegen meinen Griff an, verzweifelter diesmal, und er versucht sogar, zu brüllen.

Weswegen ich mich aufrichte, den Arm von seinem Hals löse. In derselben Bewegung packe ich mit links sein Haar und zerre seinen Kopf nach vorn unten. Setze mit dem rechten Ellbogen einen kräftigen Schlag auf sein Genick, höre und fühle das Brechen. Im nächsten Moment erschlafft Rizzo und ich helfe der Bewegung nach, sodass er aufs Bett fällt, das Gesicht voran.

Um sicherzugehen, taste ich an verschiedenen Stellen nach seinem Puls, erspüre aber nichts. Werfe zufrieden einen letzten Blick auf den Knochensack, drehe mich um und verlasse das Apartment. Schleiche aus dem Haus und durch andere Nebenstraßen, entsorge unterwegs die Handschuhe und später das Basecap.

Am Ende schwinge ich das Bein über mein Motorrad, berauscht von Adrenalin und Genugtuung. Setze den Helm auf und starte grinsend die Maschine.

Mission Teil eins erfüllt.

*

»Morgen, Nolan. Du bist ja schon wieder so früh wach.« Matthew eilt an mir vorbei zur Kaffeemaschine.

Ich sehe von meinem Laptop auf. »Und du bist schon wieder spät dran. Guten Morgen.« Grinsend leere ich meine Tasse und gehe hinüber, um mir den Rest zu nehmen und eine neue Kanne aufzusetzen.

»Ach, der Frühdienst ist jedes Mal eine Qual für mich.« Er lehnt sich mit dem Hintern gegen die Arbeitsfläche, trinkt und mustert mich. »Ich habe ja eine Entschuldigung dafür, an einem Sonntagmorgen um halb sieben in der Küche zu stehen, aber was ist mit dir?«

Ich gieße Wasser in die Maschine und zucke mit den

Schultern, wende mich ihm zu. »Ich habe ausreichend geschlafen.«

Matt arbeitet als Krankenpfleger in einem Altenheim und damit in seinem absoluten Traumjob, steht mit beiden Beinen fest im Leben. Doch für mich ist er noch immer der Teenager von damals, als ich abhauen musste. Daran ändern weder sein trainierter Körper noch sein Bartwuchs etwas. Oder die Tätowierungen, die sich von seinen Armen über die Brust sowie den Rücken und über seinen gesamten Hals erstrecken.

»Keine Lust auf einen Clubbesuch? Oder auf ein bisschen Spaß, so wie Dom?« Er nickt in Richtung des entsprechenden Schlafzimmers.

»Ich muss mich auf Wichtigeres konzentrieren.«

»Dann viel Erfolg dabei, ich muss los.« Eilig leert er den Becher, stellt ihn in die Spülmaschine und macht sich auf den Weg.

Er weiß nichts von meinem Plan und das ist auch gut so, schließlich hatte er nie etwas mit der Gang zu tun.

Dom hingegen habe ich erzählt, dass ich die Wahrheit über Moms Tod und Dads Verhaftung herausfinden will. Damit die Schuldigen entsprechend bestraft werden können. Doch auch er kennt nur meinen offiziellen Lebenslauf aus Irland.

Ich kehre an den Esstisch und zu meinem Computer zurück.

Cociarellis Assistent, Terence Folliero, hat mir gestern Abend das Vertragsangebot geschickt und ich lese es mir ein drittes Mal durch.

Überraschenderweise finde ich keine Haken oder Stolperfallen, es ist ein üblicher Vertrag für Personenschützer. Mit verdammt unüblicher Bezahlung.

Nach allem, was ich über Pascuale Cociarelli recherchiert habe, hätte ich ihm einiges zugetraut.

Unterdurchschnittliche Vergütung, übermäßige Arbeitsstunden oder andere Hinterhältigkeiten. Aber nein, es ist alles korrekt und unterstreicht das, was er hinsichtlich seiner Tochter gesagt hat.

Bei mir wähnt er sie in sicheren Händen und dafür entlohnt er mich fürstlich.

Oh, wenn er wüsste!

Ich verschiebe die Entscheidung, öffne stattdessen die Datei, in der ich die Ergebnisse meiner Recherche sammle, und begebe mich im Netz auf Spurensuche.

Zu Allegras Vater selbst finde ich dort nichts Neues, also sichte ich die anderen Informationen. Verblüffend, wie unbedarft der Capo im Privaten agiert. Mit der illegalen App und den gesammelten Daten war es ein Leichtes, mich in sein Smartphone sowie das Sicherheitssystem des Hauses zu hacken.

Zwei Kannen Kaffee und einige Stunden später habe ich ein nettes, kleines Spionageprogramm in sein E-Mail-System eingeschleust, das mir den Weg in seinen Computer zeigen und zu hoffentlich einer Flut an Hinweisen führen wird.

Außerdem verschicke ich es ein zweites Mal, an Terence. Inklusive dem von mir unterschriebenen Arbeitsvertrag und meinen Unterlagen.

Bevor ich mich jedoch um den kümmere, brauche ich eine Pause.

Also stehe ich auf, strecke mich und gehe zum Kühlschrank, um mir eine Flasche stilles Wasser herauszunehmen. Ich schraube sie auf und trinke, da fliegt in der Wohnung eine Tür auf.

»Na warte!«, höre ich Dominics unterdrückte Stimme. Dann ein weibliches Kichern und schnelle Schritte, die näherkommen.

Gerade rechtzeitig setze ich die Flasche ab und wende

mich der Tür zu, da schlittert eine junge Frau herein, nur in Slip und Top, und bleibt mit einem erschreckten Laut stehen.

Aus großen blauen Augen starrt sie mich an, das Make-up zum Teil verschmiert. Doch dann strafft sie die Schultern, kämmt sich mit den Fingern durch das zerzauste blonde Haar und mustert mich interessiert.

In der nächsten Sekunde poltert Dom herein, lediglich mit Boxershorts bekleidet, und prallt beinahe mit ihr zusammen. »Oh, hey. Du bist ja wach.«

Ich werfe ihm einen vielsagenden Blick zu und kehre an meinen Platz zurück, bleibe neben dem Stuhl stehen. »Schon ein paar Stunden.«

»Wir haben dich aber nicht geweckt, oder?«

»Ach was, ich bitte dich! Ich kann ab fünf Uhr ohnehin nicht mehr schlafen.«

Seine Bettbekanntschaft seufzt auf. »Oje, du Armer. Leidest du an Schlaflosigkeit?«

Am liebsten möchte ich die Augen verdrehen. »Nur wenn ich Dom beim Vögeln zuhören muss.«

»Sorry, Mann! Das war so geil, es ging nicht leiser.«

Nur gut, dass ich vor ihm wieder zu Hause war.

Er versetzt dem Mädchen einen lauten Klaps auf den Hintern und geht zum Kühlschrank. »Worauf hast du Hunger, Babe?«

»Pfannkuchen.« Sie schürzt die Lippen, kommt zu mir und streckt mir die Hand hin. »Hi, ich bin Judy.«

»Hi.« Ich nicke ihr zu, besinne mich auf meine Manieren und schüttle ihre Hand.

Leider hält sie meine länger fest als nötig und lächelt mich von unten herauf an. »Falls du später noch nichts vorhast … wie wäre es mit einem Dreier?«

Ich entziehe ihr meine Finger und öffne den Mund, um abzulehnen, da meldet sich mein Freund zu Wort. »Sorry,

Babe! No … Norman ist zwar mein Bro, aber Frauen teile ich auf keinen Fall mit ihm. Wenn du einen Dreier willst, frag eine deiner Freundinnen.«

Schmollend wickelt sie sich eine Haarsträhne um den Finger, leckt sich lasziv über die Lippen und sieht mir direkt in die Augen. »Aber ich will es mal mit zwei harten Kerlen wie euch treiben, Dom. Ihr sollt mich so richtig hart rannehmen, bis ich nicht mehr laufen kann, ohne an eure harten Prügel zu denken.«

Ich seufze innerlich.

Härte bestimmt anscheinend ihr Leben.

Was, zum Teufel, findet mein Freund nur an dieser Clubschlampe?

Spaß haben ist okay, aber allein bei der Vorstellung, mit ihr eine Art Porno zu veranstalten, schaudert es mich.

Ich hebe beide Hände und schüttle den Kopf. »Da bin ich raus.«

»Ich auch. Ich will keinen anderen Schwanz in meinem Bett.«

Judy wirbelt zu ihm herum. »Aber ich soll mich über eine zweite Muschi freuen, oder was?«

Dominic wendet sich ihr zu, zuckt lässig mit den Schultern. »Dann musst du dir einen anderen Typ suchen, der dich fickt. Oder besser noch, zwei.«

»Wie bitte? Ist das dein Ernst?« Wütend stemmt sie die Hände in die Hüften. »Ich dachte, du wärst cool und würdest keine Tabus kennen. Deswegen bin ich mit dir mitgegangen.«

»Keine bis auf das, Babe, sorry. Also – bleibst du noch zum Essen?«

»Ach, fick dich doch!« Mit hocherhobenem Kinn stolziert sie zu Dominics Zimmer und wir tauschen einen Blick, hören sie lärmen.

»Sorry, Alter.«

Er winkt ab, fährt sich mit beiden Händen durch das blond gesträhnte Haar. »Kein Ding. Wie sieht's aus? Hast du Hunger auf Pfannkuchen?«

»Mach Rührei mit Speck daraus und ich bin dabei.«

»Geht klar.«

Judy marschiert durch den Flur zur Tür, wirft sie mit Wucht hinter sich ins Schloss und trampelt die Außentreppe hinunter.

Wir grinsen uns an, dann macht er sich an die Arbeit und ich klappe den Laptop zu.

Terence muss bis später warten.

*

Wie verabredet bin ich am Montagmorgen früh bei Allegra, um mit ihr zusammen zum Campus zu fahren. Ich habe sogar Glück und finde für mein Bike einen Parkplatz vor dem Gebäude gegenüber, aber eine dauerhafte Lösung ist das nicht.

Ich richte mich auf und schaue mich um.

Eigentlich zählt die Straße zu Little Italy, allerdings sind fast alle Geschäftsschilder oder Markisen mit chinesischen Schriftzeichen versehen. Weshalb ich mich unwillkürlich frage, ob sie diese Adresse bewusst gewählt hat. Um hier unterzutauchen und unauffällig ihr Leben zu leben.

Oder steckt am Ende ihr Vater dahinter? Weil seine Feinde Allegra niemals in einer solchen Gegend vermuten würden?

Ich werde sie bei Gelegenheit danach fragen.

Den Helm in der Hand und den Rucksack auf dem Rücken überquere ich die Straße, lese die Klingelschilder und betätige den entsprechenden Knopf.

Wenige Sekunden später knistert es in der Gegensprechanlage. »Ja, bitte?«

»Ich bin es, Nolan.«

Der Summer ertönt und ich drücke die Tür auf.

Der Gang dahinter ist so schmal, dass ich die Mauer rechts und die holzverkleidete Wand links beinahe mit den Schultern berühre. Stirnrunzelnd marschiere ich bis zum Knick am Ende, an dem sich die Briefkästen befinden und ein ebenso enger Flur zum Treppenhaus führt.

Wie das hier den Feuerschutzvorschriften genügen kann, ist mir ein Rätsel. Dieser Platzmangel könnte bei einer etwaigen Flucht zum Nachteil werden.

Ich steige hinauf in die zweite Etage, wo Allegra mich mit einem schwachen Lächeln im Türrahmen erwartet.

»Hey, guten Morgen.« Sie tritt zur Seite, den Türknauf in der Hand.

»Morgen.« Ich gehe an ihr vorbei und werde direkt von ihrer Mitbewohnerin begrüßt.

Die schlanke Blondine mit dem zurückgekämmten, kinnlangen Haar und den markant gewölbten Brauen springt von dem kleinen Esstisch auf, der zwischen dem fensterlosen Wohnbereich und der offenen Küche steht. Kommt mit ausgestreckter Hand und einem schwingenden Gang auf mich zu.

Was hat Allegra noch erwähnt? Sie studiert Tanz und Schauspiel? Ja, das sieht man.

»Hallo, Nolan, ich bin Scarlett Dolton, Allegras beste Freundin und Mitbewohnerin.«

»Guten Morgen. Schön, dich kennenzulernen.« Wir schütteln einander die Hand.

»Ab jetzt werden wir uns wohl öfter sehen, oder?«

»Schätze schon.«

Allegra taucht neben mir auf. »Möchtest du einen Kaffee, bevor wir fahren?«

»Nein, danke. Ich hole mir später einen, an der Uni.«

»Okay, dann setz dich doch, ich muss nur zu Ende

frühstücken.« Sie weist auf die leeren Stühle, geht hinüber und nimmt selbst Platz, Scarlett folgt ihr.

»Kann ich meinen Helm hierlassen?«

Allegra schaut mich an und ich halte ihn hoch. »Klar, häng ihn einfach an die Garderobe.«

»Wie! Ihr fahrt nicht mit dem Motorrad zum Campus?«

»Nein, das wäre viel zu auffällig.«

Ich schließe den Kinngurt und hänge den Helm an einen freien Haken. »Apropos. Gibt es eine Unterstellmöglichkeit für meine Maschine? Ich möchte sie ungern den ganzen Tag auf der Straße stehen lassen.« Anschließend nehme ich den Rucksack ab, lehne ihn gegen die Wand darunter und ziehe meine Lederjacke aus.

»Du kannst sie im Hinterhof abstellen«, antwortet Allegra. »Der Durchgang befindet sich links neben diesem Gebäude, ist ziemlich schmal.«

»Okay, schaue ich mir morgen früh an.« Ich drehe mich um und folge der Einladung, setze mich zu ihnen an den Tisch.

In der Mitte stehen eine leere French-Press-Kaffeekanne sowie Zubehör und ihre Kaffeetassen. Vor ihnen je eine noch halb gefüllte Schale mit Joghurt, Obst und Müsli.

Aus dem Augenwinkel bemerke ich, dass Scarlett mich verstohlen mustert, doch ich ignoriere das. Schiebe mir die langen Ärmel hoch und wende mich an Allegra. »Du siehst müde aus, habt ihr zu viel gefeiert?«

Sie mustert meinen tätowierten rechten Unterarm und in ihren Augen blitzt etwas auf. Doch sie wirft nur ihrer Freundin einen Blick zu und lächelt schief. »Samstagnacht, ja. Deswegen habe ich Sonntag zu lange geschlafen, bis in die Nacht gelernt und entsprechend wenig Schlaf abbekommen.«

»Du bist eben nicht im Training. Aber daran arbeiten

wir.« Grinsend schiebt Scarlett sich einen vollen Löffel in den Mund und kaut.

»Vergiss es!«

»Wie war das mit dem Spaß haben?«

»Wenn ich das zu oft mache, bricht es mir das Genick.«

»Du Spießerin.«

»Das letzte Jahr halte ich auch noch durch.«

»Als ob du danach die Sau rauslassen würdest.«

Schmunzelnd verschränke ich die Arme vor der Brust und verfolge ihr Geplänkel. »Ihr klingt wie ein altes Ehepaar.«

»Wir sind ja auch schon fast zwanzig Jahre zusammen.« Scarlett zuckt mit den Schultern.

Allegra grinst. »Und genauso lange versuchst du, mich zu bevormunden.«

»Es ist nur zu deinem Besten, Süße!«

»Das sagst *du*!«

Unwillkürlich denke ich an Dom und mich, da ist es ähnlich. Und ich bin verdammt froh, dass wir problemlos da angeknüpft haben, wo wir aufhören mussten. Nach meiner letzten Nachricht, er möge sich um die Harley kümmern, und meinen Jahren in Irland.

»Weil es stimmt.«

»Von wegen! Ich –«

Die Türklingel unterbricht sie und Allegra schaut stirnrunzelnd zur Tür. »Wer kann das sein?«

»Terence, hoffe ich. Er wollte mir Ausrüstung bringen.«

Sie kneift die Augen zusammen und mustert mich.

»Ich gehe schon.« Ihre Freundin steht auf und läuft zur Tür, benutzt die Gegensprechanlage.

Ich beuge mich vor, senke die Stimme. »Hast du ein Problem damit?«

»Kommt darauf an.«

»Worauf?«

»Ob du dich bis an die Zähne bewaffnest. Wie du damit umgehst.«

Verständnislos runzle ich die Stirn. »Ich glaube, du hast falsche Vorstellungen, das sind reine Vorsichtsmaßnahmen. Im Normalfall brauche ich keine Waffen, dafür reichen meine Hände. Und der Rest meines Körpers.«

Wie zweideutig das klingt, wird mir erst bewusst, als eine ihrer Brauen zuckt und sie hastig den Blick senkt. Demonstrativ widmet sie sich wieder ihrem Frühstück.

Ein Grinsen zupft an meinen Mundwinkeln, aber ich unterdrücke das. Stehe auf und gehe Terence entgegen, der in dem Moment das Apartment betritt und Scarlett begrüßt.

Zum ersten Mal habe ich Gelegenheit, Cociarellis Assistenten genauer zu betrachten.

Er ist ein paar Jahre älter als ich und trägt das wellige hellbraune Haar ein wenig länger, ebenfalls nach hinten gekämmt. Das ovale Gesicht erscheint auf den ersten Blick weich, doch der gewisse Zug um seinen schmalen Mund und seine Augen verraten die Wahrheit. Auch sein schlanker Körper wirkt unter dem grauen Anzug unscheinbar, dennoch bin ich davon überzeugt, dass er topfit ist und einige tödliche Techniken beherrscht.

»Guten Morgen, Mr. Folliero.« Ich strecke ihm die Hand entgegen.

»Guten Morgen, Mr. Walsh.« Er ergreift und schüttelt sie, hält anschließend den weißen Karton in der anderen Hand hoch. »Ich habe ein Willkommensgeschenk für Sie.«

»Perfekt.« Ich übernehme die Kiste und wende mich Allegra zu. »Wo darf ich meine Ausrüstung bis heute Nachmittag deponieren?«

»Ich habe einen Safe in meinem Kleiderschrank.«

Warum überrascht mich das nicht?

»Super.«

»Wollen Sie nicht hineinschauen?«

Überrascht mustere ich ihn, deute mit den Augen vielsagend zu den beiden Frauen am Esstisch. Zur Antwort weist er auf die Couch.

Also nicke ich, gehe hinüber und er folgt mir. Zupft an den Hosenbeinen und setzt sich neben mich, während ich den Deckel abhebe und das Papier zurückschlage.

Darunter liegt die Originalverpackung einer Glock 19 der neuesten Generation, dazu zwei Päckchen Munition, 9 mm Para, und Magazine. Daneben finde ich das gewünschte Skeletool-Messer von *Leatherman* sowie einen Schalldämpfer und das passende Gürtelholster für die Selbstladepistole.

Er greift in die Innentasche seines Jacketts und fördert einen Umschlag zutage, den er mir hinhält. »Hier sind noch Ihr Studierendenausweis und eine Monatsfahrkarte für die Subway.«

»Danke.«

Folliero senkt die Stimme. »Ich gehe davon aus, dass Sie wissen, wie man mit alldem umgeht.«

Ich schaue ihn an, hebe eine Braue. »Ihr Ernst?«

In seinen Augen blitzt Härte auf. »Noch weiß ich kaum etwas über Sie, aber ich behalte Sie im Auge.«

»Tun Sie das.« Kühl erwidere ich seinen Blick, stülpe den Deckel wieder auf und erhebe mich.

Langsam steht auch er auf, ohne den Augenkontakt zu unterbrechen. Dann umrundet er die Couch und schlendert zu Allegra, legt ihr eine Hand auf die Schulter. »Alles klar bei dir? Hast du die Sache mit dem Angriff gut überstanden?«

Sie sieht lächelnd zu ihm auf. »Ja, danke.«

»Falls irgendetwas ist, melde dich.«

»Mache ich. Und bestell Cassie einen schönen Gruß.«

»Wird erledigt. Bis bald.«

Ein letztes Nicken zu Scarlett, dann geht er zur Tür und verlässt das Apartment.

Ich stopfe den Umschlag in meine Gesäßtasche, kehre zu meinem Stuhl zurück und stelle den Karton auf meinem linken Bein ab.

Die Stimmung hat sich verändert, aber ich kann keinen Finger darauf legen.

Hat es mit Terences Besuch zu tun? Oder dem, was er mir gebracht hat?

Unvermittelt springt Allegra auf und ergreift den Karton. »Gib her, ich bringe das weg.« Damit marschiert sie zu der Tür links und durch den Spalt erkenne ich, wie sie eine Schranktür öffnet. Es piept, sechsmal hintereinander, dann höre ich ein metallisches Klappern. Das muss der Safe sein.

Kurz darauf laufen die Geräusche andersherum ab, sie schließt die Schranktür und verlässt ihr Zimmer. Sichtbar erleichtert nimmt sie wieder auf ihrem Stuhl Platz und isst den Rest ihres Joghurts.

Scarlett ist schon eher fertig, trinkt von ihrem Kaffee. Wir wechseln einen Blick, sie zuckt mit den Schultern und umschließt ihre Tasse mit beiden Händen. Mustert mich neugierig. »Wie wird denn das ab sofort laufen? Bist du den ganzen Tag und überall dabei?«

»Nein. Ich gehe mit ihr zur Uni und bringe sie wieder nach Hause. Und in der Freizeit begleite ich sie nur zu Veranstaltungen, Treffen oder Sonstigem.«

»Sprecht nicht über mich, okay? Ich kann euch hören.«

Ihre Freundin verzieht schuldbewusst das Gesicht. »Sorry, so sollte es nicht rüberkommen. Eigentlich wollte ich nur wissen, ob Nolan auch zum Abendessen bleibt.«

»Das ist nicht geplant.« Allegra steht auf, nimmt ihr Geschirr und räumt es in die schmale Spülmaschine.

Scarlett trinkt ihren Kaffee aus, tut es ihr gleich.

Und ich schnappe mir den Rest vom Tisch.

Sobald alles aufgeräumt ist, verschwindet Allegra in ihrem Zimmer und ihre Freundin lächelt mich entschuldigend an. »Tut mir leid, das mit dir ist neu. Sie muss sich erst daran gewöhnen, dass du da bist und sie dich braucht.«

»Verstehe ich.«

Sie nickt. »Okay, ich muss ins Bad. Wir sehen uns.«

»Ja, bis dann.«

Damit wendet sie sich ab und ich gehe zur Garderobe.

Kaum habe ich die Lederjacke angezogen, kommt Allegra aus ihrem Zimmer und zieht die Tür hinter sich zu. Ihre auffällige Messenger-Bag landet auf dem Esstisch, sie schlüpft in eine Sweatjacke. Dann schultern wir unsere Taschen und gehen zur Tür.

»Mach's gut, Scar!« Allegra dreht den Knauf.

»Bis dann!«, ertönt es dumpf aus dem Bad.

Wir verlassen die Wohnung, laufen die Treppen hinab und hintereinander durch den schmalen Hausflur. Ich kenne ihr Parfüm bereits, aber zum ersten Mal umhüllt mich ihr vollständiger Duft. Und spricht verblüffenderweise tief in mir etwas an.

Welch aufregende Mischung aus fruchtiger Frische, etwas Blumigem und sinnlicher Weiblichkeit.

Unvermittelt verspüre ich den Drang, an ihrer Haut zu schnuppern. Am besten in der Kehlgrube oder gleich unter ihrem Ohr. Und bei der Gelegenheit würde ich an ihr knabbern, darüber lecken und saugen. So lange, bis sie vor Verlangen wimmert.

Reiß dich zusammen, du verlierst den Fokus!

Ertappt atme ich tief durch, straffe die Schultern.

Wir treten auf den Gehweg hinaus, und bevor ich etwas sagen kann, wendet sie sich nach links, marschiert los.

Kein guter Start für meinen Job.

Und schlecht für meinen Plan.

Eilig schließe ich zu ihr auf und überquere mit ihr die nächste Kreuzung, schlüpfe in meine Rolle und breche schließlich das Schweigen. »Ich bin nicht dein Feind.«

Keine Reaktion.

»Und dich einzuengen, ist das Letzte, was ich will.«

Sie stößt die Luft aus und schiebt die Hände in ihre Jackentaschen. »Ich kann nichts dafür, es fühlt sich … an wie ein goldener Käfig.«

»Ich denke, dass ich einen Freund und Studenten spiele, ist der unauffälligste, effektivste Weg mit den geringsten Einschränkungen für dich.«

»Schon möglich.«

»Du hättest mich ablehnen können.«

Schweigen.

»Warum hast du es nicht getan?«

Erneut bleibt sie stumm und ich wende den Blick nach vorn, mustere die Umgebung.

Vermutlich sollte ich mich auf einen anstrengenden Job einstellen und mir überlegen, inwiefern ich meinen Plan anpassen muss.

»Eigentlich hat es mit dem Inhalt des Kartons zu tun.« Ihre Stimme klingt frustriert. »Obwohl ich in gewisser Weise damit aufgewachsen bin, verabscheue ich das Zeug. Aber seit Freitag wird mir langsam klar, dass andere Menschen keine Rücksicht auf meine innere Einstellung nehmen. Ich fühle mich gerade wie Rapunzel, die aus dem Turm gefallen ist und feststellen muss, dass die Welt da draußen tatsächlich so böse ist, wie die Mutter es ihr gesagt hat.«

Der Vergleich ist so grotesk, dass mir ein kurzes, bitteres Lachen entschlüpft. »Stimmt. Das Leben ist kein Märchen.«

»Du musstest diese Erfahrung auch schon machen?«

Entgeistert schaue ich sie an und begegne ihrem intensiven Blick, der viel zu tief in mein Innerstes reicht. Weswegen ich mich hastig wieder abwende, die Zähne zusammenbeiße und versuche, meinen Schutzschild mental zu stärken.

»Sorry, war nur so ein Bauchgefühl.«

»Wir sollten darauf achten, möglichst locker miteinander umzugehen. Vertraut.«

»Und wie soll das funktionieren? Wir haben uns erst zweimal gesehen.«

»Ganz einfach, wir tauschen Informationen aus.«

»Was soll das werden? Ein geheimes Spionagetreffen? Oder Speed Dating?«

»Ach! Du möchtest über Zukunftspläne, Macken und sexuelle Vorlieben reden?«

Der Boxhieb trifft mich unvorbereitet auf die kurzen Rippen, treibt mir die Luft aus den Lungen und ich krümme mich.

Fuck, das habe ich tatsächlich verdrängt.

»Eine ordentliche Rechte hast du schon mal.« Ich reibe mir die Seite und grinse sie an.

»Das war noch gar nichts.«

»Jetzt machst du mich neugierig. Wie wäre es, wenn wir am Wochenende zusammen boxen gehen?«

Allegra hebt eine Braue. »Klingt nach ungleichmäßig verteilten Kräften.«

»Ich halte mich zurück.«

»Mal sehen.«

Wir biegen in die nächste Straße ab und laufen entgegen der Einbahnstraße. Dabei passieren wir ein Lokal mit dem zynischen Namen »Rice To Riches«, und sie lacht auf. »Okay, du willst Informationen. Ich hasse Reis.«

Im ersten Moment irritiert, lächle ich. »Zu meinen Favoriten zählt das Zeug auch nicht gerade.«

»Pasta oder Kartoffeln?«

»Vermutlich etwas mehr von Letzterem, der Küche meiner Tante geschuldet.«

»Pasta, verständlicherweise. Oh, und ich liebe Käse, in allen europäischen Variationen.« Sie deutet auf den kleinen französischen Käseladen, in dessen Fenster eine schwarz gescheckte Kuhfigur steht.

»Nee, damit kannst du mich jagen. Käse auf der Pizza ist das höchste der Gefühle. Oder Parmesan zu Spaghetti Bolognese.«

»Du hast keine Ahnung.«

»Allein der Geruch!« Ich mache ein würgendes Geräusch.

»Ich sag' ja, du hast keine Ahnung.«

»Dann belehre mich eines Besseren.«

Grinsend fuchtelt sie mit dem Finger vor meinem Gesicht herum. »*Challenge accepted.*«

»Fuck, du klingst wie meine Mutter, als ich klein war. *Nolan, erst wenn du etwas probiert hast, kannst du dir ein Urteil darüber erlauben.*«

»Du hast deine Mutter noch nie erwähnt.«

Sofort vergeht mir die gute Laune, wegen der mich obendrein Gewissensbisse überkommen. »Sie ist tot.«

»Oh. Das tut mir leid. War sie krank? Oder ein Unfall?«

»So ähnlich.« Ich schlucke den dicken Kloß in meiner Kehle hinunter. »Da vorn ist eine Subway-Station. Ist das die Linie, mit der wir fahren?«

»Ähm, ja, die 6. Hier gehts runter.«

An einem sandsteinfarbenen Haus mit hohen Säulen biegt sie ab und wir laufen die Treppen zur U-Bahn-Station hinab. An den Schranken halten wir die Monatskarte vor das jeweilige Lesegerät, gehen hindurch und zum richtigen Bahnsteig. Laut Anzeige soll der nächste Zug in zwei Minuten einfahren.

Während wir warten, verstaue ich die Plastikkarte in meiner Brieftasche und stecke auch meinen Studierendenausweis dazu.

Für das Bild musste ich Dom extra ein Foto von mir machen lassen, vor einer weißen Wand. Nicht gerade schmeichelhaft, aber vermutlich fällt das ohnehin niemandem auf.

Ein Luftzug aus dem Tunnel kündigt die U-Bahn an, die wenige Sekunden später am Bahnsteig hält. Zusammen mit einer großen Gruppe von Leuten schieben wir uns hinein, finden eine freie Haltestange und stellen uns dort auf. Hinter uns drängen weitere Fahrgäste hinein und wir werden enger zusammengeschoben.

Als die Türen sich endlich schließen, steht Allegra höchstens zwei Handbreit vor meiner Brust und schaut verlegen zu mir auf. »Ist die U-Bahn in Dublin auch so voll?«

Der Zug fährt an und ich genieße es, sie mit meiner Nähe sichtlich zu verunsichern. »Keine Ahnung, ich bin noch nie damit gefahren. In Dublin läuft eigentlich alles oberirdisch, mit Bus oder Straßenbahn. Und nein, darin kommt man sich nicht so nah, wie es hier möglich ist.« Ich lächle sie vielsagend an.

Diesmal erwidert sie es und in ihren Augen verändert sich etwas, funkelt auf. »Wie gut, dass du keine der Personen bist, bei denen man jegliche Körperberührung lieber vermeidet.«

»Heißt das, du gehst gern mit mir auf Tuchfühlung?«

»Ich könnte mich daran gewöhnen.«

Angenehm überrascht gehe ich auf den Flirt ein und beuge mich zu ihrem Ohr, mustere gleichzeitig die umstehenden Fahrgäste. »Ich mag deinen Duft.« Um meine Worte zu unterstreichen, berühre ich mit der Nasenspitze kurz die Stelle unter ihrem Ohr. Atme hörbar ein und ziehe mich zurück.

Als ich sie wieder ansehe, leckt sie sich über die Oberlippe, ihr Atem geht schneller. »Geht mir genauso.«

Sieh an, sieh an. Die Mafiaprinzessin taut langsam auf.

Meine Mundwinkel wandern in die Höhe.

Vielleicht wird es ja doch einfacher als erwartet.

KAPITEL 8

Allegra

Was, zum Teufel, hast du dir dabei gedacht? Bist du verrückt geworden?

Ach, halt doch die Klappe!

Gereizt konzentriere ich mich auf meinen Körper und werde dafür belohnt. Das aufregende Prickeln in meinem Bauch wird stärker, fließt tiefer.

Ob das etwas Gutes ist, kann ich allerdings kaum beurteilen.

Weil ich total durcheinander bin und selbst kein bisschen verstehe, was da gerade passiert ist. Was ich *angestoßen* habe.

Wir nehmen den Ausgang Uptown, marschieren die Treppe hinauf und überqueren den Astor Place Richtung Campus. Um mich abzulenken und auf die Notwendigkeit einzugehen, dass wir vertraut wirken müssen, erzähle ich Nolan von meinen Dozenten. Füttere ihn mit den letzten Neuigkeiten und witzigen Begebenheiten aus dem Unterricht.

Trotzdem schafft es dieses seltsame Gefühl, in den Vordergrund zu treten und mich weiter zu verunsichern.

Ich vermisse seine Nähe, obwohl sie in der Subway nur wenige Minuten gedauert hat, und was ich gesagt habe, wenn auch unbeabsichtigt, entspricht der Wahrheit. Ich mag seinen Duft, sehr sogar. Am Anfang zitrusfrisch, darunter aromatisch und holzig. Und dann ist da noch etwas Warmes, Verführerisches, das mir an der Haltestange anscheinend die Sinne vernebelt hat. Anders kann ich mir nicht erklären, warum ich mit ihm geflirtet habe.

Er hätte nicht darauf eingehen dürfen, oder? So etwas macht ein Bodyguard gegenüber seiner Kundin nicht.

»Okay, bei wem kaufst du deinen Kaffee?«

Ich blinzle und stelle fest, dass wir inzwischen an der Gould Plaza angekommen sind. »Oh, ähm, bei dem hier.«

Ich deute auf den entsprechenden Verkaufswagen und wir gehen hinüber, erwerben je einen großen Becher Kaffee und schlendern zum Eingang der *Stern*.

Automatisch angle ich den Studierendenausweis aus der kleinen Extratasche meiner Messenger-Bag. »Du solltest deinen Ausweis ebenfalls rausholen, gleich hinter der Tür befinden sich Einlasskontrollen wie in der Subway.«

Nolan hebt die Brauen, zieht seine Geldbörse aus der Gesäßtasche. »Gesichert wie Fort Knox.«

»Nicht ganz, aber auf jeden Fall effektiv. Bei einem öffentlichen Campus geht das vermutlich gar nicht anders.«

Ich öffne die Tür und halte sie ihm auf. Zusammen passieren wir die Schranken, stecken die Ausweise wieder ein und ich dirigiere ihn Richtung Treppe. »Wir müssen als Erstes da runter.«

Neugierig schaut er sich um. »In Dublin sah es ähnlich modern aus, aber weitläufiger. Eher wie in einem Geschäftsgebäude als wie in einer Universität. Aber das ist vermutlich die Zukunft.«

»Ich dachte, in Europa sei alles alt und ehrwürdig.«

Er schnalzt mit der Zunge. »Immer diese Vorurteile.«

Auf dem Weg zum Schulungsraum werfe ich einen Blick auf meine Armbanduhr, gute zehn Minuten bis zum Unterrichtsbeginn. Ein paar Schritte vor dem Eingang lege ich ihm die Hand auf den Arm und bleibe stehen. »Sorry, aber wir müssen erst noch etwas besprechen.«

»Und das wäre?«

»Na ja, ich sitze fast überall mit ein paar Bekannten zusammen, da wird es schwierig, dich glaubhaft einzuführen.«

Er zuckt lässig mit den Schultern. »Kein Problem, ich sitze ohnehin am liebsten ganz hinten und für mich allein. Auf diese Weise habe ich alles im Blick.«

»Okay, das ist gut.« Mir fällt ein Stein vom Herzen.

»Du grübelst zu viel.«

»Manchmal.« Ich verziehe das Gesicht.

Da beugt er sich zu meinem Ohr. »Lass doch einfach mal dein Bauchgefühl entscheiden.«

Ein heißer Schauer rieselt meinen Rücken hinab und ich starre ihn an, als er sich wieder aufrichtet. Doch bevor ich etwas erwidern kann, zwinkert er mir zu und betritt den Saal.

Kurz presse ich die Lider zusammen, atme tief durch und sammle mich. Dann setze ich ein Lächeln auf und folge ihm.

Meine Gruppe sitzt mittig in Reihe sieben und ich schiebe mich zu ihnen durch, bleibe an meinem freien Stuhl stehen. »Guten Morgen!«

Sie erwidern meinen Gruß, widmen sich erst einmal wieder ihren Anekdoten vom Wochenende und ich wende mich meinem Platz zu. Deponiere den Kaffeebecher auf dem Tisch, lege die Tasche daneben und ziehe meine Jacke aus.

»Und wie war dein Wochenende so, Ally?« Esha, die rechts von mir sitzt, stößt mir lächelnd den Ellbogen in die

Seite. Ganz sanft, so wie es ihrem Wesen entspricht. »Hast du wieder die ganze Zeit gelernt?«

»Nur am Sonntag. Am Samstag war ich unterwegs und abends mit Scarlett feiern.«

»Unglaublich!« Gil links neben mir gibt einen theatralisch-schockierten Laut von sich und ich lache auf.

»Ja, oder?«

»Und wo wart ihr?«

Ich erzähle ihnen von dem Club in Dutch Kills, Queens, in dem überwiegend Studierende des *Hunter College* verkehren. Entsprechend tanzbar ist die Musik und Scarlett sowie ihre Kommilitonen nutzen jede Gelegenheit, um auf der Tanzfläche ihr Können zu beweisen.

»Also eigentlich nicht deine Richtung.« Esha verzieht bedauernd den Mund.

»Ja, aber es war echt nett. Mal was anderes.«

Ein Schwall von Leuten schiebt sich durch die Tür, verteilt sich auf die Reihen.

Einer davon bleibt direkt vor uns stehen und wir drei sehen zu ihm auf.

»Allegra! Wie geht es dir?« Vidal schaut mich mit übertriebenem Mitgefühl an.

»Gut, warum?«

»Ich habe von dem Angriff am Freitag gehört.«

Erstaunt hebe ich die Brauen und meine beiden Sitznachbarn japsen nach Luft.

»Angriff? Was denn für ein Angriff? Was ist passiert?« Gils Stimme überschlägt sich beinahe.

»Woher weißt du davon?«

»Ich habs Freitagabend im *Up & Up* gehört. Also, wie ein paar Leute sich darüber unterhalten haben. Dass du das Opfer warst, habe ich nur an der Beschreibung deiner Tasche erkannt.«

Was für ein Mist! Wenn schon in einer der

Studentenbars rund um die *NYU* darüber geredet wurde, bin ich wohl Gesprächsthema auf dem Campus.

Esha zerrt an meinem Arm. »Jetzt erzähl endlich, was passiert ist.«

Ich winke ab und fasse die Geschichte in wenigen Sätzen zusammen, spiele es herunter. »Ihr seht, alles halb so wild.«

Der drahtige Latino, der kaum größer ist als ich, nimmt meine Hand und drückt sie. »Darüber bin ich echt froh, glaub mir. Aber warum hast du dich nicht selbst gewehrt? Ihm ein paar Boxhiebe verpasst oder einen Tritt in die Eier?«

Automatisch gehe ich in Verteidigungshaltung, entziehe ihm meine Hand und verschränke die Arme vor der Brust »Ich war in dem Moment wie erstarrt und …« Hilflos zucke ich mit den Schultern.

Nun beugt Vidal sich vertraulich vor und ich nehme sein aufdringliches Aftershave wahr. »Komm am Samstag in den Boxclub, dann übe ich ein paar Moves mit dir, die dir jeden Kerl vom Leib halten.« Er zwinkert mir zu.

Ich zwinge mich zu einem Lächeln. »Danke für das Angebot, aber ich bin bereits zum Training verabredet. Vielleicht ein andermal.«

»Ich bin für dich da.« Er verzieht den Mund zu einem strahlenden Lächeln und richtet sich wieder auf. Nickt uns zu und geht weiter zu seinem Platz.

Angeekelt starre ich ihm nach, atme unauffällig tief durch.

»Was für ein Kotzbrocken.« Gil schüttelt sich.

»Du sagst es.«

*

»Wer war eigentlich der Schleimer vor der ersten Stunde?«

In der Mittagspause schlendern Nolan und ich rüber in den Washington Square Park und wir haben zum ersten Mal Gelegenheit, uns ungestört zu unterhalten.

»Ach, nur so ein Typ, den ich auch vom Boxen kenne. Vidal Balasco.«

»Ihr habt vertraut gewirkt. Na ja, nicht direkt vertraut, aber eine Vorstufe davon.«

Ekel und Wut wallen in mir auf. »Das hätte er vielleicht gern.«

»Klingt nach Ärger.«

»Indirekt.«

»Hat er dich bedrängt?«

Automatisch erinnere ich mich an seine letzte Anmache, bei der ich etwas deutlicher werden musste. »Nein, nicht wirklich. Ja, er hat mich schon einige Male angebaggert, und irgendwie versteht er nicht, dass ich kein Interesse an ihm habe. Aber beim letzten Mal hat er es anscheinend kapiert.«

»Wann war das?«

»Keine Ahnung. Vor zwei oder drei Monaten? Auf jeden Fall vor den Sommerferien.«

Vor der Bibliothek überqueren wir die Straße und betreten den Park an der südlichen Ecke. Und da sämtliche Wege zu beiden Seiten von Holzbänken gesäumt werden, finden wir auch schnell eine, auf der wir uns niederlassen können.

»Was ist da passiert?«

»Nach den letzten Prüfungen sind wir in eine der Bars gegangen, gleich hinter dem Campus.« Ich deute mit dem Daumen über meine Schulter, Richtung Südosten. »Die Stimmung war total ausgelassen und ich habe mit meinen Leuten gefeiert. Da meinte er wohl, die Gelegenheit sei günstig für einen Annäherungsversuch.«

»Hat er dich begrapscht?« In seiner Stimme schwingt

Unwillen mit.

Ermutigt lehne ich mich schmunzelnd zurück, schlage die Beine übereinander. »Nein. Er hat nur etwas Ähnliches gemacht wie du. Sich an mich gedrückt und mir ins Ohr geraunt, dass er mich unglaublich toll findet.«

Nolan hebt eine Braue. »Noch habe ich mich nicht an dich gedrückt.«

»Hast du das denn vor?«

»Da wir jeden Tag mit der Subway fahren, könnte es passieren.«

»Das war nicht meine Frage.«

Doch er grinst nur. »Wie lange kennt ihr euch?«

Ich zucke mit den Schultern. »Seit etwa einem Jahr, wir haben zwei Masterstudiengänge zusammen. Da ist mir dann auch aufgefallen, dass er im selben Boxclub trainiert.«

»Was meinst du mit *aufgefallen*? Hat er sich erst dort angemeldet? Ist er länger da?«

»Keine Ahnung. Auf jeden Fall sind wir uns erst ein oder zwei Monate nach Semesterbeginn dort über den Weg gelaufen. Ich bin eher der introvertierte Typ und achte wenig auf meine Umgebung, also kann es gut sein, dass er bereits vorher dort Mitglied war.«

»Das solltest du dringend ändern.«

»Wegen möglicher Überfälle?«

»Ganz genau. Du musst aufmerksamer sein, die Leute und ihr Verhalten beobachten, nach seltsamen Kleinigkeiten Ausschau halten.«

»Klingt nach selbst herbeigeführter Paranoia.«

»Du übertreibst.«

Kopfschüttelnd packe ich meinen Quinoa-Salat aus. »Für dich ist das vermutlich normal, man hat es dir für deinen Job als Personenschützer beigebracht. In meiner Welt führt das zu Verfolgungswahn oder Aggressionen.«

»In deiner Welt?«

»Okay, der meines Vaters.«

»In der du nicht leben willst.«

»Nein.«

Ich klappe demonstrativ den Deckel auf, schiebe eine Portion auf den Löffel und mir in den Mund.

Nolan kramt in seinem Rucksack, fördert ein paar Sandwiches zutage.

Eine Weile essen wir schweigend und so sehr ich es auch versuche, ich kann nicht verhindern, dass mein Verstand seine Worte hin und her wälzt.

Unwillkürlich kehre ich in Gedanken zu Freitagnachmittag zurück.

Ich habe die *Steinhardt* zusammen mit ein paar Leuten verlassen, durch den Seiteneingang. Auf dem Gehweg haben wir kurz zusammengestanden, geredet und gelacht, denn meistens reicht die Aussicht aufs Wochenende, damit gute Stimmung herrscht. Irgendwann haben wir uns voneinander verabschiedet und ich bin über die Straße gegangen, um an der *Grey Art Gallery* vorbeizuschlendern und dann über den Waverly Place zur Subway-Station Astor Place zu laufen.

Das mache ich mindestens einmal die Woche und es war wie immer. Mäßiger Verkehr, viele Fußgänger, Baulärm an dem Unigebäude. Rechts stand der Container, dann hat mich der Schatten unter dem Gerüst eingehüllt und kurz darauf eine Hand gepackt.

Nachdenklich starre ich vor mich hin. »Meinst du, am Freitag hätte ich etwas sehen können, das mir eine Warnung gewesen wäre? Ich habe nichts Ungewöhnliches bemerkt.«

Er schüttelt den Kopf. »Keine Ahnung. Ich habe es auch nur wegen der schnellen Bewegungen bemerkt, mit denen er dich in den Schatten gezerrt hat. Unvorstellbar, was passiert wäre, wenn ich in dem Moment auf meine

Füße oder in die andere Richtung geschaut hätte.«

»Hoffentlich hätte ich mich wenigstens an mein Boxtraining erinnert.«

»Mit einem Messer an der Kehle? Schwer vorstellbar.«

»Vielleicht sollte ich noch einen Selbstverteidigungskurs besuchen, der letzte ist schon ein paar Jahre her. Ich glaube, da war ich noch an der Highschool.«

»Wenn du willst, kann ich …« Er zögert, stößt die Luft aus. »… dein Gedächtnis auffrischen.«

Irritiert über seine Reaktion, lasse ich mir das Angebot durch den Kopf gehen. »Okay. Aber nur, wenn du mir ein paar Sachen zeigst, die so Leute wie du lernen.«

Nolan runzelt die Stirn, sein Mundwinkel zuckt. »Leute wie ich? Was genau meinst du?«

»Na, das harte Zeug. Tödliche Griffe, schmerzhafte Griffe. Um diesen Arschlöchern wehzutun, anstatt sie nur zu vertreiben.«

»Jetzt willst du es aber wissen, oder?«

»Wenn etwas mein ehrliches Interesse weckt oder so richtige Leidenschaft für eine Sache aufkommt, dann knie ich mich voll rein, ja.«

»Leidenschaft?« Seine verführerisch tiefe Stimme vibriert durch meinen Bauch und der herausfordernde Unterton löst ein Prickeln darin aus. Ganz zu schweigen von dem bedeutungsvollen Funkeln in seinen Augen.

Mein Schoß erwacht zum Leben und ich presse verzweifelt die Schenkel zusammen. Was es nur noch schlimmer macht.

Ich schlucke, gefangen von seiner Präsenz.

Stelle mir vor, wir wären in meinem Zimmer. Er würde mit loderndem Blick auf mich zukommen. Mir befehlen, mich für ihn auszuziehen und das Gleiche mit ihm zu machen. Und dann –

»Ein Begriff, der wohl eher zu dem gehört, was

zwischen zwei Menschen abläuft. Oder würdest du auch Worte wie Hingabe oder Verlangen verwenden, wenn es um ein Hobby geht?«

Wie er diese beiden Wörter betont, törnt mich unerklärlicherweise an, und ich will mehr davon hören. Am besten, wenn wir allein sind. »Nein, du hast recht. Begierde … kann ich nur für einen Mann empfinden.«

Sein Mundwinkel wandert nach oben, womit sich sein Mund zu einem sexy Lächeln verzieht, das direkt mein Lustzentrum trifft.

Holy Jesus, steh mir bei!

»Und wer … käme da infrage?«

Das Prickeln breitet sich aus, mein Herz erhöht das Tempo und mein Selbstbewusstsein bekommt eine Adrenalinspritze. »Auf keinen Fall einer der Studenten.«

»Mh-hm?«

»Es müsste ein *Mann* sein. Stark, muskulös, tätowiert.«

Sein Lächeln wird breiter. »Ja?«

»Ein Mann, der weiß, was er will. Nämlich mich.«

»So so.«

»Der bereit ist, mich zu erobern.«

Nolan wendet sich mir zu, legt den Ellenbogen auf die Rückenlehne und sein Blick wird intensiver. »Und womit könnte man dich erobern?«

»Vielleicht musst du das selbst herausfinden.«

»Sollte ich das denn?«

Das Herz schlägt mir bis zum Hals hinauf, aus meinem Bauch steigt ein Zittern auf und ich nehme sämtlichen Mut zusammen. »Ich hätte nichts dagegen.«

Seine Braue wandert nach oben. »Gut zu wissen.«

Einen Moment starre ich ihn an, warte auf weitere Worte oder eine Reaktion seinerseits. Den ersten Schritt.

Doch nichts dergleichen passiert, es bleibt bei dem intensiven Blick.

Mir wird heiß vor Scham.

Will er mich verarschen? Erst baggert er mich an und jetzt macht er einen Rückzieher? Was für ein Arschloch.

Zum Glück erhält mein Selbstbewusstsein einen unerwarteten Energieschub.

Oh, nein, so schnell gebe ich nicht auf. Erst recht nicht bei einem Kerl, der mich schon vom Typ her antörnt. Und trotz meines Lerntunnels und der Scheuklappen ständig meine Aufmerksamkeit auf sich zieht. Selbst wenn er gar nicht da ist.

Deshalb zucke ich ungerührt mit den Schultern und widme mich wieder meinem Lunch. »Na ja, ist halt immer die Frage, wie viel Eier man hat.« Ein letztes Mal sehe ich ihn an. »Um sich das zu holen, was man wirklich will.« Ich esse einen Löffel von dem Salat und kratze den Rest in der Schale zusammen. »Oder ob man sich von gewissen Umständen abschrecken lässt.«

Mit einem verhaltenen Lachen knüllt er die Sandwichverpackung zusammen und raunt: »Glaub mir, Prinzessin. In solchen Belangen bin ich schmerzfrei.« Er steht auf und geht zum nächstgelegenen Mülleimer.

Meine Mundwinkel zucken, aber im nächsten Moment wird mir bewusst, wie er mich genannt hat. »Prinzessin? Willst du mich beleidigen?«

Grinsend kehrt er zurück, bückt sich nach seiner Tasche. »Nein. Und jetzt lass uns spazieren gehen, mir tut der Hintern weh.«

*

»Okay, das wars für heute. Bitte denken Sie daran, dass nächste Woche die Frist für die Fachaufsätze ausläuft.« Die Dozentin für »Soziale Medien und Visuelle Kultur« schaltet den Beamer aus und beugt sich zu ihrem Laptop.

Endlich Feierabend!

Erleichtert klappe ich die Schutzhülle über meinen Tablet-PC, stecke den Stift in die Halterung und verstaue alles in meiner Tasche. Um mich herum werden das Gemurmel sowie die Geräusche des Aufbruchs lauter, und keine dreißig Sekunden später eilen die ersten Studenten hinaus. Darunter Nolan.

Ich verabschiede mich von meinen Sitznachbarn und verlasse den Hörsaal.

Einige interessante Details des heutigen Themas schwirren durch meinen Kopf, doch sobald ich meinen Bodyguard an der Treppe stehen sehe, ist alles wie leer gefegt.

Was mir absolut nicht in den Kram passt, schließlich will ich meinen bestmöglichen Studienabschluss auf keinen Fall dadurch gefährden, dass ich ihn anschmachte.

Anschmachten? Du fängst bald an zu sabbern!

Fuck, mein Verstand hat recht.

Ob das aufhört, wenn ich mit ihm geschlafen habe?

In mir regt sich etwas Freches, verhilft mir zu einer erregenden Erkenntnis.

Mit einem solchen Kerl schläft man nicht, man fickt mit ihm. Oder besser – er fickt dich.

Ich erreiche Nolan, verdränge diese heißen Gedanken lieber, und er gesellt sich an meine Seite. »War das die letzte Stunde?«

»Ja, zum Glück.«

»Bist du müde?«

»Ein bisschen. Am Montag habe ich nicht nur die meisten Kurse, oft dehnen die Stunden sich auch wie Kaugummi.«

»Um das auszugleichen, könntest du direkt boxen gehen.«

»Dann schaffe ich mein Lernpensum nicht.«

»Treibst du unter der Woche gar keinen Sport?«

»Doch, ich gehe zweimal ins Fitnessstudio, das ist nur ein paar Minuten von unserer Wohnung entfernt. Meistens dienstags und donnerstags.«

»Soll ich dich begleiten?«

»Das wäre vollkommen übertrieben.«

»Wenn du meinst.«

Wir verlassen das Gebäude und Nolan schultert seinen Rucksack, schüttelt lächelnd den Kopf. »Während des Studiums war ich fast jeden Abend im Gym des Studentenwohnheims. Das war perfekt, um die Konzentration zu steigern.«

»Daher deine ganzen Muskeln.«

»Du hast sie bemerkt?«

»Am Frühstückstisch hatte ich leider keine andere Wahl.«

»Du Arme!«

Ich stoße einen übertriebenen Seufzer aus. »Ja, finde ich auch. Wie konnte mein Vater mir ausgerechnet dich zumuten?«

»Wen hättest du denn lieber gehabt?«

»Keinen seiner Lackaffen, weißt du doch.«

»Was hast du gegen die?«

Ich werfe ihm einen prüfenden Blick zu. »Ich bitte dich! Kerle, die doppelt so breit sind wie du? Die ihre Augen hinter Sonnenbrillen verstecken, versteinerte Mienen aufsetzen und ihr Haar mit Gel zurückkämmen? Nein, danke.«

»Vermutlich hat dein Vater so jemanden auch für sich engagiert.«

»Einen? Pff!«

»Am Samstag habe ich keinen davon gesehen.«

»In seinem Zuhause haben sie nichts zu suchen, meint Dad immer. Vermutlich leben zwei von ihnen am

Wochenende in einem Wagen vor seinem Haus. Was auch anderweitig überwacht wird, glaube ich.«

»*Glaubst* du?«

»Seit meinem Auszug interessiere ich mich nicht mehr dafür.«

»Und was ist, wenn du sie besuchst?«

»Denke ich meistens nicht daran.«

»Meinst du, er lässt auch euere Wohnung überwachen?«

Ich will schon den Mund öffnen und ihm widersprechen, doch wenn ich genauer darüber nachdenke … »Keine Ahnung, aber ich würde es ihm zutrauen. Terence hat auf jeden Fall für eine erstklassige Alarmanlage gesorgt.«

»Die Kameras habe ich gesehen. Ist ein Irisscanner integriert?«

»Ja, aber den habe ich deaktiviert, war mir zu aufwendig. Der Code muss reichen. Außerdem hat noch nie jemand versucht, einzubrechen.«

»Was nicht heißt, dass es so bleibt.«

Wir haben die Subway-Station erreicht und gehen in einem Pulk von Fahrgästen die Treppen hinunter, weswegen ein Gespräch erst auf dem Bahnsteig wieder möglich ist.

Dort ziehe ich ihn zur Seite, trete dicht an ihn heran. »Ist dir etwas aufgefallen? Gibt es womöglich mehr von diesen gestörten Pennern?«

Nolan mustert mich und unter seinem intensiven Blick wird mir schon wieder heiß. »Heute war der erste Tag, ich kann noch nichts dazu sagen. Aber wir sollten vorsichtig sein, kein unnötiges Risiko eingehen.«

Ich nicke, wende mich ab und verschränke die Arme vor der Brust. Richte den Blick ins Leere und kämpfe gegen die aufsteigende Beklemmung an.

Genau das wollte ich immer vermeiden, unnötige

Panik. Aber wie es scheint, hat die Welt der Mafia mich eingeholt.

So viel ich weiß, herrscht seit den Neunzigern Waffenruhe zwischen den Clans. Was sich in den letzten zwanzig Jahren zu einer gewissen Harmonie entwickelt hat. Doch Ausreißer gibt es immer wieder, oder? Genauso wie andere Gruppierungen, die in dieser Stadt das Sagen haben wollen.

»Keine Angst, ich passe schon auf dich auf.«

Nachdenklich sehe ich ihn an.

Super, und gleichzeitig wird er mir auf persönlicher Ebene gefährlich.

»Wie wäre es, wenn du mir von einigen deiner bisherigen Aufträge erzählst? Damit ich ein Gefühl dafür bekomme, was mich die nächsten Wochen erwartet.«

Er kommt meiner Bitte nach, aber am Ende wird mir bewusst, dass er anscheinend noch keinen Auftrag im kriminellen Milieu hatte.

Besser, ich denke erst gar nicht darüber nach.

Vor der Tür unserer Wohnung angekommen, deaktiviere ich die Alarmanlage und schließe auf. Betrete mein Zuhause und schalte das Licht ein, drehe mich zu ihm um. »Ich gehe mal davon aus, du nimmst deinen Karton jetzt mit?«

Nolan nickt, drückt die Wohnungstür zu.

Also marschiere ich in mein Zimmer. Werfe Jacke und Tasche aufs Bett, öffne die Türen von meinem Kleiderschrank und hole sein Paket aus dem Safe.

Damit kehre ich in den Eingangsbereich zurück, halte ihm die Schachtel hin. »In die Universitätsgebäude kriegst du aber keine Waffen rein.«

»Das lass meine Sorge sein.« Er zwinkert mir zu, stellt den Rucksack auf den Boden und hockt sich hin. Nimmt mir den Karton ab und verstaut ihn bei seinem Laptop.

Ich sehe ihm dabei zu und automatisch zu seinen Schenkeln, die sich deutlich unter der Jeans abzeichnen. Leider kann ich aus dem Winkel nur den Ansatz seines Hinterns erkennen, doch als er sich aufrichtet, fällt mein Blick unbeabsichtigt auf seinen Schritt.

Sofort springt mein Kopfkino an und ich frage mich, wie es wohl unter dem Reißverschluss aussieht. Stelle mir vor, ich würde ihn in mein Zimmer bringen, mich vor ihn knien und –

Hastig hebe ich den Kopf, begegne seinem belustigten Blick, und mir wird heiß.

Fuck, was ist denn nur los mit mir?

Seine Mundwinkel wandern ein Stück höher und ich möchte ihm das Grinsen am liebsten aus dem Gesicht wischen. Obwohl … wenn er mir die schmutzigen Gedanken schon ansieht …

Lässig schiebe ich die Finger in die vorderen Jeanstaschen. »Bleibst du noch auf einen Kaffee oder so? Wir sind … allein.«

In seinen Augen glimmt Überraschung auf. »Danke, aber ich fahre jetzt besser nach Hause. War ein langer Tag.«

Er schwingt sich den Rucksack auf den Rücken, läuft zur Tür und ich folge ihm.

Im ersten Moment bin ich enttäuscht, aber im nächsten wird mir klar, dass seine Antwort kein richtiges Nein war. Eher ein »Nicht heute«.

Nolan öffnet die Tür und tritt auf die Schwelle. Doch als ich ihn erreiche, stoppt er und dreht sich zu mir um.

Mit einem Mal sind wir uns fast so nah wie in der U-Bahn und mein Herz hämmert los. Nervös schaue ich zu ihm auf, bemerke sein sexy Lächeln.

Da beugt er sich zu meinem Ohr und raunt: »Schlaf gut, Prinzessin. Träum was Aufregendes.« Mit Nase und Lippen streift er meine Wange, ein heißer Schauer rieselt meinen Rücken hinab. Dann richtet er sich auf, sieht mir noch einmal in die Augen und geht.

Mit wackeligen Knien schließe ich die Tür hinter ihm, lehne mich an das Holz und rutsche daran hinab. Fahre mir mit beiden Händen übers Gesicht, verschränke die Finger im Nacken und seufze.

Jesus, dieser Kerl macht mich echt schwach.

Woran mich ein Detail überrascht.

Es gefällt mir und ich will mehr davon.

Es anheizen, bis wir zusammen explodieren.

Bei dem Gedanken breitet sich ein Lächeln auf meinem Gesicht aus und wie schon heute Mittag kickt es mein Selbstbewusstsein.

Diesmal werde ich dranbleiben.

Dieser Mann gehört mir.

Kapitel 9
Nolan

Einige Minuten vor der vereinbarten Zeit biege ich Samstagmorgen in Allegras Straße ein und bin angenehm überrascht, dass sie bereits draußen auf mich wartet.

Oder will sie vermeiden, mir da oben zu nah zu kommen? Mit mir allein zu sein?

Vergiss es, Prinzessin!

Froh, dass der Helm mein Grinsen verbirgt, halte ich vor ihr am Straßenrand. Stelle die Füße auf den Asphalt, klappe das Visier hoch und schaue zu ihr hinüber. »Guten Morgen.«

»Morgen.« Sie schiebt das Smartphone in ihre Jackentasche und auch den anderen Arm durch den Schulterriemen ihres Rucksacks.

Ich drehe mich zur Gepäcktasche herum und hole den zweiten Helm hervor, reiche ihn ihr. »Wohin müssen wir?«

»Richtung Campus.«

Ich gebe die Adresse in mein Smartphone ein, während sie den Helm aufsetzt, und starte die Navigation. Die erste Anweisung ertönt in meinem linken Ohr.

Allegra hält sich an meiner Schulter fest, steigt hinter

mir auf und legt die Arme um meine Mitte. Zu meinem Erstaunen breitet sich ein verdammt angenehmes Gefühl in mir aus, sobald ich losfahre und sie sich an mich schmiegt. Begleitet von dem Prickeln, das ich schon vom letzten Wochenende kenne.

Wenn ich mich nicht irre, ist es stärker als bei unseren ersten Berührungen.

Ob das an der Spannung liegt, die sich seit Montag zwischen uns aufbaut?

Unsere Flirts werden täglich intensiver, direkter, und ich kann nicht leugnen, dass es mir gefällt. Auch weil es die Umsetzung meines Plans wesentlich erleichtert. Wäre sie unempfänglich für meine Reize und Signale, hätte ich ein entscheidendes Problem. Genauso wie im umgekehrten Fall, wenn mein Körper nicht oder falsch auf sie reagieren würde.

Jetzt kommt es nur noch auf das richtige Timing an.

Ein Detail jedoch irritiert mich.

Warum, zum Teufel, habe ich ihr angeboten, ihre Kenntnisse in Selbstverteidigung aufzufrischen?

Es sollte mir herzlich egal sein, ob sie sich das nächste Mal wehren kann, wenn ein Kerl ihr wehtun will.

Ist es aber nicht.

Ach was, sieh es positiv! Vielleicht fällt sie ja über dich her und du musst nicht den Verführer spielen.

Stimmt.

Und dieser Aspekt macht mich auch weniger angreifbar.

Für meine bisherige Zurückhaltung gibt es nämlich einen weiteren Grund.

Ich habe zwar noch keine Beweise dafür, aber mein Instinkt sagt mir, dass wir beobachtet werden. Oder besser gesagt, ich. Von Terence oder anderen Mitarbeitern von Allegras Vater.

An seiner Stelle würde ich es vermutlich ähnlich machen, schließlich bin ich ein Fremder und seine jüngste Tochter …

In meinem Kopf taucht ein irrwitziger Gedanke auf.

Ob er sie jemandem als Ehefrau versprochen hat?

Einem Mitglied einer anderen Mafiafamilie?

Bei den Clanoberhäuptern scheint das häufiger vorzukommen, vielleicht gilt es genauso für deren Capi.

Doch wie soll ich etwas darüber herausfinden? Allegra fragen?

Nein, damit würde ich mich nur verraten.

Wie auch immer – es wäre auf jeden Fall ein willkommener, aber unerheblicher Nebeneffekt.

Am Ziel angekommen lenke ich die Harley in die Durchfahrt zum Hinterhof, auf dem sich ein kleiner Kundenparkplatz befindet, und quetsche sie in eine schmale Lücke zwischen Müllcontainern und dem ersten Fahrzeug.

Wir befreien uns von den Helmen und ich werfe einen prüfenden Blick in die Runde.

Allegra fährt sich durchs Haar. »Wir können die Helme mitnehmen, die Schränke im Umkleidebereich sind groß genug.«

»Umso besser.« Ich ziehe meine Sportsachen aus der Gepäcktasche, schwinge sie mir über die Schulter und folge ihr zum Hintereingang.

Dort hält sie eine Karte vor das Lesegerät, ein Summen ertönt und sie öffnet die Tür.

Am Ende eines kurzen Ganges gelangen wir durch eine Tür in ein Treppenhaus und sie dreht sich zu mir um. »Also, hier unten befinden sich die Umkleideräume und der Fitnessbereich. Oben sind die Kursräume, brauchst du einen davon?«

»Du meinst, wegen der Nachhilfe für dich?«

Sie nickt.

»Wenn es dort Auslegematten gibt, ja.«

»Dann reserviere ich einen, wenn wir uns anmelden. In einer Stunde? Nach dem Training?«

»Perfekt.«

»Okay, komm mit.«

Wir gehen zum Empfang und sie meldet mich als Gast an, reserviert einen kleinen Kursraum.

Der Angestellte schaut mich fragend an. »Brauchst du Ausrüstung? Bandagen? Schuhe?«

»Nein, alles vorhanden.«

»Wie lange boxt du schon?«

»Sieben Jahre.«

»Nimmst du an Turnieren teil?«

»Nein.«

»Falls du doch Lust bekommst, sag Bescheid, hier finden regelmäßig welche statt.«

Ich nicke und reiche ihm meinen Studierendenausweis, unterschreibe am Ende eine Art Tagesvertrag. Ungewohnte Bürokratie, auf die in meinem Club in der Bronx niemand käme. Muss an der Anbindung zur Universität liegen, mit der sie auf dem Plakat neben dem Tresen werben.

»Soll ich dich herumführen?«

»Das mache ich schon.« Allegra winkt mich in Richtung der Umkleideräume.

Dort ziehen wir uns um, legen die Bandagen an und treffen uns im Flur wieder.

Im Gegensatz zu meinem lässigen Outfit aus T-Shirt und knielanger Sweathose trägt sie Top und kurze Hose, beides eng anliegend. Was mir die perfekte Aussicht auf ihre Kurven beschert. Okay, ihre Brüste werden von dem Sport-BH eingeschnürt, aber ihr Arsch zeigt sich in ganzer Pracht, herrlich rund und fest.

In meinem Bauch regt sich etwas, doch ich schiebe es beiseite und unterdrücke ein Grinsen. Anscheinend freut sich ein Teil von mir ganz besonders auf den körperlichen Aspekt des Plans.

Im Fitnessraum läuft laute Rockmusik, was eine Unterhaltung unmöglich macht. Dementsprechend geht jeder von uns schweigend seinen eigenen Aufwärmübungen und dem Gerätetraining nach.

Wobei ich nicht nur Allegra im Auge behalte, sondern auch die Trainierenden und Angestellten im Gym.

Die erscheinen allesamt unauffällig und sind mit sich selbst oder ihren Aufgaben beschäftigt.

Bis dieser schmierige Latino am Eingang auftaucht.

Wie hieß er? Vidal?

Im Gegensatz zu der freundlichen Miene, die er in der *NYU* aufsetzt, wirkt sein Gesicht undurchdringlich. Und sein Blick, mit dem er die Anwesenden mustert, wechselt von uninteressiert zu verschlagen, als er Allegra an der Schulterpresse entdeckt.

In der nächsten Sekunde setzt er ein Lächeln auf und schlendert zu ihr hinüber. Bleibt vor ihr stehen und spricht sie an.

Leider kann ich kein Wort verstehen, doch kurz darauf geht er weiter und zu den Ausdauergeräten. Dort dreht er sich noch einmal nach ihr um und checkt anschließend erneut die Leute ab. Weshalb ich den Blick eilig auf einen imaginären Punkt vor mir richte und vermeintlich konzentriert meine Beinstrecker trainiere.

Aus dem Augenwinkel bemerke ich, dass er das Laufband einschaltet und betritt.

Schaue prüfend zu Allegra hinüber, sie hat anscheinend nichts davon mitbekommen.

Nach dem Krafttraining wechseln wir für das Speedball-Training zu den Boxbirnen im anderen Raum und später zu den Boxsäcken, um die verschiedenen Schläge zu üben.

Danach legen wir eine Trinkpause ein und ich habe Gelegenheit, sie nach dem Latino zu fragen.

Sie zuckt mit den Schultern. »Ach, Vidal war nur überrascht, dass ich hier bin.«

»Ich dachte, ihr wärt euch hier schon einmal begegnet.«

»Das tun wir ständig, aber darum geht es nicht. In dem kurzen Gespräch am Montag hat er mir angeboten, mir ein paar Moves beizubringen, mit denen ich mir so Typen wie Cortez vom Leib halten kann.«

»Das hast du gar nicht erwähnt.«

»Sorry, war unwichtig. Auf jeden Fall habe ich ihn da angelogen, ich sei bereits verabredet. Und danach hat er vorhin gefragt.«

»Hast du mich ihm gezeigt?«

Sie hebt eine Braue. »Nein. Hätte ich das etwa tun sollen? Ich kann euch gern miteinander bekannt machen.«

»Besser nicht. Je weniger Aufmerksamkeit ich bekomme, desto besser.«

»Und wenn er uns jetzt oder später zusammen sieht?«

»Bin ich ein Bekannter, den du zufällig getroffen hast.«

Ein Schmunzeln umspielt ihren herzförmigen Mund. »Und mit dem ich nachher auf die Matte gehe.«

Schon ist da wieder dieser freche Unterton in ihrer Stimme, der mich zum Flirten anstachelt. Und das Kribbeln in meinem Bauch gleich mit. »Oder sogar in den Clinch.«

Sie schnalzt mit der Zunge. »So erschöpft bin ich noch lange nicht, dass ich mich an dich klammern muss.«

»Nein? Aber vielleicht am Ende?« Ich zwinkere ihr zu, trinke einige Schlucke und stelle meine Flasche beiseite. »Komm, eine letzte Runde, dann gehen wir in den Kursraum.«

Allegra schaut zur Uhr hinüber. »Die Reservierung beginnt in wenigen Minuten, wir könnten drüben mit Punch-Pads arbeiten.«

»Gute Idee.«

Wir nehmen unser Zeug und gehen hinauf zu den Kursräumen. Vor der Nummer 4 bleibt sie stehen, hält ihre Karte ans Lesegerät und öffnet die Milchglastür.

Drinnen sind zwei der vier Wände komplett mit Spiegeln versehen, neben dem Eingang befindet sich lediglich eine lange Holzbank und an der letzten Seite steht ein langes Regal mit Zubehör. Der Boden ist zum größten Teil und vor den Spiegeln mit Matten ausgelegt.

Ich suche mir zwei kleine Punch-Pads heraus und betrete die Polster. Streife sie über und klopfe damit gegeneinander. »Na, dann zeig mal, was du drauf hast.«

Sofort geht sie in die typische Boxhaltung und versetzt meiner rechten Hand den ersten Hieb, sobald ich sie gehoben habe.

Sehr gut, Kraft hat sie.

Ich stachle sie an, beobachte ihre Körperhaltung und korrigiere sie, wo es nötig ist. Tausche die kleinen Pads gegen ein schildförmiges und ermutige sie, ihre Beine zu benutzen. »Denk an den Typen, der dir das Messer an die Kehle gehalten hat, und tritt ordentlich zu.«

Sie nickt und folgt meinen Anweisungen.

Zwar hat sie kaum Praxis im Kickboxen außer der Inhalte aus dem Selbstverteidigungskurs, wie sie mir erzählt hat, aber das Wissen ist noch vorhanden und ihr Körper erinnert sich an die nötige Spannung.

Nach einer weiteren Trinkpause setze ich an diesen Punkten an. Zeige ihr anhand verschiedener Situationen, wie sie sich schnell und effektiv aus einer Notlage befreien kann. Schritt für Schritt erkläre ich ihr die Druckpunkte des menschlichen Körpers sowie ein paar schmerzhafte

Griffe und Schläge dazu. Lasse sie Allegra immer wieder üben und nicke schließlich. »Okay, einen Bereich müssen wir noch abdecken.«

Sie wischt sich mit dem Arm den Schweiß von der Stirn. »Und welcher wäre das?«

»Was du tun musst, wenn du bereits am Boden liegst.«

»Am Boden?«

Ich nicke. »Viele Kerle werfen die Frauen direkt zu Boden, um sie mit ihrem Körpergewicht zu fixieren. Auf diese Weise hat das vermeintlich schwächere Geschlecht kaum Bewegungsfreiheit und somit keine Möglichkeit, sich zu wehren. Dann ein paar Fesseln und du bist ihnen hilflos ausgeliefert. Das gilt es zu vermeiden.«

»Ja, ich erinnere mich. So etwas wie *den Fuß des Angreifers festhalten und vors Knie treten.*«

»Das setzt voraus, dass er steht. Aber was tust du, wenn er auf dir liegt?«

»Knie in die Eier.«

»Und wenn das nicht möglich ist?«

»Mit den Fingern in die Augen stechen?«

»Wenn du die Möglichkeit hast, ja. Auch ein kräftiger Handkantenschlag vor den Hals oder mit dem Handballen gegen die Stirn sind effektiv, sogar für Ungeübte. Aber manchmal ist auch das ausgeschlossen. Zum Beispiel, wenn du auf dem Bauch liegst. Lass uns am besten einige Positionen durchspielen.«

»Okay.«

Ich zeige ihr ein paar Techniken aus Krav Maga sowie Kampfsport. Übe sie mit ihr aus beiden Positionen, damit sie die Abläufe und Auswirkungen versteht.

»Gut. Und jetzt bist du wieder dran, Mount-Position.«

Sobald sie auf dem Rücken liegt, knie ich mich über ihre Hüften und simuliere Schläge auf ihren Kopf.

Kurz zögert sie, doch dann rammt sie mir ihr Knie in

den Rücken, wodurch ich nach vorn kippe und mich neben ihrem Kopf mit den Händen aufstütze. Gleichzeitig umklammert sie meinen Oberkörper, bäumt sich auf und wirft mich herum.

Doch anstatt aufzustehen und sich schnellstmöglich von mir zu entfernen, wie wir es geübt haben, setzt Allegra sich keuchend auf.

Und landet damit auf meinem Unterleib, berührt mit dem Hintern meinen Schwanz.

Hitze und Erregung schießen in mir hoch, mein Blut rauscht ungehindert südwärts und auch ich atme schwer, um Selbstkontrolle bemüht.

Wie gründlich das in die Hose geht, im wahrsten Sinne des Wortes, bemerke ich wenige Sekunden später.

Ihre Brauen zucken nach oben, in ihren Augen funkelt etwas auf und ihre Lippen teilen sich.

Fuck, seit wann glänzen die so verführerisch?

Meine Hände landen auf ihren Schenkeln, gleich oberhalb ihrer Knie. Woraufhin sie die Muskeln anspannt, bis hinauf zu ihrem Schoß, der sich heiß auf meinen Unterbauch presst.

Mein Verstand löst sich in Luft auf, mein Körper übernimmt die Kontrolle.

Ich ziehe das Knie an und versetze ihr einen sanften Stoß nach vorn.

Fange sie auf und wälze mich in derselben Bewegung auf sie.

So liege ich über ihr und starre in ihre graublauen Augen, die mich an einen Gewittersturm über der Irischen See erinnern. Umgeben von ihrem betörenden Duft und der Hitze ihres Körpers.

Vermutlich wäre es besser, jetzt aufzustehen, ihr aufzuhelfen und unter die Dusche zu gehen, allein. Aber mein Körper will etwas ganz anderes, am besten jetzt und hier, schnell und intensiv. Mein Schwanz zuckt begeistert.

Reiß dich zusammen!

Unvermittelt leckt sie sich über die Lippe und kippt das Becken, eine unmissverständliche Einladung. Doch bevor ich darauf eingehen oder es abwehren kann, packt sie mein Shirt und zieht mich an sich.

Unsere Lippen prallen aufeinander, gleich darauf unsere Zungen und mit einem tiefen Atemzug stürze ich mich in den leidenschaftlichen Kuss.

Allegra schlingt die Arme um meinen Nacken und die Beine um meine Hüften, presst mich an sich. Ihr entschlüpft ein Stöhnen und dieser unbewusste, lustvolle Laut vibriert durch meine Brust, bis tief in den Bauch.

Als Antwort steigt Verlangen daraus auf, brennt sich durch meine Adern, und ich drücke mein Becken gegen ihres, meine Härte gegen ihre empfindlichste Stelle.

Sie gräbt die Finger in mein Haar, hält sich daran fest, und ich möchte sie am liebsten verschlingen.

Ihr Mund schmeckt unglaublich süß und ich frage mich, ob der Rest ihres Körpers genauso köstlich ist.

Ich will sie lecken, bis sie um Erlösung bettelt. Mit der Zunge ihre Pussy ficken, bis sie explodiert. Nur um es dann mit meinem Schwanz zu wiederholen, bis sie vor Erschöpfung zittert.

Diese Vorstellungen animieren mein Kopfkino zu noch wilderen Fantasien und aus meiner Kehle steigt ein Knurren auf, tief und animalisch.

Was mich glücklicherweise wieder zu Verstand bringt.

Verstört darüber, wie heiß und heftig ich sie begehre, kratze ich meine Selbstdisziplin zusammen. Ziehe mich behutsam zurück und hebe schließlich den Kopf.

Sie schlägt die Augen auf und das lodernde Verlangen darin überwältigt mich beinahe. Doch ich kämpfe dagegen an, zwinge mich zu einem Lächeln. »So leid es mir tut, das hier ist der falsche Ort dafür.«

»Wir könnten abschließen.«

»Ich bevorzuge privatere und gemütlichere Orte.«

»Wohnst du allein?«

Ihre entschlossene Art überrumpelt mich, gefällt mir aber unerwartet gut. »Leider nein. Und die beiden sind schlimmer, als Scarlett es je sein könnte.«

Allegra seufzt, streicht sichtlich bedauernd über meine Wangen. »Die hat heute ihre Lerngruppe da. Und meine kommt später auch noch.«

»Dann soll es heute wohl nicht sein.« Ich drehe den Kopf, drücke einen Kuss in ihre Handfläche und stemme mich hoch. Stehe auf und bin ihr ebenfalls behilflich. »Wann musst du zu Hause sein?«

Sie schaut auf die Uhr. »In gut zwei Stunden.«

Ich lache leise und räume die letzten Utensilien ins Regal zurück. »Das würde ohnehin niemals reichen.«

»Ach ja? Klingt nach einer verdammt großen Klappe.« Sie geht zur Tür, aber einen Schritt davon entfernt hole ich sie ein und presse sie rücklings gegen die Wand.

Mit einem selbstbewussten Lächeln umfasse ich von unten ihr Kinn, streiche mit dem Daumen über ihre Unterlippe und beobachte ihren Mund. Dann schaue ich ihr in die Augen. »Das ist ein Versprechen, süße Allegra. Und sobald du dich auf mich einlässt, gibt es kein Zurück mehr. Bist du dazu bereit?«

Sie erschauert spürbar und hebt das Kinn, in ihren Augen leuchtet etwas auf.

Doch bevor sie antworten kann, küsse ich sie fest und trete zurück. »Überleg es dir, Prinzessin. Einmal werde ich dich noch fragen.« Ich öffne die Tür und deute mit der Hand in den Flur. »Bitte, nach dir.«

Auf ihrem Gesicht zeigt sich Verwirrung, dann atmet sie tief durch und geht an mir vorbei. Siegessicher ziehe ich die Tür ins Schloss und folge ihr zur Treppe, hinunter zu den Umkleiden.

Endlich wird es interessant.

*

Am frühen Nachmittag setze ich Allegra vor ihrem Wohnhaus ab und verstaue ihren Helm in der Gepäcktasche.

Ich weiß, sie erwartet einen Abschiedskuss, es prangt förmlich auf ihrer Stirn.

Allerdings ignoriere ich das und lächle sie durch das geöffnete Visier an. »Viel Spaß beim Lernen und einen schönen Sonntag. Falls du doch noch ausgehen willst oder Ähnliches, ruf mich an.«

Sie verschränkt die Arme unter der Brust, hebt das Kinn und erwidert meinen Blick herausfordernd. »Und wenn nicht?«

»Sei nicht albern. Nur weil ich diese Woche niemanden bemerkt habe, heißt das nicht, dass du sicher bist.«

»Vielleicht will ich ja nur Spaß haben, ohne dich.«

»Du hast selbst gesagt, du gehst kaum aus.«

»Kaum, ja, aber nicht *nie*.«

Ah, sie will mich provozieren.

Ich lächle und beuge mich vor. »Den meisten Spaß bekommst du mit mir, Prinzessin. Besonders, wenn du unartig bist.«

»Und was passiert dann? Legst du mich übers Knie?«

»Oh ja, und zwar mit dem größten Vergnügen. Und auch zu deinem.« Ich zwinkere ihr zu, schließe das Visier und fahre davon.

Doch ein paar Straßen weiter halte ich noch einmal an, um die Adresse in Throgs Neck ins Smartphone einzugeben und die Navigation zu starten.

Über die Williamsburg Bridge fahre ich nach Brooklyn und dort auf die Interstate 278, die mich nach Norden und zur nächsten Schnellstraße führt.

Trotz des starken Verkehrs und eines kurzen Stopps an einem Blumengeschäft biege ich eine gute halbe Stunde später in die Randall Avenue ein, drossle das Tempo. Fahre am Zaun entlang und vorbei an den unzähligen Grabsteinreihen dahinter. Das Haupttor steht weit offen und ich versichere mich mit einem Blick, dass ich genug Zeit habe, bis ich wieder vom Friedhofsgelände verschwinden muss. Dann tuckere ich im Schritttempo auf der Hauptstraße weiter und folge dem Abzweig zu dem Feld, auf dem das Grab meiner Mutter liegt.

Seit jener Nacht war ich nicht mehr hier, erkenne immerhin das protzige Grabmal am Anfang der Reihe und stelle das Motorrad davor ab. Hänge den Helm ans Lenkrad und schaue mich angespannt um.

Abgesehen von ein paar Vogelstimmen und dem gedämpften Rauschen des Verkehrs auf den nahe gelegenen Interstates herrscht hier Stille. Ungewohnt, aber eine Wohltat im Vergleich zum ewigen Lärmpegel einer Metropole. Und im näheren Umkreis sehe ich auch keine anderen Besucher.

Erst einmal beruhigt hole ich die Blumen aus der Gepäcktasche und betrete den Rasen zwischen den Grabmälern. Schreite Stein für Stein die Gräber ab, lese Namen und bleibe schließlich an ihrem hängen.

Leonore Walsh.

Meine Brust zieht sich vor Kummer schmerzhaft zusammen, und während ich auf den einfachen grauen Stein zugehe, brennen Tränen in meinen Augen. Ein vertrockneter Strauß Blumen liegt davor auf dem Boden, vermutlich von Dominics Mutter, denn außer ihr gibt es niemanden, der Grund dazu hätte.

Zwei Schritte vorher bleibe ich stehen, schlucke schwer. »Hallo, Mom.« Meine Stimme klingt so belegt, dass ich mich räuspern muss. »Hier gibt es doch bestimmt eine Vase, oder?«

Ich suche links und rechts vom Stein, finde eine zwischen ihrem und dem Grabmal dahinter. »Ich gehe schnell los und hole Wasser«, murmele ich, lege die Blumen auf den Stein, nehme die alten mit und marschiere los.

Es dauert zwar einige Zeit, bis ich einen Wasserspender finde, doch dafür kehre ich umso eiliger zum Grab zurück.

»Sorry, hat ein wenig länger gedauert.« Ich platziere das Plastikgefäß vor dem Grabstein auf der Umrandung, packe die Blumen aus und stelle sie hinein.

»Ich habe dir deine Lieblingsblumen mitgebracht, pinkfarbene Nelken und Schleierkraut. Sind sie nicht hübsch?« Verlegen lächle ich den stummen Stein an, lese Geburts- und Todesdatum unter ihrem Namen. »Ich weiß, das ist keine Entschuldigung dafür, dass ich so spät hier auftauche. Aber ich wollte erst herkommen, wenn ich gute Nachrichten habe. Und es ist endlich so weit.«

Ich trete zurück, schiebe die Hände in die Jackentaschen. »Der erste wichtige Schritt ist getan, ich habe mich in das Leben von Cociarellis Tochter geschlichen.« Ausführlich breite ich vor ihr aus, was ich dafür unternommen habe, seitdem ich wieder in New York bin, und wie es weitergehen soll.

Bloß ein unwichtiges Detail verschweige ich ihr.

Was der Kuss in mir ausgelöst hat.

»Du wirst sehen – nur noch ein paar Wochen, dann räche ich deinen Tod. Zerstöre sein Leben, wie er das unsere zerstört hat. Außerdem habe ich den ersten der beiden Mafiosi erledigt, die dich hingerichtet haben, und der zweite ist auch bei nächster Gelegenheit fällig.«

Automatisch wandern meine Gedanken zu meinem Vater, der seit acht Jahren im Gefängnis sitzt, und mein Blick richtet sich ins Leere. »Weißt du, was ich bis heute nicht verstehe, Mom? Warum Dad seine Leute verraten hat. War dein Tod schuld daran? Sein Schmerz über deinen Verlust? Die Gang war sein Leben, mit ihnen wollte er den Mord an dir rächen. Doch stattdessen …«

Aus heiterem Himmel taucht eine Erinnerung in meinem Kopf auf.

Wie ich als Teenager bei meiner Mutter am Küchentisch sitze, stinksauer auf meinen Vater, weil er mich mal wieder ohne Erklärung aus dem Gangleben ausgeschlossen hat. Sie meine Hände nimmt, und ich meine, ihre Stimme zu hören.

Sprich mit deinem Vater, er hat die Antworten auf deine Fragen.

Ich atme tief durch, blinzle und fokussiere den Blick auf ihren Namen. »Du hast recht, wie immer. Ich muss mit ihm reden. Um es zu verstehen, einen Abschluss zu finden.«

Eine Zeit lang stehe ich bei ihr, genieße ein paar schöne Erinnerungen, die mein Hirn mir gewährt, und verabschiede mich schließlich mit einem Lächeln. »Ich komme bald wieder und halte dich auf dem Laufenden. Versprochen.« Zaghaft trete ich vor, strecke die Hand aus und lege sie auf den Stein. »Mach's gut.«

Damit drehe ich mich um, gehe zu meiner Maschine und verlasse den Friedhof.

In Gedanken an meine unbeschwerte Kindheit und die schwierigen Jahre als Teenager versunken, lenke ich die Harley nach Hause.

Und zwar im wahrsten Sinne des Wortes.

Als mir bewusst wird, dass ich den Straßenzug kenne, drossle ich die Geschwindigkeit. Halte schließlich verblüfft auf der gegenüberliegenden Straßenseite und starre auf das

Haus, das ich neunzehn Jahre lang mit meinen Eltern bewohnt habe.

Es scheint gut in Schuss zu sein, leuchtet nun in Grau statt in Weiß, und Hecke sowie Rasen wirken gepflegt. Statt der Durchfahrt zum Garten gibt es eine Garage mit einem dunklen SUV davor und im Vorgarten liegt ein Kinderfahrrad.

Ein Anblick, der mich seltsam berührt und gleichzeitig auf Distanz hält, doch ich kann es nicht einordnen.

Weshalb ich den Kopf drehe und ein Stück die Straße hinaufschaue.

Auch das Haus von Dominics Eltern hat sich verändert. Seine Mutter musste es nach dem Krebstod seines Vaters verkaufen und ist in ein kleines Apartment in Morris Heights gezogen, in die Nähe ihrer Schwester.

Traurig sehe ich der Wahrheit ins Auge, kaum etwas erinnert mich hier an meine Kindheit oder glückliche Tage. Aber vermutlich ist es besser so.

Ein letztes Mal mustere ich die Gegend und verabschiede mich mental, fahre weiter.

Und lande in der nächsten Überraschung.

Die jedoch wühlt mich auf, denn ich bringe das Motorrad in der Nähe des schlimmsten Ortes meines Lebens zum Stehen. Dem Hauptquartier der Gang, die mein Vater bis zu seiner Verhaftung angeführt hat.

Ich werfe einen wachsamen Blick in die Runde, doch bis auf ein paar Autoschrauber auf dem Gelände nebenan ist alles ruhig.

Sieh zu, dass du hier wegkommst. Wenn Caesar dich erwischt …

Tja. Was würde er dann tun?

Mich beschimpfen oder verprügeln?

Mir eine Kugel in den Kopf jagen oder mit seinem Lieblingsmesser aufschlitzen?

In mir regt sich Widerstand, kochen all die Emotionen jener Nacht hoch.

Heute würde ich nicht davonlaufen, sondern kämpfen. Und so viele Gangmitglieder wie möglich mit reinreißen.

Allerdings wäre es hirnverbrannt, ein Wiedersehen zu provozieren.

Deshalb fahre ich behutsam an, wende und mache mich auf den Weg zu unserer Wohngemeinschaft.

Die Erinnerungen verfolgen mich trotzdem, genauso wie die Fragen, die ich mir seit damals stelle.

Ja, ich werde mit meinem Vater reden und sämtliche Informationen zusammentragen. Doch vermutlich weiß auch er nicht alles. Und leider ist es ausgeschlossen, die alten Mitglieder nach der Wahrheit zu fragen. Wie also könnte ich …

Eine Idee blitzt in meinem Kopf auf und meine Mundwinkel wandern nach oben.

Keine Ahnung, warum ich nicht schon eher darauf gekommen bin, aber ich werde noch heute Abend mit den Vorbereitungen beginnen.

Kapitel 10

Allegra

»Möchtest du auch einen Kaffee?« Ich marschiere in mein Zimmer, um Jacke und Tasche loszuwerden, und kehre in den Wohnbereich zurück.

»Gern, danke.« Nolan stellt seinen Rucksack unterhalb der Garderobe an die Wand und öffnet die Lederjacke.

Sobald ich die Muskeln unter seinem Shirt sehe, wird mir heiß und ich beeile mich, in die Küche zu gelangen. Leider kann ich mich zu genau daran erinnern, wie sie sich anfühlen.

Oder ein paar andere Teile seines Körpers.

»Scarlett müsste auch gleich hier sein.« Ich fülle den Wasserkocher auf.

»Kommt sie mit zu dem Konzert?«

»Nein, das ist nicht ihr Geschmack.«

»Was erwartet mich denn?«

Seine Stimme nähert sich, doch ich konzentriere mich darauf, sämtliche Utensilien zusammenzutragen. »*In This Moment*, Metalcore aus Los Angeles.«

»Da tun sich ja Abgründe auf.« Neben mir lehnt er sich mit dem Hintern gegen die Arbeitsfläche, die Arme vor der Brust verschränkt, und grinst mich frech an, als ich aufsehe.

Jesus, ich möchte ihn an mich reißen und küssen, ich halte die Spannung kaum noch aus.

Ich blinzle, wende mich ab und öffne die Kaffeedose, um das grob gemahlene Pulver in die Kanne zu löffeln. »Keine Angst, du musst keinen Satanskult oder Ähnliches befürchten.«

Sein leises, tiefes Lachen vibriert durch meinen Bauch, fließt tiefer. »Ich höre ebenfalls Metal.«

Angenehm überrascht mustere ich ihn mit geneigtem Kopf, lächle ihn herausfordernd an. »Wenn das kein Zeichen ist!«

»Ach ja? Und wofür?«

Ich schnalze provokant mit der Zunge. »Also, wenn ich dir das erklären muss …«

Der Wasserkocher klickt und ich gieße vorsichtig kochendes Wasser über das Kaffeemehl.

Natürlich geht er nicht weiter darauf ein, wie an jedem verfickten Tag in dieser Woche. Was meinen Geduldsfaden extrem strapaziert.

Was, zum Teufel, stimmt nicht mit diesem Kerl?

Oder mit mir?

Ohne Vorwarnung fliegt die Wohnungstür auf und Scarlett wirbelt herein. »Hallo, ihr beiden. Ich hoffe, ich störe.«

Nein, leider nicht.

»Hey, Scar. Kaffee?«

»Oh ja, bitte!« Mit einem theatralischen Seufzen läuft sie in ihr Zimmer, hebt die Stimme. »Haben wir noch Cookies? Ich brauche dringend Nervennahrung.«

»War die Generalprobe so schlimm?« Ich mache einen Schritt auf Nolan zu, doch der bleibt stehen, sodass wir uns mit einem Mal verdammt nah sind.

Mein Herz hämmert direkt los, aber ich erwidere seinen intensiven Blick möglichst gelassen und hebe eine Hand zur Tür des Hängeschranks hinter seinem Kopf. »Darf ich?«

»Natürlich.« Er tritt zur Seite, aber nur geringfügig.

Ich suche im Schrank nach Keksen, streife dabei notgedrungen seinen Arm und die Hüfte. Was die Glut in meinem Bauch schürt, genauso wie meinen Ärger.

Ich kapiere einfach nicht, was er mit seinem zweideutigen Verhalten bezweckt.

Meine Freundin kehrt zurück. »Habt ihr schon Tassen?«

Ich stelle die Packung auf die Arbeitsfläche. »Nein, so weit waren wir noch gar nicht.«

Sie nimmt Geschirr aus einem anderen Schrank und drückt es Nolan in die Hand. »Hier, mach dich mal nützlich.«

»Ja, Ma'am.«

Ich höre das Grinsen in seiner Stimme, dann das Klappern auf dem Tisch und wechsle einen Blick mit Scarlett.

Sie hebt vielsagend die Brauen, ich schüttle den Kopf.

Als Antwort verdreht sie die Augen, nimmt Zuckerdose sowie Kekspackung und reicht sie ebenfalls an meinen Leibwächter weiter. Dann holt sie die Milch aus dem Kühlschrank und ich folge ihr zum Tisch.

Zum Glück übernimmt sie automatisch die Führung des Gesprächs, quasselt uns die Ohren voll mit Details zur morgigen Aufführung, und ich gehe mit.

Bis Nolan seine Tasse leert und mich anschaut. »Ist es okay, wenn ich kurz unter die Dusche springe?«

Allein die Vorstellung von ihm in meinem Badezimmer, Wassertropfen auf seiner Haut, treibt meine Temperatur in die Höhe, vor allem in meinem Schoß.

»Klar, kein Problem. Mein Bad kennst du ja. Handtücher findest du im Schrank unter dem Waschbecken.«

»Okay, bis gleich.« Mit einem Grinsen auf dem Gesicht steht er auf, holt seinen Rucksack und marschiert damit Richtung Bad.

Mein Blick klebt an seinem Arsch, der in der Jeans absolut rattenscharf aussieht, und mir läuft förmlich das Wasser im Mund zusammen.

Die Tür fällt mit einem Klicken ins Schloss und Scarlett kichert. »Hör auf zu sabbern.«

Gequält presse ich die Lider aufeinander. »Ich halte das nicht mehr aus.«

»Immer noch keine Fortschritte?«

Ich verziehe das Gesicht, erwidere ihren mitfühlenden Blick. »Nein. Egal, was ich versucht habe, es perlt an ihm ab. Keine Reaktion.«

»Aber du hast gesagt, der Kuss war heiß. Und sein bestes Stück hart.«

Bei der Erinnerung schießt Hitze in meine Wangen und ich stöhne auf, reibe mir mit beiden Händen übers Gesicht. Dann lehne ich mich zurück und verschränke die Hände auf meinem Kopf. »Das ist es ja! So langsam kommt es mir vor, als hätte ich nur geträumt, was da im Boxclub passiert ist. Seit Montag ist alles wie in der Woche davor, als wäre nie etwas passiert.«

»Du solltest doch offensiver mit ihm flirten, ihn aus der Reserve locken.«

»Fehlanzeige.«

»Hm. Entweder er hat doch Respekt vor deinem Vater und der Kuss war nur ein Ausrutscher …«

»Oder?«

»Keine Ahnung, vielleicht macht er sich nur einen Spaß daraus, dich zu ärgern.«

»Toll.«

»Anders kann ich mir das echt nicht erklären. Es klang, als ob er genauso auf dich steht.«

Ich nicke, kaue grübelnd auf meiner Unterlippe und sehe sie schließlich an. »Weißt du was? Heute Abend werde ich herausfinden, was dahintersteckt.«

»Und wie?«

»Mal sehen, was sich ergibt. Im Zweifel frage ich ihn direkt, was Sache ist.«

»Und was, wenn er nur Sex will?«

»Kein Problem, weißt du doch. Er wird ohnehin aus meinem Leben verschwinden, sobald er einen Job gefunden hat.«

»Dabei hätte ich gedacht, dass der Typ echt was für dich wäre. Schade.«

In meinem Magen flattert etwas auf, doch ich ertränke das mit dem Rest Kaffee. »Ich suche jetzt mein Zeug zusammen, damit ich gleich ins Bad kann.«

»Hoffentlich etwas, das ihn richtig antörnt.«

Ich schnaube. »Nie und nimmer werde ich mich für einen Kerl herausputzen.«

Damit stehe ich auf, räume Geschirr zusammen und stapfe in die offene Küche.

»Auch nicht, um ihn richtig heißzumachen? Du willst ihn doch.«

»Ja, aber nicht um jeden Preis.«

»Womit wir wohl grundverschieden sind.« Sie folgt mir, verstaut die restlichen Sachen.

Und ich breche in Gelächter aus. »Grundverschieden? Ich glaube, ich habe mich verhört! Da ist doch so ein Typ namens Davin, den du so sehr willst.«

»Nein. Nicht immer.«

Meine Brauen schießen nach oben. »Gibt es etwa Neuigkeiten, die du mir verschweigst?«

Scarlett zuckt mit den Schultern, lächelt schief. »Eigentlich nicht. Er hat zu viele negative Eigenschaften, die ich leider ignoriere, wenn ich mich schlecht oder einsam fühle. Aber der Sex mit ihm ist um Längen besser als mit meinem Vibrator.«

»Eine Zeit lang geht es auch komplett ohne, glaub mir.«

»Oh bitte! Da bin ich kein bisschen wie du. Ich kann mich nicht stattdessen hinter Büchern vergraben und die Einsamkeit einfach aussperren.«

Ja, meistens funktioniert es.

Und besser, je länger ich zwischendurch ohne das durchhalte.

Aber viel zu oft jammert mein Herz vor Sehnsucht nach einem Mann, der mein Gegenstück bildet. Der mich begehrt, mir Halt gibt, mich liebt und in den Arm nimmt, wenn ich es brauche. Ich will keinen Mann, der über mich und mein Leben bestimmt, sondern sein Mittelpunkt sein. Genauso wie umgekehrt.

Ich zucke mit den Schultern. »Wenn dir keine andere Wahl bleibt … und du nicht nur Ehefrau und Mutter sein willst …«

»Ach komm, lassen wir das Thema lieber. Ich habe keine Lust darauf, morgen deprimiert vor wichtigem Publikum zu tanzen.«

»Du hast recht. Und deswegen gehe ich jetzt in mein Zimmer und wähle mein Outfit aus.«

»Dann wünsche ich euch nachher viel Spaß und seid bitte leise, wenn ihr geht. Ich haue mich ein bisschen aufs Ohr.«

»Mach das.«

In meinem Zimmer öffne ich die Schranktüren, suche mir frische Unterwäsche, eine schwarze Skinny Jeans und eines meiner liebsten Shirts der Band heraus. Ein Tank-Top mit dem Logo ihrer vorletzten USA-Tour. Noch ein paar frische Söckchen, dann schließe ich die Tür und nehme im Augenwinkel eine Bewegung wahr.

Mit einem erschreckten Laut fahre ich zusammen, drücke den Kleiderhaufen an meine Brust. »Was schleichst du dich so an? Willst du mich umbringen?«

Nolan runzelt die Stirn. »Tut mir leid, war nicht meine Absicht. Ich wollte nur Bescheid sagen, dass ich fertig bin.«

»Danke.« Erleichtert stoße ich die Luft aus und versuche, mein Herz zu beruhigen. Presse die Lider aufeinander, atme tief durch und verlasse mein Zimmer.

Die Tür meines Badezimmers steht offen und die Lüftung läuft. Trotzdem hüllen mich die feuchte Wärme und sein Duft ein, sobald ich sie hinter mir schließe.

Anscheinend hat sich alles gegen mich verschworen.

Ich seufze resigniert und lege meine Klamotten auf dem Klodeckel ab, ziehe das Smartphone aus meiner Gesäßtasche und starte meine Musik-App.

Um Zeit zu schinden, trödle ich bei jedem Schritt, doch nach einer halben Stunde halte ich es in dem kleinen, feuchten Raum nicht mehr aus.

Mein Leibwächter sitzt am Esstisch, den Laptop aufgeklappt, und sieht kurz auf, als ich an ihm vorbei in mein Zimmer gehe.

Dort sortiere ich die gebrauchte Kleidung in die Wäschebeutel am Boden meines Schranks und denke über die letzten Tage nach.

Zu gern würde ich wissen, ob er mir seit Samstag auf den Arsch glotzt, wenn er die Gelegenheit dazu hat. Ob er meinen Duft wahrnimmt. Ob er sich in allen Einzelheiten an den Kuss erinnert und mehr davon will, so wie ich.

Tja, diese Details werde ich wohl nie erfahren. Aber am Ende des Tages werde ich wissen, ob da etwas zwischen uns ist und wie genau es weitergeht.

Bei dem Gedanken daran flattert es erneut in meinem

Magen und ich erinnere mich an Scarletts Bemerkung. Dieser Ladykiller gefällt mir besser, als gut für mich ist, und ich bin machtlos dagegen. Vielleicht kann ich mir auch mehr als einen One-Night-Stand oder Gelegenheitssex mit ihm vorstellen. Aber bevor ich nicht weiß, woran ich bin, verschwende ich keinen einzigen Gedanken daran, was alles sein könnte. Die paar Stunden werde ich es gerade noch aushalten.

Deswegen nehme ich meine Tasche vom Bett und setze mich an den Schreibtisch. Schließe mein Smartphone ans Ladekabel an, schalte die Bluetooth-Box ein und starte die Streaming-App.

Begleitet von der Musik, die uns beim Konzert erwartet, nutze ich die verbleibende Zeit und widme mich den Hausaufgaben.

Bis ein Klopfen mich aus der Konzentration reißt.

Ich blinzle, hebe den Kopf und wende mich der halb geschlossenen Tür zu. »Ja?«

Nolan schiebt sie auf und sich durch die Lücke. »Wollen wir vor dem Konzert noch eine Kleinigkeit essen? In der Nähe des Clubs gibt es ein American Diner, diverse Fast-Food-Restaurants, einen Asia-Imbiss und eine Pizzeria.«

Verwirrt runzle ich die Stirn. »Woher weißt du, wo es stattfindet?«

»Du hast mir die Gruppe genannt.«

Fuck, bin ich naiv! Natürlich hat er es recherchiert.

In diesem Moment möchte ich mich dafür am liebsten in den Hintern treten, stattdessen werfe ich einen Blick auf das Display meines Smartphones und sehe ihn wieder an. »Gib mir fünf Minuten.«

»Und was möchtest du essen?«

»Wie wäre es mit Burgern?« Ich lächle, er erwidert es.

»Perfekt.« Er kehrt in den Wohnbereich zurück und ich

atme unauffällig tief durch.

Schnell beende ich die letzte Aufgabe, staple Bücher, Tablet-PC und Notizblock aufeinander. Schalte Box sowie Musik aus, stecke alles Nötige ein und ziehe die Zimmertür hinter mir zu. »Wie lautet die Adresse des American Diner? Ich suche uns die Verbindung raus.«

»Ich wollte eigentlich mit dem Motorrad hin.«

»Vergiss es! Wenn du mich schon begleitest, will ich auch das eine oder andere Bier mit dir trinken.«

»Ich bin trotzdem im Dienst.«

Entschlossen erwidere ich seinen Blick, hebe eine Braue. »Du sollst dich ja nicht betrinken. Außerdem wirkt es bereits abschreckend, wenn ich in Begleitung bin, also lass uns Spaß haben.«

»Spaß ist immer gut.«

Der freche Unterton in seiner Stimme stachelt mich an. »Und eine spezielle Form ganz besonders.«

In seinen Augen leuchtet etwas auf und für ein paar Sekunden halte ich seinem Blick vielsagend fest.

Dann ziehe ich das Smartphone aus der Hosentasche, lehne mich rücklings von hinten an die Couch und öffne die App der New Yorker Verkehrsbetriebe. »Also, wo ist das Diner?«

Nolan nennt mir die Adresse, packt seinen Rucksack und zieht den Reißverschluss zu. »Kann ich meine Sachen an der Garderobe stehen lassen?«

»Gib her, ich stelle sie in mein Zimmer. Und dann sollten wir uns auf den Weg machen.« Ich stecke das Telefon weg und nehme den Rucksack entgegen, deponiere ihn auf meinem Schreibtischstuhl.

An der Garderobe treffen wir wieder aufeinander, streifen unsere Jacken über. Gleich darauf hält er mir die Tür auf, sieht mir mit einem Ausdruck in die Augen, den ich als Aufforderung empfinde. Spaß zu haben, zu flirten und frech zu sein.

Vielleicht sogar mehr als das.

Oh ja, das kann er haben und ich fange auch sofort damit an. »Danke.« So nah wie möglich gehe ich an ihm vorbei und hinaus. Horche auf das Klicken der Tür, seine Schritte hinter mir und das Knarzen seiner Lederjacke.

Und in mir breitet sich eine positive Unruhe aus, eine erregte Anspannung, die meine Mundwinkel in die Höhe treibt.

Heute Nacht ist alles möglich und ich bin fest entschlossen, eine lustbetonte Entscheidung herbeizuführen.

*

Nach einem sehr amüsanten wie aufschlussreichen Abendessen schlendern wir in Richtung des Clubs, in dem meine Lieblingsband heute Abend auftritt.

Seitdem wir meine Wohnung verlassen haben, reden wir über Musik, Konzerte und Festivals. Und weil er überraschenderweise einfach nur Nolan ist, der Mensch hinter der professionellen Fassade des Personenschützers, entwickelt sich schnell eine entspannte Atmosphäre zwischen uns. Ich bin sicher, er mustert weiterhin die Umgebung und die Leute, aber davon merke ich nichts. Vermutlich weil es mir viel zu leicht fällt, mich mit ihm wohlzufühlen und alles andere auszublenden.

Auf der anderen Seite bekomme ich die Möglichkeit, ihn unauffällig zu beobachten und ihn auf diese Weise besser kennenzulernen.

Zum Beispiel bemerke ich seinen natürlichen Charme im Umgang mit dem Personal. Oder wie hilfsbereit und respektvoll er sich gegenüber älteren Menschen verhält.

Registriere belustigt, dass er seinen Burger rundherum

von außen nach innen isst und seine Fritten immer paarweise in ein Gemisch aus Ketchup, Senf und Mayo dippt.

Nicht zu vergessen das Muskelspiel unter seinem Shirt, wenn er seine Geschichten mit Gesten unterstreicht. Oder wie sexy sein Lächeln ist, obwohl er es nicht darauf anlegt.

Ist es da ein Wunder, dass mein Herz am Ende heftig klopft und das Flattern in meinem Bauch mit jeder Minute stärker wird?

Vor dem *Brooklyn Steel* hat sich eine kurze Schlange gebildet und wir reihen uns an deren Ende ein, rücken bald in die Halle vor.

Nolan sieht sich um. »Ich habe gelesen, Tickets gibt es nur noch an der Tageskasse. Wo ist die?«

Kopfschüttelnd zücke ich mein Smartphone. »Ich habe dir längst eines gekauft.«

»Das ist doch Quatsch, du musst nicht –«

»Keine Angst, die Rechnung habe ich Terence geschickt.« Ich grinse ihn an.

»Nein, das meine ich nicht.« Sein Blick wird irgendwie weich und trotzdem so intensiv, dass mir ein Schauer den Rücken hinunterrieselt. »Ich bin echt gern mit dir hier. Privat.«

In meiner Brust breitet sich ein warmes Gefühl aus. »Privat? Aber du sollst mich doch nur beschützen.«

Hinter uns stellt sich eine Gruppe von lachenden Fans an, die er abcheckt, bevor er sich mir nähert und zu meinem Ohr beugt.

»Es fühlt sich schon seit zwei Stunden nicht mehr nach Arbeit an, Prinzessin. Und das darf von mir aus heute Nacht so bleiben.«

Seine Hand landet auf meiner Hüfte, woraufhin ein Feuersturm aus Verlangen und Erregung über mich hereinbricht.

Hilflos presse ich die Lider zusammen.

Cociarelli, du bist geliefert.

»Hey, ihr Turteltäubchen! Weitergehen!«

Ich reiße die Augen auf, drehe den Kopf nach hinten und begegne dem Lächeln eines weiblichen Metalfans. »Sorry.«

Nolan berührt meinen unteren Rücken, schiebt mich sanft vorwärts.

Wenige Schritte weiter müssen wir vor der Sicherheitskontrolle die Jacken in Schalen legen und unsere Taschen leeren. Dann passieren wir nacheinander den Scanner und bekommen die Sachen zurück.

Ich werfe mir die Jacke über den Arm und deute über meine Schulter. »Da hinten gibt es eine Garderobe.«

Er nickt und wir marschieren durch die offen stehenden Türen in den Vorraum. Tauschen an der Theke Jacken sowie fünf Dollar gegen Chips und stecken sie ein.

Mein Blick fällt auf die Bar schräg gegenüber, unter drei riesigen, beleuchteten Lüftungspropellern. Nach der Limonade zum Abendessen habe ich jetzt Appetit auf etwas Stärkeres. »Trinkst du Bier?«

»Das ist sogar das einzige alkoholische Getränk, das ich mag.«

»Na dann.« Ich deute hinüber und wir schlängeln uns zwischen den Leuten hindurch bis zum Tresen.

Bevor ich den Mund aufmachen kann, bestellt und bezahlt er zwei Bier. Reicht mir schließlich einen Becher und stößt mit mir an. »Auf einen unvergesslichen Abend.«

»Cheers!« Ich trinke und beobachte ihn über den Rand hinweg.

Kurz huschen seine Augen über die Besucher, kehren zu mir zurück und er runzelt die Stirn. »Was ist?«

»Machst du das jetzt nur, weil du im Dienst bist?«

»Was genau?«

»Die Leute scannen.«

Er lacht leise auf. »Nein, in Menschenmengen ist das längst zur Angewohnheit geworden. Sorry.«

»So lange es nicht zur Paranoia wird, stört es mich nicht. Ich war nur neugierig.«

»Das meintest du in Bezug auf die Welt deines Vaters, oder?«

»Ja.«

»Bei Kunden, die allen Grund zu Misstrauen und Vorsicht haben, kann der Job als Bodyguard auch verdammt anstrengend werden.«

»Sprichst du aus Erfahrung?«

Er trinkt von seinem Bier, nickt und erzählt mir von einem homosexuellen Kommunalpolitiker, den er mal wegen Morddrohungen beschützen musste. Als Vertretung eines Kollegen, der den leider begründeten Stress nicht mehr ausgehalten hat.

Zum Glück wendet sich das Gespräch danach angenehmeren Themen zu und als unsere Becher leer sind, schlendern wir in die ehemalige Produktionshalle.

Der größte Teil des Publikums ist bereits drin und drängt sich hauptsächlich vor der Bühne, die noch im Dunkeln liegt. Die Instrumente sind zu erahnen, genauso wie ein Teil der Dekoration, eine Mischung aus blutiger Inquisition und *Stranger Things*. Aus den Lautsprechern quillt Rockmusik, die ich nicht kenne.

Wir mischen uns unter die Leute, bleiben mittendrin stehen und ich grinse ihn an. »Hast du eigentlich auch über ihre Musik recherchiert? Nicht, dass du gleich schockiert bist.«

»Keine Angst, ich habe schon Schlimmeres erlebt.«

»Wie beruhigend.«

Die Gruppe, die hinter uns durch die Sicherheitskontrolle gegangen ist, gesellt sich zu uns und wir kommen ins Gespräch, wodurch die letzte Wartezeit regelrecht verfliegt.

Schließlich verstummt die Musik, das Licht erlischt.

Kurz flammen die Scheinwerfer auf, blutroter Nebel wabert über die Bühne und die Sängerin schreitet in einem wallenden weißen Gewand hindurch, die Hände und Arme stecken in blutroten Handschuhen.

Zusammen mit Hunderten anderer Fans pfeife ich auf den Fingern, jubele der Band zu. Dann geht es endlich los und ich lasse mich vollkommen in die Musik fallen.

Fast zwei Stunden genieße ich es, in dieser Blase zu sein und alles herauslassen zu können. Feiere und denke weder an das Studium noch an die Gefahr, die vermeintlich im Hintergrund auf mich lauert.

Nur Nolan neben mir ist real.

Am Anfang berühren wir uns gelegentlich oder sehen uns mal an, dann kommt es immer häufiger vor und ich sehne mich zunehmend nach seiner Nähe.

Gegen Ende des Konzerts dehnt sich ein Moshpit überraschend aus, weil zu viele Leute in diesem Kreis herumhüpfen und einander anrempeln.

Woraufhin er mich rücklings in seine Arme zieht, schützend an seine Brust drückt und ein Stück nach hinten ausweicht. Wo er mich auch danach festhält.

Endlich!

Seine Hände liegen auf meinen Hüften und es fühlt sich an, als ob er von da aus flüssige Lava in meinen Bauch schickt. Dort glüht und lodert es vor Lust und Verlangen, sendet Hitzewellen in den Rest meines Körpers, und ich wage kaum, mich zu bewegen. Um diese Verbindung und die aufregenden Empfindungen auf keinen Fall zu unterbrechen.

Doch mit dem nächsten Song, etwas Ruhigem, Sinnlichem, wächst mein Selbstbewusstsein, übernimmt meine Sehnsucht die Kontrolle.

Also ignoriere ich mein wild hämmerndes Herz und lege meine Hände auf seine, schiebe meine Finger zwischen seine.

Ohne Zögern schließt er die Hände zu lockeren Fäusten, hält meine Finger fest, und auf meinem Gesicht breitet sich ein erleichtertes Lächeln aus.

Folglich wage ich das nächste Risiko und rücke seine Hände auf meinen Bauch. Ziehe ihn enger an mich, umschlinge mit seinen Armen meine Mitte und halte sie dort fest. Keine Chance für einen Rückzieher.

Doch wie es aussieht, hat er das auch gar nicht vor.

Während wir uns zur Musik hin und her wiegen, drückt er sich an mich, lehnt den Kopf gegen meinen. Was Wohlgefühl und Erregung in mir hochkochen lässt.

Damit verlagert sich meine Aufmerksamkeit von der Musik auf ihn und ich kann nur noch daran denken, was wohl als Nächstes passiert.

Sein Körper kommt zur Ruhe und kurz darauf stehen wir still, inmitten von Leuten, die im Rhythmus nicken und mitgrölen.

Dafür streichen seine Daumen über meine Seiten, schicken Blitze bis in meinen Schoß. Schließlich senkt er den Kopf und küsst meinen Hals, knabbert an der Haut, leckt darüber, und um mich ist es geschehen.

Ich schließe die Augen, beiße mir auf die Lippe. Meine Nippel drücken sich hart gegen den Stoff des BHs und zwischen meinen Beinen pocht es voller Begierde.

Was gäbe ich darum, jetzt mit ihm allein zu sein.

Sein Mund wandert höher und er spielt mit meinem Ohrläppchen, sein Atem heiß an meinem Ohr. Löst die rechte Hand aus unserer Umarmung und schiebt sie behutsam unter mein Top.

Seine Finger auf meiner nackten Haut zu spüren,

entfesselt ein Beben in meinem Bauch und in meinem Kopf explodieren verruchte Bilder von uns beiden. Mein Körper steht unter Strom und ich möchte am liebsten seine Hand vorn in mein Höschen stecken, um ihm zu zeigen, was er mit mir macht. Scheiß auf all die Leute um uns herum.

»Wir sollten verschwinden, bevor ich vor allen Leuten über dich herfalle.«

Ich erschauere, kann nicht widerstehen und drehe den Kopf in seine Richtung. »Ich dachte, als Personenschützer müsstest du jederzeit die Kontrolle behalten.«

»Was mir gerade verdammt schwerfällt.« Seine Finger schlüpfen unter den Bund meiner Jeans, streifen den Saum meines Höschens. »Ich will dich, Prinzessin. Nackt und heiß, in meinem Bett.«

Stöhnend schließe ich die Augen, das Pochen in meiner Klit wird stärker. »Und dann?«

»Du willst hören, was ich mit dir machen werde?«

Ich presse die Lippen aufeinander und nicke.

»Ich werde dich lecken, bis du um Erlösung bettelst. Dich mit der Zunge ficken, bis du darauf explodierst. Und dann …«

»Ja?«

Statt einer Antwort drückt er seinen Unterleib fester an mich und damit seinen harten Schwanz gegen meinen Hintern.

Verlangen schießt in mir hoch, ich stöhne auf.

»Du musst nur Ja sagen.«

Sogleich entschlüpft mir dieses eine kleine Wort und Nolan handelt.

Er tritt zurück, nimmt meine Hand und führt mich durch die Menge Richtung Ausgang. Doch ohne Vorwarnung zieht er mich dort in eine dunkle Ecke, presst mich an die Wand und küsst mich.

Begierig erwidere ich das leidenschaftliche Spiel seiner Zunge, schiebe meine Finger seinen Rücken hinauf und kralle mich an seinem Shirt fest.

Er zwängt ein Bein zwischen meine, drückt den Schenkel gegen meine Klit. Seine Hände landen auf meinen Hüften, bewegen mich sacht vor und zurück. Die Reibung ist so köstlich, dass ich automatisch das Becken kippe, um mehr davon zu bekommen.

Woraufhin er grob meinen Hintern packt, minimal den Kopf hebt und mir tief in die Augen sieht. Doch anstatt etwas zu sagen, löst er sich von mir, nimmt meine Hand und dirigiert mich in den Vorraum hinaus.

Schweigend holen wir unsere Jacken, streifen sie über und laufen Hand in Hand auf den Gehweg.

Nervös schaue ich ihn an. »Und jetzt? Zu dir oder zu mir?«

»Moment.« Mit der freien Hand zückt er sein Smartphone, wischt und tippt. Sieht sich schließlich um und führt mich zu dem einzigen Yellow Cab, das am Straßenrand vor dem Club wartet.

Das Fenster an der Fahrerseite steht ein Stück auf und der Fahrer liest in einer Zeitung.

Nolan bleibt neben der Limousine stehen, beugt sich vor. »Entschuldigen Sie, sind Sie frei oder machen Sie Pause?«

Der Fahrer, ein Mann mit grau melierten Haaren und ebensolchem Schnurrbart, hebt den Blick und mustert uns. »Ich bin frei. Wohin solls denn gehen?«

Nolan schaut auf sein Smartphone. »1200 Broadway, Brooklyn Bushwick.«

Der Fahrer nickt, faltet die Zeitung und legt sie beiseite. »Okay, steigt ein.«

Mein Leibwächter öffnet mir die hintere Tür, ich steige ein und rutsche zur anderen Seite durch. Nolan gleitet ebenfalls auf den Rücksitz, und sobald wir beide die Sicherheitsgurte angelegt haben, startet der Taxifahrer den Motor.

Ich schaue meinen Begleiter an, der wortlos meine Hand ergreift, seine Finger dazwischenschiebt und sie festhält. Als er aufsieht, hebe ich fragend die Brauen.

Wo, zum Teufel, will er hin?

Doch er zeigt mir nur sein sexy Lächeln und zwinkert mir zu.

Kopfschüttelnd lehne ich mich zurück, starre aus dem Fenster und grüble, ob er jetzt eine Aktion startet, um mich höflich loszuwerden.

Hoffentlich nicht. Ich mag es nämlich gar nicht, so angetörnt und anschließend fallengelassen zu werden.

Nicht dass ich so etwas schon einmal erlebt hätte, dieser heiße Kerl ist der erste Mann, der mir gegenüber ein solch dreistes Verhalten an den Tag legt.

Und, fuck, ja, ich fahre total darauf ab.

Ich erinnere mich an Scarletts Worte, nachdem ich Nolan zum ersten Mal am Washington Square Park gesehen habe. Ich solle ihn ansprechen, nicht auszudenken, was ich ansonsten verpassen könnte.

Mein Mund verzieht sich zu einem Lächeln. Das breiter wird, als mir einfällt, was ich nur einen Tag vorher zu ihr gesagt habe.

Der Typ, der mich so anmacht, dass ich direkt mit ihm ins Bett will, muss erst noch geboren werden.

Etwa eine Viertelstunde später hält der Wagen am Straßenrand und der Fahrer nennt den Betrag, den Nolan zu zahlen hat.

Der lässt mich los, um seine Brieftasche zu zücken, und ich nutze die Gelegenheit, um auszusteigen.

Überrascht schaue ich zu dem grün-weißen Schriftzug über dem Erdgeschoss des Gebäudes empor, aber in der nächsten Sekunde durchströmen mich Hitze, Vorfreude und so etwas wie Glück.

Er will diese Nacht tatsächlich in einem Hotel verbringen. Keine Ahnung, ob er einfach nur mit mir allein sein will oder ob er etwas zu verbergen hat, aber in diesem Moment ist mir das egal. Ich will jetzt weder an morgen noch an irgendwelche Beweggründe denken. Ich will es nur genießen.

Hinter mir wird eine Autotür zugeschlagen, das Taxi fährt davon und Nolan tritt neben mich. »Ich hoffe, das ist okay. Nichts und niemand soll uns heute stören.«

Lächelnd erwidere ich seinen lodernden Blick. »Perfekt.«

»Dann komm.«

Hand in Hand gehen wir zum Eingang und die Glastüren gleiten vor uns auseinander. Dahinter durchqueren wir das verlassene Foyer und steuern auf einen jungen Mann hinter der Rezeption zu.

Der empfängt uns mit einem Lächeln. »Herzlich willkommen, was kann ich für Sie tun?«

»Guten Abend. Ich habe online gesehen, dass Sie noch freie Zimmer haben. Wir hätten gern eines davon.«

»Für wie lange?«

»Eine Nacht. Kingsize-Bett, bitte.«

Der Empfangsmitarbeiter nickt und wendet sich seinem Bildschirm zu, die Tastatur klappert leise. »Ja, da ist noch eines in der vierten Etage, allerdings mit Blick zur Straße.«

»Das ist unwichtig.«

»Mit Frühstück?«

»Ja.«

»Dann bräuchte ich bitte einmal Ihre Daten.«

Nolan diktiert ihm Namen und Anschrift, reicht ihm anschließend seine Kreditkarte.

Wenige Minuten später schiebt der junge Mann ihm ein Heftchen mit zwei Key-Cards hin und erklärt den Weg zum Zimmer.

»Vielen Dank.«

»Einen schönen Aufenthalt.«

»Danke.«

Wir gehen zum Fahrstuhl, steigen in die Kabine und sobald sich die Tür schließt, packe ich seine Jacke und ziehe ihn an mich, um ihn zu küssen.

Er umfasst meine Hüften, drückt mich an sich und erwidert den Kuss.

Leider ist es wenige Sekunden später schon wieder vorbei und wir verlassen den Aufzug. Eilen in die angegebene Richtung und kommen vor besagtem Zimmer zu stehen.

Nolan hält das Heftchen vor das Lesegerät, drückt die Klinke herunter und stößt die Tür auf. Zerrt mich regelrecht herein, steckt eine der Karten in den Key-Card-Schalter neben der Tür und die Beleuchtung flammt auf. Das Heftchen landet wenige Schritte weiter auf der Ablage unter dem Flachbildfernseher an der Wand. Dann dreht er sich zu mir um, umfasst mein Gesicht mit beiden Händen und küsst mich erneut.

Voll heißer Begierde ziehen wir uns schnellstens gegenseitig aus, werfen die Klamotten zu Boden. In Unterwäsche sinken wir aufs Bett, rutschen in die Mitte, und er kniet sich über mich. Schiebt die Hände unter meinen Rücken und öffnet meinen BH, streift ihn mir ab und löst den Mund von meinem.

Küssend gleitet er an meinem Hals hinab und tiefer, knabbert hier, leckt da.

Legt die Hände um meine Brüste und knetet sie, reibt mit den Daumen über meine Nippel. Einen davon nimmt er in den Mund, saugt und beißt.

Lustvolle Blitze schießen direkt in mein Zentrum und ich bäume mich stöhnend auf. Wühle die Finger in sein Haar, wölbe mich ihm entgegen.

Meiner anderen Brust lässt er dieselbe Aufmerksamkeit zukommen, bis ich mich vor Begierde unter ihm winde, dann wandert er tiefer.

Ich beobachte, wie er meinen Bauch küsst, mit der Zunge in meinen Bauchnabel taucht. Wie er die Finger in mein Höschen hakt und es mir abstreift, dafür vom Bett steigt. Unter seiner hellen Haut zeichnen sich überall kräftige Muskeln ab und von der rechten Brust über die Schulter bis zum Unterarm zieht sich ein wunderschönes Maori-Tattoo. Auf der anderen Seite zieren Worte seine Rippen, die ich auf die Entfernung nicht erkenne, und was blitzt da an seiner Brustwarze auf? Ist das etwa ein Nippel-Piercing?

Im nächsten Moment streicht er meine Beine hinauf, spreizt meine Knie und sieht mich mit einem so lodernden Blick an, dass ich erschauere. »Seit einer Woche stelle ich mir vor, ich hätte das schon im Boxclub getan. Hätte dich dort auf der Matte zum ersten Höhepunkt geleckt.« Seine Finger gleiten langsam die Innenseiten meiner Schenkel hinauf.

Ich fahre mit der Zunge über meine Oberlippe. »Anscheinend haben wir verdammt ähnliche Fantasien.«

»Umso besser.« Er kniet sich aufs Bett, schiebt meine Knie höher und senkt den Kopf.

Erst bedeckt er die Innenseiten meiner Schenkel mit Küssen, züngelt höher.

Dann widmet er sich gierig meinem Schoß.

Zischend sauge ich die Luft ein, kralle meine Finger in die Bettdecke.

Mit Zunge, Zähnen und Lippen verschlingt er mich, von der Klit bis zur Pussy. Mal mit langsamem, mal mit hartem Zungenschlag heizt er meine Lust an. Spielt mit dem Tempo und den Fingern in mir, bis ich nicht mehr weiß, wo oben und unten ist.

Ein Gefühl von Schwäche und heißer Sehnsucht breitet sich in mir aus, begleitet von einem unterschwelligen Beben.

Keuchend hebe ich den Kopf und beobachte, was er tut, was mich zusätzlich kickt. »Fuck, ja. Ja!«

Da hebt er den Blick, hält meinen fest und gibt mir den Rest.

Mir stockt der Atem und zwei Sekunden später komme ich mit einem unterdrückten Stöhnen.

Meine Lider fallen zu und mein Kopf sinkt zurück auf die Bettdecke, die Beine zittern. Und trotzdem dehnt er meinen Orgasmus unerbittlich in die Länge.

Noch vollkommen in meinem Rausch gefangen, bemerke ich kaum, was er tut. Aber schon kurze Zeit später spüre ich sein Gewicht wieder auf der Matratze, wie er näherkommt, und öffne die Augen.

Nolan ist direkt über mir, auf Knie und Hände gestützt, und schenkt mir dieses sexy Lächeln. Seine Lippen glänzen von meiner Lust und ich kann nicht widerstehen. Schlinge ihm die Arme um den Nacken, ziehe ihn herab und küsse ihn.

Tief taucht er mit der Zunge in meinen Mund und ich schmecke mich selbst, darunter ihn. Eine verflucht erregende Mischung.

Da löst er sich wieder von mir. »Dreh dich um, Prinzessin.«

Ich setze mich auf.

Nun ist auch er nackt und aus seinem Schoß ragt mir sein Schwanz entgegen, umhüllt von einem Kondom.

Bei dem Anblick möchte ich mir die Lippen lecken, ausgiebig von ihm kosten.

Er sinkt auf die Fersen, ich knie mich hin. »Komm her!« Es klingt wie ein Knurren und im gleichen Moment packt er meine Hüften. Dreht meinen Hintern zu sich herum, zieht mich zwischen seine Schenkel.

Mit einer Hand fährt er mein Rückgrat hinauf, drückt mich sanft nach unten, und ich bette meine Stirn auf den Unterarmen. Schließe die Augen und genieße seine Berührungen.

Wie er voller Leidenschaft meine Arschbacken knetet, mit den Daumen durch meine schlüpfrigen Lippen gleitet. Meine empfindliche Perle reibt und den anderen in mich schiebt.

Ich stöhne auf und dränge ihm meinen Hintern entgegen, will ihn endlich in mir spüren.

Nolan versteht die stumme Aufforderung, richtet sich auf und setzt die Schwanzspitze an meine Pussy. Dringt quälend langsam ein Stück in mich ein, zieht sich zurück und dehnt mich weiter. Bis er sich ganz und tief in mir versenkt.

Ein wohliger Schauer rieselt über meine Haut und in meinem Schoß breitet sich ein aufregendes Prickeln aus.

Er schlingt einen Arm um meinen Bauch und zieht mich hoch, bis ich ebenfalls auf den Fersen sitze, und dicht an sich heran.

Und dann, endlich, bewegt er sich in mir.

Seine Hände streichen meine Seiten hinauf, über den Rücken, und meine Schultern bedeckt er mit Küssen, während er mich fickt. Er umfasst meine Brüste und knetet sie, zwirbelt meine Nippel und kneift sie.

Ich lege den Kopf rücklings an seine Schulter und die Hände über seine. Wölbe den Rücken, um seine Stöße intensiver zu spüren.

Seine Lippen gleiten höher, zu meinem Hals, wo er an der empfindlichen Haut knabbert und leckt. »Du fühlst dich so gut an.« Sein Raunen vibriert durch meine Brust, senkt sich in meinen Schoß und ich seufze.

Mir geht es ähnlich.

Das süße Ziehen in meinem Schoß wird stärker, genauso wie die Gier. Nach ihm, seinen Berührungen. Weshalb ich seine rechte Hand von meinem Busen löse und tiefer schiebe. Über meinen Bauch, zwischen meine Beine und direkt zu meiner empfindlichsten Stelle.

Er umkreist sie, reibt mich.

Meine Erregung wächst, breitet sich in meine Arme und Beine aus.

Ich treibe unaufhaltsam auf den Höhepunkt zu und sein Keuchen mischt sich mit meinem Jammern. Verzweifelt spanne ich die Muskeln in Schenkeln und Schoß an, will Erlösung und dass es niemals endet.

Unvermittelt packt mein Haar und drückt meinen Kopf fest an seine Schulter. Schiebt das Becken vor und mich hoch, auf die Knie. Steigert das Tempo, fickt mich kräftiger.

Haltsuchend umfasse ich mit der einen Hand seinen Nacken und grabe die anderen Finger in seinen Arm, wölbe den Rücken weiter durch.

Mein Atem stockt.

Fuck, ja, gleich!

Da stößt er einen tiefen, kehligen Laut aus und gräbt die Zähne in meinen Nacken, reibt immer schneller über meine Klit.

Meine Stimme kippt, alles in mir schwillt an, rast auf die Erlösung zu.

Und im nächsten Moment halte ich die Luft an, explodiere in tausend Sterne.

Kurz darauf stöhnt Nolan auf, presst sich an mich und die Finger gegen meine Perle. Sein Schwanz pulsiert in mir und ich spanne noch einmal die Muskeln an, will alles von ihm möglichst intensiv erleben.

Unvermittelt stößt er weiter in mich, reibt mich mit den Fingern zum nächsten Orgasmus.

Ich stöhne, jammere, ignoriere das Zittern in meinen Beinen. Kreise mit den Hüften und dränge mich an ihn, um den Höhepunkt bis ins Letzte auszukosten.

Er löst die Finger von meinem Kopf, streicht über meine Wange und übt an der Seite sanften Druck auf mein Kinn aus. Ich hebe ihm den Mund entgegen, erwidere seinen Kuss und wühle die Finger in sein Haar. Lege die andere über seine Hand in meinem Schoss, presse sie gegen meine pochende Klit und erkämpfe mir einen letzten kleinen Gipfel.

Danach lässt die Anspannung rasch nach, aber er streichelt und küsst mich weiter, bis sein Schwanz erschlafft aus mir herausgleitet.

»Bin gleich wieder da.« Ein letzter Kuss, dann lässt er mich los, steigt vom Bett und läuft ins Bad.

Erschöpft beuge ich mich vor, lasse mich langsam auf die Matratze sinken.

Die Schwäche aus meinen Beinen steigt höher und erweckt ein seltsames Gefühl in meinem Bauch. Weswegen ich mich auf den Rücken drehe und zur Decke hinaufstarre.

In mir herrscht ein eigenartiges Chaos, das mich verwirrt.

Zunächst kann ich kein einziges der Gefühle benennen oder einen der Gedanken greifen, doch dann schälen sich Einzelheiten heraus.

Ich bin froh, dass wir endlich Sex hatten, und will mehr davon. Viel mehr.

Aber sieht er das genauso?

Und wie geht es mit uns weiter?

Wird das eine einmalige Nacht und ab morgen fasst er

mich nicht mehr an?

Bei dieser Vorstellung zieht sich mein Herz schmerzhaft zusammen, jammert auf, will ihn nicht schon wieder verlieren.

Ich stutze.

Mein Herz?

Oh, fuuuck, bitte nicht!

Warum so schnell?

Warum *überhaupt*?

Zu allem Überfluss steigt ein Anflug von Panik in mir auf und ich reibe mir verzweifelt über das Gesicht.

So war das alles nicht geplant.

Nebenan verstummen sämtliche Geräusche und ich zucke zusammen, als er die Tür öffnet. Obwohl er garantiert keine Gedanken lesen kann, fühle ich mich ertappt und reiße mich in letzter Sekunde zusammen.

Nolan hebt seine Boxer Briefs vom Boden auf und steigt hinein, direkt vor dem Bett.

Beim Anblick seines Körpers pocht es heftig zwischen meinen Beinen, Verlangen wallt auf und ich möchte direkt da weitermachen, wo wir gerade aufgehört haben.

Lächelnd drehe ich mich auf die Seite, stütze den Ellbogen auf und den Kopf in meine Hand. »Was hast du vor?«

Er bückt sich nach seiner Jeans, zieht sie an. »Neben der Rezeption stehen zwei Automaten, ich wollte Snacks und Getränke holen. Hast du einen Wunsch?«

Meine Augen wandern automatisch zu der Wölbung in seinem Schritt, doch dann schließt er den Reißverschluss und ich blinzle.

Abrupt beugt er sich über mich und ich sehe auf, bemerke das belustigte Funkeln in seinen blaugrünen Augen. »Später bekommst du mehr davon, versprochen.« Ein schneller Kuss, dann richtet er sich wieder auf und sucht sein T-Shirt. »Also, hast du Lust auf einen Snack? Was magst du?«

»Etwas Salziges, Würziges. Am liebsten Nüsse, aber Chips tun es auch. Und einen Schokoriegel zum Nachtisch.«

Er lacht leise, streift sein Shirt über. »Okay. Bier? Sprite?«

»Bier und Wasser, wenn sie haben.«

»Alles klar.« Als Letztes schlüpft er in seine Boots, holt seine Brieftasche aus der Jacke und geht zur Tür. »Bis gleich.«

»Mh-hm.«

Kurz darauf fällt die hinter ihm ins Schloss und ich wälze mich zurück auf den Rücken, stoße die Luft aus.

Holy shit, ich vermisse ihn jetzt schon.

Kapitel 11

Nolan

»Erzählst du mir etwas über dein Tattoo?«

Nach den Snacks und einer zweiten Runde liegen wir entspannt auf dem Bett, je ein Kissen unter dem Kopf, und reden.

Allegras Finger umkreisen erst meine Brustwarze, folgen dann dem Muster bis zu meiner Schulter und den Arm hinab. »Warst du in Neuseeland und hast es dir dort stechen lassen?«

Mein Mundwinkel wandert nach oben. »Nein, in Dublin.«

»Hast du eine andere Verbindung zur Kultur der Maori?«

»Nur durch den Tätowierer.«

Sie grinst. »Und was hat es nun mit den Mustern auf sich?«

»Ich glaube, da muss ich ein wenig ausholen. Weißt du, früher waren die Tattoos eine Kunstform, in der sozialer Rang, Status der Geburt, Heirat, Autorität und persönliches Zeichen gleich einer Unterschrift auf dem Körper dargestellt wurden. Und Kunst ist den Maori von jeher sehr wichtig, man findet sie in Literatur, Redekunst, Musik, Tanz, Schnitzereien, Skulpturen, Malerei und sogar in Webereien. Also eigentlich in allen kreativen Bereichen.«

»Und heute? Das ist doch bei ihnen bestimmt nicht zu einem Trend verwässert, so wie in der westlichen Welt.«

»Nein, keineswegs. Das Wort Tattoo stammt sogar aus der polynesischen Sprache, wird aber T-A-T-U geschrieben oder kurz *Ta* genannt. In der polynesischen Tradition, und zu deren Völkern zählen die Maori, bedeutete ein neues Tatu oder ein neuer Tatu-Abschnitt meist, dass eine bestimmte Entwicklungsstufe abgeschlossen wurde. Der Träger hat zum Beispiel die Erwachsenenreife erreicht, geheiratet oder sonst eine Schwelle dieser Art überschritten. Die jeweilige Gestaltung und Motiv-Wahl wird dabei an die Persönlichkeit und Biografie des Tätowierten anglehnt, das Gesamtbild erzählt die Lebensgeschichte.«

»Und die bist du mit deinem Tätowierer durchgegangen?«

»Das meiste, ja. Taonga hat ebenfalls nebenbei im Personenschutz gearbeitet und war schnell wie ein großer Bruder für mich. Wir mussten nicht viel überlegen, um die Motive zu wählen, und als er mir die Zeichnung präsentiert hat, wie er sich mein Tattoo vorstellt, konnte ich nur Ja sagen.«

»Erklärst du mir die Bestandteile?«

Ich ziehe die linke Hand unter dem Kissen hervor und deute auf meine Schulterkugel. »Die Spirale, von den Maoris *Koru* genannt, ist der Nationalpflanze Neuseelands nachempfunden, dem Farn. Symbolisch steht sie für Neubeginn, Harmonie und Selbstverwirklichung. Das passt zu dem Weg, den ich mit dem Master-Studium eingeschlagen habe. Weil ich endlich wusste, was ich will.«

Als Nächstes tippe ich auf verschiedene Punkte an

Oberarm, Brust und Rücken. »Wellen sind in der Maori-Kultur Symbole fürs Leben und sein ewiges Auf und Ab. Auch davon hatte ich mehr als genug.« Abschließend fahre ich einige Linien und Muster an den Rändern des Tattoos entlang. »Die Speerspitzen stehen für Mut, Kampfgeist und Tapferkeit.«

»Wegen deines Jobs?«

Kurz beiße ich die Zähne aufeinander. »Auch.«

»Wow, das Tattoo passt wirklich gut zu dir.« Sie streckt die Hand aus und streicht über meinen rechten Brustmuskel, hinauf zur Schulterkugel.

»Finde ich auch.«

»Und ich liebe es.«

»Ach ja?« Mit einem Grinsen beuge ich mich zu ihr und küsse sie. »Es steht dir jederzeit zur Verfügung. Du darfst es streicheln, beißen … lecken …«

Allegra hebt eine Braue zu diesem belustigten, herausfordernden Blick, der auf mich viel zu anziehend wirkt. »Jederzeit? Das heißt, es wird mehr geben als nur diese eine Nacht?«

»Hast du etwas anderes erwartet?« Endlich habe ich sie am ersten wichtigen Punkt meines Plans, da werde ich sie garantiert so schnell nicht wieder vom Haken lassen.

Im Gegenteil.

Meine Nackenmuskeln verspannen sich und das Gewissen hebt bereits zum zweiten Mal in dieser Nacht den Finger, doch ich ignoriere es erneut.

Darüber denke ich nach, wenn ich allein bin.

»Na ja, hätte doch ohne Weiteres ein One-Night-Stand sein können.«

Ich lächle und fahre mit den Fingerspitzen ihren Arm hinauf, setze eine ordentliche Portion meines Charmes ein. »Stimmt. Aber nach den letzten zwei Wochen und vor allem dem Kuss am Samstag finde ich, wir sollten voll auskosten, was da an Chemie zwischen uns ist. Und sehen, wohin es uns führt.«

In ihren Augen leuchtet etwas auf. »Sehe ich genauso. Und ich will alles über dich erfahren.«

Ich grinse breit. »Alle schmutzigen Geheimnisse?«

»Wenn du sie mir anvertrauen willst.«

»Oder wir machen eine Art Austausch. Verrate ich dir etwas Bedeutendes über mich, erfahre ich etwas Vergleichbares über dich.«

Sie zögert, doch das habe ich erwartet.

»Natürlich nur, wenn du das willst.«

»Abgemacht.«

»Okay.«

»Darf ich dir auch Fragen stellen?«

»Wenn du das Echo vertragen kannst …«

»Ich werde das im Hinterkopf behalten.«

»Klingt, als ob dir bereits etwas unter den Nägeln brennt.«

»Vielleicht das eine oder andere.«

»Dann schieß mal los.«

Allegra beißt sich auf die Lippe. »Hast du schon mal jemanden getötet?«

»Nein. Du?« Die Lüge kommt mir mühelos über die Lippen, wie manch andere zuvor.

Sie schüttelt den Kopf. »Wärst du dazu in der Lage?«

»Auch wenn es ein paar Dinge gibt, die ich dafür gelernt habe – in erster Linie geht es darum, den Gegner auszuschalten, mehr nicht. Aber wie kommst du ausgerechnet darauf?«

»Na ja … das ist etwas, das ich schon seit Jahren mit mir herumschleppe, und bisher konnte ich mich mit niemandem darüber austauschen. Aber nachdem du mir so viel von deinen Jobs als Personenschützer erzählt hast …« Sie zuckt mit den Schultern, gibt sich lässig.

Doch ich ahne, dass dem nicht so ist. »Okay, dann mal raus damit.«

»Weißt du, als ich fünfzehn war, hat mein Vater darauf bestanden, dass ich regelmäßig zum Schießtraining gehe. Bis heute. Und ein Teil des Selbstverteidigungskurses damals war der sichere Umgang mit einem Messer.«

»Und da ging es auch ums Töten?«

»Ach was, nein! Dad erinnert mich nur immer wieder daran, dass es Situationen gibt, in denen es angeblich sicherer ist, den Gegner nicht nur handlungsunfähig zu machen.«

Ich runzle die Stirn. »Interessante Theorie. Wie kommt er darauf? Hat er schlechte Erfahrungen gemacht?«

»Könnte man so sagen, ja.«

»So, wie du das sagst, klingt es sonderbar.«

Da winkt Allegra ab. »Hat mit seinem Job zu tun, ist unwichtig.«

Nein, das ist es keineswegs.

Auf mich wirkt es sogar eher so, als ob sie mit der Welt ihres Vaters hadert.

In mir steigt ein boshaftes Vergnügen auf.

Welche Ironie! Da hat Pascuale Cociarelli alle möglichen Vorkehrungen getroffen, damit sich seine Tochter wehren kann, nicht zum Opfer wird. Und was tut sie? Liegt hier mit mir, ihrer größten Gefahr.

»Okay, dann sag mir doch, worüber genau du dir einen Kopf machst.«

Wieder zögert sie, gibt sich aber schließlich einen Ruck. »Jedes Mal, wenn ich auf dem Schießstand stehe, frage ich mich, ob ich jemanden töten könnte, wenn ich dazu gezwungen wäre.«

»Glaub mir, wenn es hart auf hart kommt, denkst du gar nicht darüber nach, du tust es einfach. Das ist dein Überlebensinstinkt.«

»Sprichst du aus Erfahrung?«

»Ja. Wenn dein Leben bedroht ist, handeln deine Instinkte, bevor dein Verstand auch nur Piep sagen kann.«

Ihr Blick richtet sich in Leere und ich bemerke, dass sie von innen an ihrer Lippe kaut. »Und was ist, wenn ich diese Instinkte gar nicht besitze? Oder nicht ausreichend geschult habe? Sonst hättest du mich wohl kaum retten müssen.«

»Gute Frage, aber ich weiß leider keine Antwort darauf.« Ich mustere sie eingehend und in mir keimt der Verdacht auf, dass noch viel mehr dahintersteckt. »Wovor genau hast du Angst?«

Sie schaut mich an, öffnet den Mund, klappt ihn aber gleich wieder zu. Schüttelt den Kopf und seufzt. »Tut mir leid, aber das kann ich dir nicht sagen. *Noch* nicht.«

»Das ist okay.«

Unvermittelt stöhnt sie auf, dreht sich auf den Rücken und schlägt die Hände vors Gesicht. »*Jesus*, wie sind wir nur zu diesem beschissenen Thema gekommen?«

»Du hast damit angefangen.«

»Furchtbar, oder?« Sie linst mich zwischen zwei Fingern hindurch an. »Kannst du mich nicht mit ein bisschen Körpereinsatz ablenken?«

Grinsend rücke ich dicht an sie heran. »Dein Wunsch sei mir Befehl, Prinzessin.«

*

»Ich soll *was*? Du tickst wohl nicht ganz sauber!« Dominic verschränkt die Arme vor der Brust, schüttelt den Kopf.

»Sch!« Ich schließe meine Zimmertür und gehe zum Fenster, um einen prüfenden Blick auf die Straße zu werfen. Dann sehe ich meinen besten Freund wieder an. »Ich will nur sichergehen, dass wirklich niemand im

Clubhaus ist. Wer außer dir sollte mir da helfen, hm?«

»Ich dachte, du wolltest dich an den Cociarellis rächen, nicht an der Gang.«

»Caesar bekommt genauso sein Fett weg, darauf kannst du einen lassen. Schließlich musste ich nur seinetwegen nach Irland abhauen.«

»Trotzdem – dein Plan ist total hirnverbrannt.«

»Du hast gesagt, du stehst hinter mir und unterstützt mich. Ist das etwa hinfällig?«

Eine Sekunde lang zögert er. »Nein. Ich halte mein Wort, das weißt du.«

Misstrauisch kneife ich die Augen zusammen. »Du hast Schiss.«

»Nennen wir es lieber einen gesunden Respekt vor unserem Chef.«

Ich schnaube verächtlich. »Deinen Erzählungen nach zu urteilen führt er sich auf wie ein Diktator.«

»Stimmt. Deswegen möchte ich vermeiden, seinen Zorn auf mich zu ziehen.«

»Von meiner Aktion wird er nichts mitbekommen, versprochen.«

»Was genau willst du eigentlich damit bezwecken?«

»Ich will Informationen sammeln.«

»Worüber?«

»Was damals passiert ist. Ich muss es *verstehen*, Dom.«

»Glaubst du wirklich, dass Caesar jetzt noch Bemerkungen zu jener Nacht von sich gibt? Warum sollte er das tun?«

»Weil du einen Hinweis verbreiten wirst.«

»Was für einen Hinweis?«

»Hast du dort einen Kumpel, mit dem du dich schon mal über deine Mutter unterhältst?«

»Ja, Buster.«

Ich hebe die Brauen. »Buster, der Panzerknacker?«

»Mh-hm.«

»Der alte Mann sollte längst in Rente sein.«

»Der hat keine Ruhe im Arsch. Und zu Hause fällt ihm die Decke auf den Kopf, seitdem seine Frau tot ist.«

Und vermutlich braucht er ständig Geld.

»Okay. Also – du sagst ihm, deine Mutter hätte meinen Vater im Gefängnis besucht. Dabei hätte er ihr anvertraut, ich würde bald nach New York zurückkommen und ihn rächen.«

»Sie hat ihn noch nie besucht.«

»Das weiß ich. Gib vor, dass sie anscheinend jedes Jahr einmal zu ihm nach *Sing Sing* fährt und du nichts davon wusstest. Sein Geburtstag war vor knapp drei Monaten, das würde passen.«

»Und was mache ich, wenn er nachhakt?«

»Sag ihm, mehr hat sie nicht gesagt und du befürchtest, dass sie jetzt langsam durchdreht oder dement wird. Das sei totaler Blödsinn.«

»Meinst du echt, das funktioniert?«

»Wir werden sehen, einen Versuch ist es auf jeden Fall wert.«

Außerdem habe ich bald selbst einen Termin in New Yorks Staatsgefängnis, doch davon muss er nichts wissen. Es ist zu seinem eigenen Schutz.

»Nolan, wenn er dich erwischt –«

»Das wird nicht passieren, vertrau mir. Heute Nacht, wenn alle weg sind, gehst du rein und holst etwas, das du heute Abend absichtlich dort vergisst. Du lässt mich durch die Hintertür rein und wenige Minuten später wieder raus. Anschließend marschierst du vorn wieder raus, gähnst und steckst gut sichtbar das ein, was du vergessen hast. Das wars, du fährst nach Hause.«

»Ich weiß nicht.« Dom spielt mit den Kiefermuskeln.

»Ich dachte, du wärst auf meiner Seite.«

»Bin ich ja auch, aber das …«

»… ist ein Klacks, du gehst keinerlei Risiko ein.«

Nachdenklich starrt er mich an, schürzt die Lippen und nickt schließlich. »Du kannst auf mich zählen.«

»Danke, Alter, du bist der Beste!« Erleichtert klopfe ich ihm auf die Schulter. »Was denkst du, wann wir tätig werden können?«

»Meistens verschwinden die Letzten zwischen vier und fünf Uhr, am besten legen wir uns ab halb vier auf die Lauer und warten ab.«

Ich nicke. »Super. Wie lange arbeitest du heute im *Ginger*?«

»Bis eins.«

»Gut. Und ich sehe zu, dass ich spätestens um zwei Uhr hier bin, um alles vorzubereiten.«

»Musst du nach dieser Tanzshow noch als Bodyguard tätig werden?«

»Kann gut sein.« Meine Mundwinkel wandern nach oben. »Oder ich bringe sie nach Hause und wir vögeln noch eine Runde.«

Mein bester Freund erwidert das Grinsen. »Klingt, als könnte sie ihren Arsch bewegen.«

»Besser. Sie tut, was ich ihr sage. Gibt sich mir völlig hin.«

»Also, ich stehe mehr auf Luder als brave Mädchen.«

Noch einmal klopfe ich ihm auf die Schulter. »Und deswegen werden wir uns nie in die Quere kommen.«

Da lacht er auf. »Du meinst, wie bei Nelly Windham damals? In der siebten Klasse?«

Eine Erinnerung blitzt in meinem Kopf auf, von dem goldgelockten Mädchen, in das wir beide verknallt waren. Wir haben uns fast darum geprügelt, wer ihr eine Valentinskarte schreiben und sie zum Eis einladen durfte. Haben uns zerstritten und beide eine in ihren Briefkasten geworfen. Nur, um am Ende festzustellen, dass sie sich für einen anderen Jungen entschieden hat.

»Ganz genau.«

»Scheiße, was die wohl jetzt macht?«

»Google sie doch mal.«

»Bei Gelegenheit. Wenn ich Langeweile habe.«

»Tu das. Also dann, wir sehen uns heute Nacht. Ich muss jetzt noch ein paar Sachen vorbereiten.«

»Alles klar, bis später.« Damit verlässt er mein Zimmer und ich hole den Karton aus meinem Schrank, um die Technik zu programmieren.

Danach fahre ich in mein Boxstudio, absolviere ein Training. Hole ein wenig Schlaf nach und ziehe mich für Scarletts Aufführung um.

Als ich an Allegras Tür klingle, öffnet sie mir in einem eleganten schwarzen Kleid, das ihre schlanke Figur hervorragend zur Geltung bringt und dessen Anblick mein Blut direkt südwärts schickt. Der eng anliegende Rock reicht ihr bis zu den Knien, das lockere Oberteile umspielt ihren Körper von der Taille bis über die Schultern hinaus.

»Wow, du siehst toll aus!«

»Danke.« Lächelnd weicht sie zur Seite, damit ich eintreten kann, und schließt die Tür hinter mir.

Sobald sie sich umdreht, ziehe ich sie an mich. Packe ihren Hintern, presse sie gegen die wachsende Beule in meiner Hose und küsse sie. »Aber damit kannst du auf keinen Fall auf dem Motorrad mitfahren.«

»Muss ich auch nicht, meine Eltern holen uns gleich ab.«

»Davon hast du mir gar nichts erzählt.«

»Hat sich erst vor ein paar Stunden ergeben, sorry. Und für das hier haben wir leider auch keine Zeit mehr.« Sanft lässt sie das Becken kreisen.

»Dann solltest du lieber damit aufhören, wenn du nicht

noch für einen Quickie auf dem Esstisch landen willst.«

In ihren Augen lodert es auf, sie beißt sich auf die Lippe. »Können wir das für ein andermal im Hinterkopf behalten?«

Ich grinse. »Ich quetsche es zu den anderen Fantasien.«

»Perfekt.«

Kaum haben wir uns voneinander gelöst, klingelt ihr Smartphone und sie eilt zum Esstisch. Ich nutze die Gelegenheit, um die synthetische Motorradjacke abzulegen und an die Garderobe zu hängen, unter der ich Jackett, Hemd, Krawatte trage.

»Ja? … Okay, wir kommen runter.«

Allegra schiebt das Smartphone in eine kleine Handtasche, deren Inhalt sie mit einem kurzen Blick kontrolliert.

Ich schlendere zu ihr, sie sieht auf. »Mmh, du siehst aber auch zum Anbeißen aus.«

»Ach ja? Stehst du auf Männer in Anzügen?«

Ich nehme die schimmernde Jacke von der Stuhllehne und helfe ihr hinein.

»Nein, ich stehe auf *dich*.« Lächelnd dreht sie sich zu mir um. »Vielen Dank, der Herr.«

Ich drücke ihr einen schnellen Kuss auf die Lippen und weise Richtung Tür. »Bitte, nach dir.«

Wir verlassen Wohnung und Gebäude. Laufen auf eine schwarze Limousine zu, die am Straßenrand parkt.

Ich öffne Allegra die Tür und kontrolliere die Umgebung, während sie einsteigt. Ein Stück weiter hinten wartet der Wagen, den ich bereits vor dem Haus der Cociarellis gesehen habe. Die Kollegen sind also ebenfalls dabei.

Anschließend nehme ich auf dem Beifahrersitz Platz.

Der Fahrer und ich tauschen ein Nicken, dann lege ich den Sicherheitsgurt an und rücke die Glock im

Gürtelhafter zurecht. Ich erwarte keinen Angriff, bin aber gern vorbereitet.

Da die Trennscheibe hinter den Vordersitzen geschlossen ist und auch der Fahrer schweigt, schaue ich während der Fahrt zur Park Avenue aus dem Fenster.

Es ist seltsam, nach den gemeinsamen zwei Wochen, und vor allem letzter Nacht, Distanz halten zu müssen. Aber am Ende bin ich für Allegras Eltern nur der Bodyguard. Und das darf ich auf keinen Fall vergessen.

Vor dem *Hunter College* halten wir hinter einer anderen Limousine und der Fahrer springt hinaus, um seinem Arbeitgeber die Tür aufzuhalten.

Ich postiere mich zwei Schritte von ihm entfernt und mustere die Umgebung.

Allegra steigt als Erste aus, kommt direkt zu mir. Ihr Gesicht wirkt gefasst, doch inzwischen weiß ich einige Zeichen zu deuten. Darunter brodelt es.

»Stimmt etwas nicht?«

»Nein, alles gut.« Mit einem trotzigen Unterton in der Stimme tritt sie zu mir, hängt sich bei mir ein. »Mein Vater musste nur gerade schlucken, dass ich ausnahmsweise seine Anweisungen befolge.«

Schnell werfe ich einen Blick zu den Cociarellis, die ebenfalls aus dem Wagen klettern. »Was genau meinst du?«

»Du sollst einen Freund spielen und dich immer in meiner Nähe aufhalten, oder? Also wirst du bei der Aufführung auch neben mir sitzen.«

»Und wie soll ich die Leute im Auge behalten? Ich kann mich nicht ständig umdrehen.«

»Ist mir egal. Ich habe dir eine Karte besorgt und *basta.*«

Oha, die Prinzessin ist geladen.

Ich schmunzle. »Geht es bei euch immer so zu?«

»Manchmal.«

Ihre Eltern nähern sich, sie setzt ein übertriebenes

Lächeln auf. »Wollen wir dann reingehen? Wir treffen Scarletts Familie im Foyer.«

»Natürlich.« Pascuale Cociarelli nickt mir zu, ich erwidere es.

»Guten Abend, Mrs. und Mr. Cociarelli.«

Seine Frau lächelt genauso freundlich wie bei unserem Kennenlernen. »Guten Abend, Mr. Walsh. Wie geht es Ihnen?«

»So weit alles in Ordnung, Madame, kein Grund zur Sorge.«

»Sehr gut, das wollte ich hören.«

Allegra umklammert meinen Arm fester, lenkt mich zum Eingang und durch die offenstehenden Türen.

Das Foyer ist bereits gut gefüllt, aber sie manövriert uns zielsicher zwischen den Leuten hindurch und bleibt schließlich vor einem Paar in Abendgarderobe stehen. Sie begrüßt die Frau, die Scarlett ähnelt, mit einer Umarmung und ihren Mann mit Handschlag. Dann wendet sie sich an einen Mann um die Dreißig, der neben ihnen steht und mit ernstem Gesicht das Display seines Smartphones bearbeitet.

Sie boxt ihm auf den Oberarm. »Hey, Sam. Alles klar?«

Er sieht auf und lächelt. »Hey, Ally. Natürlich. Und bei dir?«

»Danke, danke, alles super.« Sie tritt an meine Seite. »Darf ich vorstellen? Das ist Nolan Walsh, ein Freund von der Uni. Nolan, das sind Mr. und Mrs. Dolton, Scarletts Eltern. Und ihr Bruder Sam.«

Wir schütteln einander die Hände, dann begrüßen sich auch die Paare untereinander.

Ein Kellner tritt dazu und bietet uns Champagner an, eine alkoholfreie Alternative fehlt leider. Notgedrungen greife ich trotzdem nach einem Glas, stoße mit den anderen an und nippe nur an dem Prickelwasser.

Ich hasse das Zeug.

Gleich danach lösen die Herren sich von den Damen, rufen Sam dazu.

Ich mustere erst die Frauen, die lächelnd miteinander tuscheln. Dann die Männer, die in ihrem Gespräch gänzlich unentspannt wirken.

Ob die Doltons ebenfalls zur Familie Lombardi gehören?

Allegra neben mir seufzt. »Und deswegen hasse ich solche Veranstaltungen. Aber zum Glück bist du ja noch da.«

Stirnrunzelnd betrachte ich ihr Gesicht. »Wärst du sonst allein mit ihnen gewesen?«

»Ja.«

»Das tut mir leid. War das schon immer so? Stelle ich mir verdammt anstrengend vor.«

»Na ja, früher waren meine Schwestern noch dabei, aber die sind nach ihren Abschlüssen abgehauen. Das Beste, was man in dieser Familie tun kann.«

»Warum bist du dann in ihrem Einflussbereich geblieben?«

Ihr Mund verzieht sich zu einem schiefen Grinsen. »Weil ich New York liebe und hier leben will. Ich weiß nur noch nicht, wie ich das in Zukunft bewerkstelligen soll.«

Sie klingt so traurig, dass ich sie am liebsten in die Arme nehmen und trösten möchte.

Hey! Kein Mitleid mit dem Feind!

»Ach was, du schaffst das schon.«

»Lass uns lieber über etwas anderes sprechen.« Sie leert ihr Glas, schaut sich um. »Wo sind denn die Kellner auf einmal?«

»Hier, nimm meines.« Ich tausche unsere Gläser und sie sieht mich misstrauisch an.

»Trinkst du nichts, weil du im Dienst bist?«

»Ja, auch. Aber hauptsächlich, weil ich keinen Champagner mag.«

»Mir wäre ein Bier auch lieber. Aber bei dieser Art von Veranstaltungen werden nur dekadente Tränke gereicht.«

»Vielleicht finden wir ja irgendwo Orangensaft oder Wasser.«

»Womit ich diesen Abend niemals überstehe.«

»Keine Angst, ich bin bei dir.«

Ihr Gesichtsausdruck wird weich. »Und dafür bin ich dir unglaublich dankbar.«

Bei dem Anblick wallt Mitgefühl in mir auf, doch ich reiße mich zusammen und erinnere mich an meinen Plan.

Keine Sekunde zu spät, denn die Herren beenden ihr Gespräch und gesellen sich wieder zur Runde.

Mrs. Dolton hängt sich bei ihrem Mann ein und mustert uns anderen nacheinander, eröffnet das übliche unverbindliche Geplauder.

Ich beobachte in der Zwischenzeit die Menschen um uns herum und meine, einige Gesichter zu erkennen. Was aber nichts heißen muss, die meisten Studenten dieser Stadt sind höchstwahrscheinlich alle untereinander vernetzt oder befreundet.

Wenigstens verfliegt auf diese Weise die Zeit bis zum ersten Gong, der das Publikum in den Theatersaal ruft.

Zusammen mit vermutlich mehreren Hundert Gästen schlendern wir ins überraschend große *Kaye Playhouse* und zu den vorderen Reihen.

Auf dieser leicht abschüssigen Ebene befinden sich gute fünfhundert Sitzplätze, auf dem riesigen Balkon schätzungsweise weitere ein- oder zweihundert. Auf jeden Fall zu viele Zeugen für einen Angriff. Zum Glück.

Hinter Scarletts Familie und den Cociarellis betreten wir die Sitzreihe und setzen uns auf die gebuchten Plätze.

Allegra streift ihre Jacke ab und legt sie über ihren

Schoß, beugt sich zu mir. »Wenigstens haben wir jetzt zweimal eine Stunde Ruhe und können die Aufführung genießen.«

»Was erwartet mich denn? Klassisches Ballett oder moderner Tanz?«

»Keine Ahnung, Scar hat mir nichts verraten.«

Ich lache leise. »Okay, lassen wir uns überraschen.«

Mrs. Cociarelli spricht sie an und ich schaue mich erneut um, mustere die Personen in unserer direkten Umgebung genauer.

Nein, hier ist niemand, der sich die Hände selbst schmutzig machen würde.

Schließlich tritt der Dekan der *The School of Arts and Sciences* auf die Bühne und heißt das Publikum willkommen. Erläutert das Projekt, lobt die Schüler des Abschlussjahrgangs und wünscht gute Unterhaltung bei der Inszenierung.

Das Licht im Saal erlischt, die Bühne wird in Scheinwerferlicht getaucht und der schwere rote Vorhang öffnet sich. Musik erklingt, die ersten Tänzer erscheinen und ich suche automatisch nach Scarlett.

Unvermittelt berührt mich etwas am Oberschenkel und ich senke den Blick, entdecke Allegras Hand. Sie will doch wohl nicht …

Da dreht sie die Handfläche nach oben und ich verstehe.

Triumphierend verkneife ich mir ein Grinsen und lege meine Hand in ihre, schiebe meine Finger zwischen ihre.

Sieht verdammt danach aus, als ob sie mehr von mir will als Sex.

Nach Scarletts grandioser Aufführung, tatsächlich einer Mischung aus Ballett und modernem Tanz, erhebt sich das Publikum von den Stühlen und applaudiert lautstark, sogar Pfiffe und Jubel werden laut.

Das Ensemble strahlt und nimmt den anhaltenden Beifall mit dankbaren Verbeugungen entgegen.

Erst der Dekan setzt dem ein Ende, indem er erneut auf die Bühne steigt, sich bei allen bedankt und die Anwesenden zu dem Empfang im Foyer einlädt.

Unsere Gruppe reiht sich in den Strom der Gäste ein, die den Saal verlassen und hinter uns diskutieren die beiden Elternpaare über die erstaunlich ausdrucksstarke Performance des Abschlussjahrgangs.

Ich beuge mich ein wenig zu Allegra. »Und wie hat es dir gefallen?«

Sie zuckt mit den Schultern, lächelt verlegen. »Ich kann nichts mit dieser Form von Kunst anfangen, aber ich bewundere Scarlett für ihr Können. Es sah toll aus und sie hat am Ende verdammt stolz und glücklich gewirkt.«

»Ja, das ist mir auch aufgefallen.«

Bei Getränken sowie Fingerfood stehen wir sieben schließlich zusammen und ich lausche den großspurigen Fachsimpeleien der Elternpaare.

Nächstes Jahr, wenn die beiden Freundinnen ihren Masterabschluss erhalten und feierlich verabschiedet werden, würde es vermutlich ähnlich zugehen. Ohne meinen Plan.

In meinem Kopf blitzt die Erinnerung an meine eigene Abschlussfeier auf, bei der Tante Orla, Onkel Adair und Granny Maureen anwesend waren, und ein Echo des damaligen Schmerzes vibriert durch meine Brust.

Wie gern hätte ich stattdessen meine Eltern an meiner Seite gehabt, den Stolz in ihren Augen gesehen.

Unvermutet schaut Emilia Cociarelli in die Runde. »Was haltet ihr davon, wenn wir noch etwas zusammen trinken gehen?«

Die Doltons stimmen sofort zu, doch Allegra räuspert sich. »Tut mir leid, Mom, aber wir treffen uns gleich mit

Scarlett und ihren Leute, um zu feiern.«

Ihre Mutter nickt. »Das verstehe ich natürlich.«

Der Capo hingegen wirkt weniger glücklich und wirft mir einen Blick zu, winkt mich mit einer Kopfbewegung heran.

Rückwärts entferne ich mich aus dem Kreis, gehe ein paar Schritte und treffe auf meinen Auftraggeber.

Der führt mich ein Stück zur Seite. »Ich hätte gern einen Lagebericht.«

»Bis jetzt alles unauffällig.« Ich erläutere ihm ein wenig, wie es läuft und was wir letzten Samstag im Boxclub gemacht haben.

Am Ende nickt er. »Nur damit Sie wissen, was bei uns üblich ist. Ich habe Sie beobachten lassen, um Sie und Ihre Arbeit einschätzen zu können. Aber da es für mich keinen Grund zur Beschwerde gibt, ist das hinfällig.«

»Danke, Mr. Cociarelli.«

»Falls Sie etwas brauchen oder sich Schwierigkeiten ankündigen, rufen Sie Terence an, er wird sich darum kümmern. Und geben Sie ihm regelmäßig eine Statusmeldung, selbst die kleinsten Hinweise sind wichtig.«

»Natürlich.«

»Gut.« Er klopft mir auf die Schulter und kehrt an seinen Platz zurück.

Sobald ich mich wieder zu Allegra geselle, lächelt sie mich an. »Können wir dann los?«

Ich erkenne die Neugier in ihren Augen. »Ja.«

Sie wendet sich an die Runde und wir verabschieden uns. Dann schlendern wir zu einer der Türen, verlassen das Gebäude und laufen die Treppen hinab. Unten hakt sie sich bei mir unter und führt mich Richtung Norden.

Der Gehweg ist voller Menschen und auf der Straße herrscht Verkehrschaos, denn auch hier wird überall gebaut und gebuddelt. Eine Situation, die rasch unübersichtlich werden kann.

»Das mit der Feier war übrigens gelogen, ich wollte nur so schnell wie möglich weg von meiner Familie.«

Lächelnd manövriere ich uns an einer Gruppe von Leuten vorbei, scanne die Umgebung. »Habe ich mir schon fast gedacht.«

Ah, gut, da vorn ist eine Kreuzung und ich erkenne ein Leuchtzeichen der Subway.

»Was hatte Dad denn mit dir zu besprechen?«

Ich wende mich ihr zu, um ihre Frage zu beantworten, da fällt mir ein Mann auf, der sich im selben Moment in den Schatten eines Mauervorsprungs zurückzieht.

In meinem Nacken breitet sich ein Prickeln aus.

Das Gesicht habe ich schon einmal gesehen.

»Erzähle ich dir gleich in Ruhe, lass uns erst von hier verschwinden.«

»Da vorn ist die Subway-Station, unsere Linie.«

»Perfekt.«

Eine größere Gruppe versperrt uns den Weg und ich ergreife Allegras Hand, führe sie eilig hindurch und dahinter die Treppe zum U-Bahnhof hinunter.

Zum Glück sind wir nicht die einzigen Leute in eleganter Kleidung, trotzdem fallen wir für meinen Geschmack viel zu sehr auf.

Hinter den Ticketkontrollen führe ich sie zum entsprechenden Gleis und schaue zur Anzeige hinauf. Drei Minuten bis zur nächsten Bahn.

Ich dirigiere sie neben einen der Träger und stelle mich vor sie. Den Rücken zum Gleis, damit ich den Bahnsteig im Auge behalten kann.

»Also, was wollte mein Vater?«

»Ach, er meinte nur, er hätte mich die letzten zwei Wochen überwacht, um meine Arbeit bewerten zu können.«

»Wie bitte?«

Lächelnd zucke ich mit den Schultern. Sie ist verdammt süß, wenn sie sauer ist. »Damit habe ich gerechnet, kein Problem.«

»Ich finde das echt scheiße von ihm, schließlich hat er dich regelrecht in den Job genötigt.«

»Prinzessin, es ist okay. Aber jetzt weißt du auch, warum ich mich auf dem Campus und in der Öffentlichkeit dir gegenüber zurückgehalten habe.«

Ihre Brauen schießen nach oben und sie öffnet den Mund, doch ich komme ihr zuvor. »Und das werde ich auch beibehalten. Ich glaube kaum, dass er einfach damit aufhört. Es wird Stichproben geben.«

»Seine Lackaffen kontrolliert er auch nicht.«

»Ich könnte mir sehr gut vorstellen, dass er mit jedem neuen Mitarbeiter ein solches Prozedere abzieht. Und im Hinblick auf seine Familie vermutlich besonders gründlich.«

»Wenn du wüsstest«, murmelt sie, schürzt die Lippen und dreht den Kopf weg.

»Wenn ich *was* wüsste?«

Widerwillig starrt Allegra mich an, kämpft sichtlich mit sich.

»Gibt es etwas, das ich wissen sollte?«

Sie verzieht das Gesicht, stößt die Luft aus. »Nein. Du hast nur ziemlich ins Schwarze getroffen. Was seine Töchter angeht, ist Dad höllisch vorsichtig. So ein kontrollsüchtiger Übervater.«

Ein heftiger Luftzug kündigt den kommenden Zug an und ich schaue automatisch in die Richtung, sehe bereits die Scheinwerfer des Wagens.

Da wird es am anderen Ende plötzlich laut und mein Kopf fährt herum.

Mit einem Blick erfasse ich, dass sich dort jemand

rücksichtslos einen Weg durch die wartende Menge bahnt. Leute weichen aus und protestieren, werden geschubst und schimpfen oder schreien auf, weil sie ins Taumeln geraten.

Und diese Welle kommt viel zu schnell näher.

Schon bricht in dem Zwischenraum zum nächsten Träger Tumult aus und ich folge meinem Instinkt. Umschlinge mit dem einen Arm Allegras Taille, mit dem anderen den Träger. Packe dessen Kante und stelle einen Fuß nach hinten.

Überrascht klammert sie sich an meinen Arm. »Hey, was ist denn los?«

In der nächsten Sekunde eilen zwei geduckte Personen zwischen ihr und der Wand entlang, versetzen auch ihr einen heftigen Stoß.

Mit einem Schrei prallt sie gegen mich, ich federe es ab und muss ein Stück zurückweichen.

Versuche gleichzeitig, die Gesichter der beiden Typen zu erkennen.

Unvermittelt schubsen sie eine Frau neben uns, die daraufhin nach vorn taumelt, unaufhaltsam auf die Bahnsteigkante und den einfahrenden Zug zu.

Mein Körper reagiert, wie ich es ihm antrainiert habe.

Ich lasse Allegra los und springe der Frau bei.

Reiße sie an der Jacke so kräftig zurück, dass sie auf den Hintern fällt.

Hebe den Kopf und starre den Kerlen nach.

Einer von ihnen schaut in diesem Moment über seine Schulter und mich durchfährt ein Blitz.

War das der Kerl von vor dem Collegegebäude?

Dann sprinten sie davon und aus meinem Blickfeld.

Ich wende mich der Frau zu und bemerke, dass Allegra neben ihr hockt, ihr über den Arm streicht.

Die Bahn fährt ein und ich helfe ihr eilig auf. »Alles in Ordnung? Geht es Ihnen gut?«

Sie nickt heftig, das Gesicht bleich wie ein Geist.

Mit einem Quietschen kommt die Subway zum Stehen, die Türen öffnen sich zischend.

»Kommen Sie!« Ich umfasse ihren Oberarm und dirigiere sie in den Waggon, die andere Hand auf Allegras Rücken. Entdecke eine freie Sitzbank und schiebe beide darauf zu.

Sie setzen sich und die Frau lehnt mit geschlossenen Augen den Kopf nach hinten an die Fensterscheibe. »*Jesus Christ*, welch ein Schreck.«

Als die Türen sich schließen, umfasse ich die Haltestange direkt vor Ihnen. »Wie weit müssen Sie?«

»Nur bis zur 28th.«

»Wir bleiben so lange bei Ihnen.« Allegra streicht ihr sanft über den Arm.

Die Frau öffnet die Augen, lächelt schwach. »Danke.«

Ich nicke. »Kein Ding.«

»Immer diese rücksichtslosen jungen Leute! Jede Woche passiert hier so etwas. Wie gut, dass Sie so schnell reagiert haben.«

»Das war nur Zufall.«

»Umso dankbarer bin ich dafür.« Sie setzt sich auf, stellt ihre Handtasche auf den Schoß und öffnet sie.

Allegra schaut zu mir hoch, hebt die Brauen, doch ich schüttle nur stumm den Kopf.

»Darf ich mich irgendwie erkenntlich zeigen?« Ihre Finger verschwinden in der Tasche.

»Oh, nein, wirklich, das ist nicht nötig.« Abwehrend hebe ich die freie Hand.

»Sind Sie sicher? Sie haben mir vermutlich das Leben gerettet. Oder mein Konto vor horrenden Krankenhausrechnungen.« Sie verzieht das Gesicht, wir lachen zusammen.

»Ihr Dank reicht vollkommen aus, glauben Sie mir.«

»Der ist Ihnen auf jeden Fall sicher.« Sie streckt beide Arme aus, ergreift meine Hand. »Gott segne Sie.«

Da ich kein bisschen an den glaube, nicke ich nur.

Wir bleiben bei ihr, bis sie aussteigen muss, und ich geleite sie bis zur Tür, wo sie sich noch einmal überschwänglich bei mir bedankt.

Dann kehre ich zu der Haltestange zurück, die Türen schließen sich und der Zug fährt weiter.

Allegra gesellt sich zu mir, schlingt einen Arm um meine Taille und hält sich mit der anderen Hand an dem Stahlrohr fest. »Du hast es schon früh genug bemerkt, oder? Sonst hättest du mich nicht kurz vorher festgehalten.«

»Die Aktion dieser beiden Penner war echt nicht zu übersehen.«

»Und das nur, weil du meinetwegen ständig die Umgebung beobachtest.«

Ich lege den Arm um ihre Schultern und lächle. »Schon praktisch, oder?«

»Irgendwie, ja. Aber vor allem bin ich froh, dass es nicht mir gegolten hat.« Sie lehnt die Wange an meine Schulter, schließt die Augen und schmiegt sich an mich.

Wie gern würde ich ihr zustimmen.

Oder ihr widersprechen.

Doch für beides habe ich keine sicheren Hinweise.

»Bleibst du noch bei mir? Bis morgen früh? Wir könnten uns einen Film ansehen … oder so.«

»Ein paar Stunden habe ich Zeit, aber dann muss ich weg. Ich habe Dominic versprochen, ihn heute Nacht abzuholen.«

Neugierig schaut sie zu mir auf. »Dominic?«

»Mein bester Freund, mit dem ich auch zusammenwohne.«

»Okay, dann müssen wir die Zeit bestmöglich nutzen.«

Ich lächle herausfordernd. »Ach ja? Und womit?«

Kurz schießt ihr Blick von links nach rechts. »Mit dem, was wir letzte Nacht ausgiebig getan haben?«

Ich beuge mich zu ihr. »Was haben wir denn getan?«

Sie senkt die Stimme. »Wir hatten Sex.«

»Wie nüchtern das klingt. War es wirklich so langweilig?«

Schmunzelnd schüttelt sie den Kopf und ich bringe den Mund an ihr Ohr. »Dann sag mir doch, was ich gleich mit dir anstellen soll, Prinzessin.«

»Ich … ähm.«

»Sag es«, raune ich ihr ins Ohr und bemerke, wie sie erschauert. »Sag mir, was du willst.«

»Ich … ich will …«

»Ja?« Auffordernd lecke ich über ihr Ohrläppchen.

»Ich will, dass du mich fickst.«

»Schon besser, Prinzessin.« Meine Finger gleiten langsam ihre Wirbelsäule hinab, mein Schwanz zuckt vor Verlangen. »Oh ja, ich werde dich ficken. Hart und tief. Bis du schreiend auf meinem Schwanz explodierst.«

Sie stöhnt auf, hebt das Kinn zu meinem Ohr und flüstert: »Fuck, ja! Fick mich so hart wie du kannst.«

Na, bitte. Stufe zwei abgeschlossen.

Kapitel 12

Allegra

Nach den beiden Nächten mit Nolan fällt mir das Alleinsein und Lernen am Sonntag schwer. Anstatt mich zu konzentrieren, gleite ich in Erinnerungen ab und versinke im Nachhall der Lust, die er mich hat spüren lassen. Sitze dann jedes Mal mit pochendem Schoß da, den Kopf voll versauter Bilder, und wünsche mir, er wäre hier. Um mich zu erlösen, zu halten und wieder von vorn anzufangen.

Gegen Mittag ist es schließlich so schlimm, dass ich verstohlen meine Zimmertür abschließe, mich aufs Bett werfe und die Hand in mein Höschen schiebe. Doch während ich mich selbst streichle, mutieren die Erinnerungen hinter meinen geschlossenen Lidern zu noch heißeren Fantasien. Vermischen sich mit Szenen aus meinen Lieblingsserien und machen uns zu einem Kriegerpaar.

Im Vorspiel begegnen wir uns auf Augenhöhe, voller Verlangen und Leidenschaft. Aber dann gewinnt Nolan die Oberhand und ich unterwerfe mich bereitwillig seiner Dominanz. Allein die Vorstellung davon kickt mich so sehr, dass ich kurze Zeit später die Luft anhalte und komme.

Nur reicht dieser eine Höhepunkt nicht, um meine Gier zu stillen, und ich reibe mich weiter, immer wieder. Reite eine Welle nach der anderen, begleitet von tabulosen Bildern, bis ich erschöpft daliege und zur Decke starre.

Keine Ahnung, wohin es sich mit uns entwickelt, aber ich will meinen Wünschen auf den Grund gehen. Es muss etwas bedeuten, dass sie ausgerechnet jetzt auftauchen. Und dann auch noch so intensiv, dass ich mich kaum dagegen wehren kann.

Ermutigt von diesen Gedanken und Erkenntnissen bitte ich Nolan, mich am Montagmorgen schon früher abzuholen.

Und sobald er in unserer Wohnung steht, führe ich ihn für einen intensiven Quickie in mein Zimmer.

Am Nachmittag ficken wir auf dem Esstisch und später noch einmal unter der Dusche, bevor er nach Hause fährt. Am Dienstag und Mittwoch wiederholen wir das und mit jedem Mal wird der Sex ein bisschen dreckiger, dominanter.

Und, fuck, ja, ich liebe es.

Weil ich nun meine Bedürfnisse kenne und neue entdecke, sie auslebe und genieße.

Und ich habe nicht vor, in nächster Zeit damit aufzuhören.

Entsprechend befriedigt verabschiede ich Nolan am Mittwoch mit einem Kuss und schließe die Tür hinter ihm. Dann lasse ich mich neben Scarlett auf die Couch fallen und lege entspannt die Füße auf den Tisch, sie startet den Streamingdienst.

»Zu schade, dass wir keine Wette abgeschlossen haben.« Sie reicht mir eine Schale mit Chips und stellt eine mit Popcorn auf ihrem eigenen Bauch ab.

»Worüber?« Ich deponiere die Schale auf meinem Schoß, greife hinein und stecke mir eine Handvoll von dem pikant gewürzten Snack in den Mund.

»Dass du einen richtigen Kerl brauchst.«

Ich grinse. »Stimmt. Und so lange ist das gar nicht her.«

»Wer kann denn ahnen, dass du so schnell dem Richtigen begegnest.«

Mein Herz stolpert, klopft umso kräftiger weiter. »Dem Richtigen?«

»Oh, oh!«

»Was?«

»Eigentlich hatte ich ja nur den richtigen Mann für guten Sex gemeint, aber wenn ich dich so ansehe …« Lächelnd schiebt sie sich ein Stück Popcorn zwischen die Zähne.

»Was für ein Quatsch, das bildest du dir nur ein.« Gespielt lässig winke ich ab.

»Wenn du das sagst …«

Nachdenklich starre ich vor mich hin, kaue auf meiner Unterlippe.

Und da ist er wieder, dieser kleine nagende Zweifel.

»Gib es zu, Cociarelli, du hast dich verknallt.«

Mein Mund verzieht sich zu einem hingerissenen Lächeln, ich schaue meine beste Freundin an. »Ganz schön bescheuert, oder?«

»Nein, warum denn?«

»Na ja … eigentlich ist er mein Bodyguard.«

»Nur vorübergehend.«

»Meinst du, danach könnten wir zusammen sein?«

»Wenn er genauso fühlt.«

»Aber was ist mit *meinen* Gefühlen?«

»Was soll damit sein?«

Ich atme zittrig durch, nehme all meinen Mut zusammen. »Was ist, wenn sie nicht echt sind?«

Stirnrunzelnd hält sie beim Essen inne. »Sorry, aber ich kann dir nicht folgen. Wie können Gefühle für einen Menschen nicht echt sein? Okay, du kannst *ihm* etwas vormachen, aber dir selbst … nein.«

Ich zucke mit den Schultern, wende den Kopf ab und mein Blick richtet sich ins Leere. »Seit Samstag frage ich mich, ob … ob ich mich nur zu ihm hingezogen fühle, weil er mich vor diesem Stalker gerettet hat.«

»Du meinst, so eine Art Syndrom?«

»Das ist vielleicht ein zu starkes Wort, aber ja.«

»Ach was!« Vehement schüttelt sie den Kopf. »Du hast mir doch schon vorher von ihm erzählt. Und wie du auf seinen Anblick reagiert hast.«

»Aber ich habe schon oft davon gelesen, dass man aufgrund des in gefährlichen Situationen ausgeschütteten Adrenalins Sex mit jemandem hat. So eine Art Reflex, um die Spannung abzubauen. Und weil man überlebt hat. Jetzt ist da diese krasse Chemie zwischen uns und es wird mit jedem Tag aufregender. Ich kann mir das alles einfach nicht erklären, es passt kein bisschen zu mir.«

»Okay, stell dir vor, Sam hätte dich gerettet. Würde es dir da genauso gehen?«

»Sam?« Ich schüttle mich. »*Jesus*, nein!«

»Irgendeiner deiner Kommilitonen?«

In meinem Kopf gehe ich verschiedene Leute durch, doch alle rufen Widerwillen in mir hervor. »Nein.«

»Dann nimm einen deiner Ex-Freunde.«

Ich lache auf. »Keinen von denen könnte ich mir als Helden vorstellen, sorry.«

»Und was ist mit einem völlig Fremden?«

»Ich verstehe nicht, worauf du hinaus willst.«

Scarlett seufzt. »Darauf, dass er dir schon vorher gefallen hat. Ohne das hättest du dich niemals auf ihn eingelassen. Und sogar deinem Vater widersprochen, ihn für dich einzustellen.«

»Meinst du?«

»Und ob! Ich kenne dich, Süße. Du bist viel zu stark, um irgendein bescheuertes Syndrom zu entwickeln.«

»Hm. Und du glaubst wirklich, dass wir später eine Chance haben?«

»Warum nicht?«

»Weil er vermutlich schreiend davonläuft, sobald er erfährt, dass Dad zur Mafia gehört.«

»Und wenn du ihn langsam darauf vorbereitest? Ihn hineinziehst?«

»Wo ich selbst davor fliehen möchte? Sehr witzig.«

»Aber es ist deine Familie. Ein Teil von dir, den du nicht abschütteln kannst. Und sobald ihr offiziell ein Paar seid, gehört auch er dazu. Oder willst du es etwa vor ihm verheimlichen?«

»Am liebsten schon, ja. Aber ich weiß, dass es auf Dauer unmöglich ist.«

Sie legt einen Arm um meine Schultern und zieht mich an sich. »Diese Gedanken kannst du dir machen, wenn es ernst wird, okay? Und bis dahin genießt du das Leben und den Sex mit ihm.«

»Gute Idee. Vielleicht merke ich dann auch, ob er der Richtige ist.«

»Oh, vielleicht gibt es ja schon Hinweise darauf.«

Ich lehne den Kopf an die Couch und schaue sie neugierig an. »Zum Beispiel?«

»Bekommt deine Pussy einen Puls, sobald du ihn siehst?«

Sogleich pocht es heftig in meinem Schoß und Hitze schießt durch meinen Körper. Verlegen wende ich den Blick ab. »Schon bei dem *Gedanken* an ihn.«

Sie schnaubt. »Okay, jetzt bin ich offiziell neidisch auf dich. Hat er einen Freund oder Verwandten, den er mir vorstellen kann?«

»Keine Ahnung, aber ich werde ihn gern danach fragen.«

*

Erschöpft, aber von Glück erfüllt liege ich Freitagnacht in Nolans Bett. Genauer gesagt in seinem Arm und halb auf ihm. Mit geschlossenen Augen genieße ich seine Wärme und seine Hand auf meiner Hüfte. Lausche seinem Herzschlag direkt unter meinem Ohr, spüre dem Summen und Pochen in meinem Körper nach.

Seine Mitbewohner sind arbeiten und im Rest des Hauses ist es ebenfalls still, genauso wie auf der Straße.

Perfekt.

Also nehme ich all meinen Mut zusammen, um den Gedanken auszusprechen, der sich in den letzten Tagen in meinen Kopf geschlichen hat. »Darf ich dich etwas fragen?«

»Mh-hm.« Das kehlige Brummen vibriert durch meine Wange in meinen Körper und ich lächle versonnen.

»Du bist nur ein paar Jahre älter als ich, wie kannst du da schon dermaßen dominant sein? Also, beim Sex. Ich meine … ist das genetisch veranlagt? Anerzogen?«

»Keine Ahnung, aber bei mir war es eine Art Zufall, dass ich auf diese Neigung gestoßen bin.«

»Und wie?«

»Einer meiner Kunden war Mitglied in einem Sex-Club und ich musste ihn einige Male dorthin begleiten.«

»Hast du da etwa mitgemacht?« Erstaunt öffne ich die Augen, mustere das Tattoo auf der anderen Seite seiner Brust.

Nolan lacht. »Um Himmels willen! Aber ich habe einiges gesehen und gemerkt, wie sehr mich das antörnt.

Und dass diese Vorliebe nichts Ungewöhnliches ist, im Gegenteil. Danach habe ich es ausprobiert, mit jedem Mal mehr. Und mit der Zeit ist mir auch bewusst geworden, dass ich diese Wünsche schon öfter verspürt habe, allerdings nur schwach und undeutlich.«

Mein Magen verkrampft sich.

War das, was bisher zwischen uns war, noch lange nicht alles? Was verschweigt er mir? Härtere Gangarten? Schläge und Spielzeug?

Oder etwa …

Ich schlucke. »Und was genau erregt dich daran? Willst du die jeweilige Frau beherrschen?«

»Nein. Ich will nur, dass die Frau, die ich begehre, sich mir vollkommen hingibt. Besonders, wenn wir allein sind. Und je stärker die Frau, desto stärker das Verlangen.«

Mich durchflutet Erleichterung und ich frage mich unwillkürlich, wo ich auf dieser Skala stehe.

Wie stark bin ich wirklich?

Wie wirkt das auf ihn?

Und wie sehr will er mich eigentlich?

»Über deine bisherigen Beziehungen hast du kein einziges Wort verloren.«

»Weil sie unwichtig sind.«

»Also nichts Ernstes oder Prägendes.«

»Nein.«

Ich höre die Belustigung in seiner Stimme und möchte mich selbst in den Arsch treten.

Ich wollte meine Gefühle doch vor ihm verbergen.

Gespielt lässig zucke ich mit den Schultern. »Bei mir auch nicht. Nach der Highschool hatte ich nur One-Night-Stands oder kurze Affären. Meistens, weil mein Vater jegliche Beziehung verhindert hat.«

»Hat er sie verjagt?«

»So könnte man es ausdrücken, ja.«

»Und wie?«

»Unwichtig.«

»Dann bin ich ja mal gespannt, was er mit *mir* versucht.«

Mein Herz hämmert los, in meinem Kopf überschlagen sich die Gedanken. »Ich auch.«

»Wird er vielleicht zum feuerspeienden Drachen? So wie der auf deinem Oberarm?«

»Wer weiß.«

»Ist das eigentlich ein chinesischer oder japanischer Drache? Anscheinend sind Elemente von beidem drin.«

Überrascht richte ich mich auf. »Kennst du dich aus?«

»Nur ein wenig. Die Chinesischen können für Macht und Stärke stehen, die Japanischen für Schutz, Familie und ein langes Leben.«

Ein Lächeln breitet sich auf meinem Gesicht aus. »Genau das wollte ich darin vereinen. Meine Stärke und die Verbindung zu meiner Familie.«

Nolan grinst und streichelt mit den Daumen über meine Haut. »Und du willst dich wirklich von deiner Familie lösen? Irgendwie kann ich das nicht glauben.«

Automatisch drehe ich das linke Handgelenk nach oben, starre auf das geflügelte Herz. »Das hier habe ich mir stechen lassen, als ich bei meinen Eltern ausgezogen bin und das Studium angefangen habe. Freiheit und Unabhängigkeit. Eigentlich ein Witz, oder?«

»Warum? Du kannst doch dein eigenes Leben leben, auch in ihrer Nähe.«

Ich lächle schief, schüttle den Kopf. »Vielleicht, wenn ich einen Mann finde, der mich beschützen kann. Sofern es nach meinem Vater geht.«

»Klingt verdammt konservativ.«

Nicht, wenn man weiß, was dahintersteckt.

Das Schicksal von Mafiatöchtern.

Erneut zucke ich mit den Schultern, deute mit dem Kinn auf die tätowierten Zeilen über seinen Rippen. »Wenn wir schon mal dabei sind, könntest du mir verraten, was der Spruch dort bedeutet.«

»*Nicht den Tod sollte man fürchten, sondern dass man nie beginnen wird, zu leben.* Das ist ein Zitat von Marcus Aurelius und war der Lieblingsspruch meiner Mutter.«

»Klingt, als wäre sie vor einem ähnlich herrschsüchtigen Vater geflohen.«

»So viel ich weiß, hat sie auf ihr Herz gehört, sich gegen ihre Familie und für meinen Dad entschieden, ja.«

»Wie romantisch.«

Sein Gesicht wird ernst, verschließt sich.

Und in meinem Bauch breitet sich ein flaues Gefühl aus. »Du hast gesagt, deine Mutter sei gestorben. Ist etwas … zwischen ihnen vorgefallen?«

»Fuck, nein! Wie kommst du darauf?«

Ich spüre und sehe, wie sehr ihn das aus dem Gleichgewicht bringt, möchte ihm beistehen. »Möchtest du darüber reden? Vielleicht fühlst du dich dann –«

»Nein.« Er schiebt mich von sich und schwingt die Beine aus dem Bett.

»Nolan.« Ich lege die Hand auf seine Schulter, doch er steht auf und verlässt das Zimmer.

Nebenan fällt die Tür des Badezimmers in Schloss.

Betreten ziehe ich die Beine an, schlinge die Arme darum und stütze das Kinn auf die Knie.

Da bin ich ihm wohl zu nahe gekommen und direkt in ein Fettnäpfchen getreten.

Ich grüble über die letzte Minute, hin und her, beleuchte die Details von allen Seiten. Doch nach einer gefühlten Ewigkeit ist er immer noch nicht zurück und das lässt nur eine Schlussfolgerung zu.

Ich habe eine Grenze überschritten.

Und Gefühle haben hier nichts zu suchen, es geht nur ums Ficken.

Am besten akzeptiere ich es einfach, haue ab und lasse ihn in Ruhe. Alles andere macht es nur noch schlimmer.

Resigniert steige ich vom Bett und sammle meine Kleidung vom Boden. Werfe alles auf die Matratze, streife Höschen und BH über, dann das T-Shirt.

Als ich in die Jeans schlüpfe, wird nebenan die Tür geöffnet und ich beeile mich, den Stoff über meinen Hintern zu zerren.

Seine Schritte nähern sich, die Tür schwingt mit einem leisen Quietschen weiter auf und er tritt ein. »Was, zum Teufel, tust du?«

Hektisch ziehe ich den Reißverschluss zu. »Keine Sorge, ich bin gleich weg.«

Da marschiert er auf mich zu, umfasst meine Oberarme und dreht mich zu sich herum. Automatisch sehe ich zu ihm auf.

»Habe ich etwas davon gesagt, dass du das tun sollst?«

Ich beiße die Zähne zusammen und schweige.

»Na, also. Dann zieh die Klamotten wieder aus und komm zurück ins Bett.«

Zittrig atme ich ein, hebe das Kinn. »Du musst das nicht tun, ehrlich. Ich kann verstehen, dass du deine Geheimnisse für dich behalten und jetzt allein sein willst.«

Nolan lässt mich los, wendet sich ab. Fährt sich mit beiden Händen durchs Haar und stößt die Luft aus. So geht er ein paar Schritte, bleibt vor dem Fenster stehen und dreht sich zu mir um. Stemmt die Hände in die Hüften und schaut mich an. »Meine Mutter wurde ermordet.«

Kalter Schock rast durch meinen Körper. »Was? Von wem?«

»So viel ich weiß, wurde das nie geklärt. Es gab einige Verwirrungen und ich musste nach Irland, aber Dominic hat mir mal von einem Gerücht erzählt. Von einem angeblich kriminellen Hintergrund für die Tat.«

»Und welchem? War deine Mutter in irgendetwas verwickelt?«

»Keine Ahnung.«

»Was ist mit deinem Vater?«

»Den habe ich seitdem weder gesehen noch gesprochen, er ist von der Bildfläche verschwunden.«

Zögernd gehe ich zu ihm. »Tut mir leid, ich wollte nichts aufwühlen.«

»Ich weiß. Deswegen möchte ich mich auch bei dir entschuldigen.« Er zieht mich in seine Arme, legt das Kinn auf meinen Kopf. »Meine Reaktion war scheiße.«

Im ersten Moment will ich es abwiegeln, doch dann ermahne ich mich, ehrlich zu sein. »Ja, war sie.«

»Kann ich das irgendwie gut machen?«

»Hm. Morgen früh hätte ich gern Kaffee ans Bett.«

»Sehrwohl, Madame.«

»Und Sex.«

»Lässt sich einrichten.«

Ich schaue lächelnd zu ihm auf. »Ich glaube, dann kannst du mich jetzt wieder ins Bett bringen.«

Damit nimmt er mich auf seine Arme und trägt mich hinüber. »Nichts lieber als das, Prinzessin.«

*

Im Halbschlaf drehe ich mich um und taste nach Nolan. Strecke den Arm immer weiter aus und öffne schließlich enttäuscht die Augen.

Das Laken neben mir ist leer, aber warm.

Mit einem Seufzen angle ich nach seinem Kissen und vergrabe die Nase darin, sauge seinen Duft in mich auf. Anschließend schiebe ich mich auf seine Seite und schnüffle am Laken.

Jesus, diese Mischung aus Duschgel, Haut und Sex ist unwiderstehlich.

Schade, dass er bisher zu wenig Zeit in meinem Bett verbracht hat, um seinen Geruch zu hinterlassen. Ich könnte mich daran gewöhnen, damit einzuschlafen und aufzuwachen. Oder am besten mit ihm, in seinem Arm, an ihn gekuschelt.

Irgendwo in der Wohnung erklingt ein gedämpftes Klappern, wie von einer Tür, und ich reibe mir übers Gesicht. Strecke Arme und Beine, gähne und seufze.

Ob er gerade Kaffee kocht?

Eine Zeit lang liege ich da und lausche. Erkenne schließlich Gemurmel.

Das könnte Dominic sein, mit dem er da redet.

Schon treibt mich die Neugier aus dem Bett und ich überprüfe eilig, ob das T-Shirt, das Nolan mir zum Schlafen geliehen hat, mehr als meinen Hintern bedeckt. Wäre ja noch schöner, wenn ich mich seinem besten Freund mit einem Höschenblitzer vorstelle.

Langsam und vorsichtig drehe ich am Knauf, ziehe die Tür auf und schlüpfe hinaus in den halbdunklen Flur. Hier ist das sporadische Gemurmel besser zu hören, aber trotzdem undeutlich.

Ich folge den gut gelaunten Stimmen Richtung Küche, vorbei an der Eingangstür.

Unvermittelt steigt mir Kaffeeduft in die Nase und ich bleibe lächelnd stehen.

Vielleicht sollte ich wieder zurückgehen. Um ihm die Überraschung nicht zu verderben. Aber genauso gut könnte es sein, dass er gar nicht vorhat, mir einen Kaffee ans Bett zu bringen.

Von meinen Gedanken genervt, verdrehe ich die Augen und atme tief durch. Schüttle den Kopf und drehe mich um. Am besten laufe ich zurück und verlasse dann deutlich hörbar sein Zimmer.

»Wie auch immer, ich bin erstaunt, dass du sie hergebracht hast.«

Ich spitze die Ohren, lausche angestrengt.

Ein leises Lachen, Nolan. »War schön, mal wieder ungestört zu sein und sich nicht beeilen zu müssen.«

»Hört, hört! Muss ja verdammt geil mit ihr sein.«

»Ist es.«

Ich seufze stumm.

Männer!

»Und mehr als das.«

Sofort hämmert mein Herz gegen meine Rippen.

»Willst du mir erzählen, du hast dich in sie verknallt?«

Nolan zögert. »Sie berührt etwas in mir.«

»Oh, oh!«

»Alles cool, ich habe das –«

Hinter mir wird die Tür geöffnet und ich fahre mit einem Schrei herum.

Vor mir steht ein dunkelhaariger Typ in meinem Alter, von dem mir als Erstes die Tattoos am Hals auffallen. Dann seine freundlichen Augen und das jungenhafte Lächeln.

Er drückt die Tür ins Schloss. »Guten Morgen.«

»Morgen.« Aus der Küche nähern sich Schritte, halten an und ich werfe einen Blick über meine Schulter.

Nolan lächelt. »Hey.«

Ich stoße die Luft aus, erwidere es.

»Komm rein, der Kaffee ist gleich fertig.«

»Und ich mache gerade Pancakes.« Der Kerl neben ihm tritt mit ausgestrecktem Arm auf mich zu.

Das dunkle, blond gesträhnte Haar ist etwas zu lang und kräuselt sich um ein kantiges Gesicht mit hellen, blauen Augen. Sein nackter Oberkörper ist ähnlich gut trainiert wie Nolans, aber seine gebräunte Haut trägt keinerlei Tattoos.

»Hi, ich bin Dominic. Oder Dom, wie du magst.«

»Hi. Allegra. Gern Ally.« Ich schüttle ihm die Hand.

»Und ich bin Matt, sein jüngerer Bruder.«

Ich drehe mich zu dem Typen hinter mir um, wir begrüßen uns ebenfalls mit Handschlag und er zieht seine Jacke aus.

»Magst du Pancakes?«

Lächelnd wende ich mich Dom wieder zu. »Klar, wer mag die nicht?«

»Dein Freund hier.« Er klopft Nolan auf die Schulter und geht zurück in die Küche.

»Echt nicht?«

Nolan schüttelt den Kopf. »Die letzten hat meine Mutter mir gemacht, an jenem Morgen. Seitdem …« Er zuckt mit den Schultern.

Mein Herz zerfließt förmlich und ich trete zu ihm. Umfasse sein Gesicht mit beiden Händen, stelle mich auf die Zehenspitzen und küsse ihn zärtlich.

Seine Hände landen auf meinem Rücken, drücken mich an ihn.

»Wäre super, wenn ihr das woanders macht als mitten in unserem wunderschönen engen Flur.«

Verlegen löse ich mich von Nolan und werfe Matt einen Blick zu. »Sorry.«

»Kein Ding, aber jetzt rein mit euch, ich sterbe vor Hunger.« Er treibt uns mit der entsprechenden Handbewegung vor sich her in die Küche.

Dort zieht Nolan mich zur Seite und bringt den Mund an mein Ohr. »Sorry, aus dem Weckservice und dem Kaffee ans Bett wird wohl nichts.«

»Schon okay.«

»Soll ich dir eine von meinen Shorts holen?«

»Das wäre super.«

Er nickt und marschiert davon.

Ich drehe mich um, die Hände im Schoß verschränkt und sehe Dom dabei zu, wie er Teigportionen in die Pfanne gießt. Matt deckt in der Zeit den Tisch, stellt nicht nur Sirup und Schokosoße dazu, sondern auch Konfitüre, Sprühsahne und eine Schale mit Obstsalat. »Kann ich dir vielleicht helfen?«

Er lächelt mich an. »Schon fertig, aber danke.«

»Hier.« Nolan taucht neben mir auf.

Ich nehme die Hose entgegen. »Danke.« Schlüpfe eilig hinein, ziehe das Band stramm und binde es zu einer Schleife. Natürlich schlabbert sie um meinen Hintern und die Schenkel, aber immer noch besser, als nur im Höschen am Frühstückstisch zu sitzen.

»Setz dich.«

»Okay.«

Von meinem Platz am runden Tisch aus sehe ich ihm dabei zu, wie er sich um den Kaffee kümmert. Mit Dom scherzt und Matt nach seiner Nachtschicht fragt.

»Nur das Übliche.« Matt nimmt seinen Kaffeebecher und einen riesigen Teller voller Pancakes, kommt zum Tisch.

Neugierig schaue ich ihm entgegen. »Darf ich fragen, was du beruflich machst?«

»Ich bin Krankenpfleger in einem Altersheim.« Er setzt sich auf den Stuhl zu meiner Rechten.

»Wow, das ist ein verdammt verantwortungsvoller Job. Wie bist du dazu gekommen?«

»Er hat sich schon immer rührend um die alten Leute in unserer Straße gekümmert.« Nolan nimmt auf meiner anderen Seite Platz und stellt uns beiden je eine Tasse Kaffee hin. »Ich würde sagen, dieser Job ist seine Berufung.«

»Übertreib nicht.« Matt winkt ab und nippt an seinem Kaffee.

»Und Lob verträgt er auch nicht.« Dom zwinkert mir zu, bevor er sich mir gegenüber an den Tisch setzt.

Wir füllen unsere Teller und wünschen uns einen guten Appetit.

Doch anstatt zu essen, schaue ich Matt an. »Also, ich bewundere Menschen wie dich, die sich aufopferungsvoll um Alte und Kranke kümmern. Es ist nur traurig, wie wenig Wertschätzung ihr von allen Seiten dafür erhaltet.«

»Umso mehr bedeutet mir ein Danke von den Bewohnern.«

Mir wird warm ums Herz. »Das kann ich gut nachvollziehen.«

Daraus entspinnt sich eine Diskussion über Jobpatrioten und deren schlechte Stellung in der Gesellschaft. Wechselt zu allgemein mies bezahlten Berufen und der Notwendigkeit von Nebenjobs. Wobei ich erfahre, dass Dom als Auto- und Motorradmechaniker in einer größeren Werkstatt arbeitet und sein Einkommen als Türsteher aufbessert.

Nach dem Frühstück verabschiedet Matt sich ins Bett, Dom und Nolan räumen auf. Dann zieht er mich in sein Zimmer und holt den versprochenen Weckservice nach.

Anschließend fahren wir in mein Boxstudio, trainieren und wiederholen die Selbstverteidigungsübungen.

Am frühen Nachmittag setzt er mich vor meinem Wohnhaus ab und wir verabschieden uns, leider ohne Kuss.

»Wie soll ich es nur bis Montag ohne dich aushalten?« Ich verziehe das Gesicht.

»Das kriegst du bestimmt hin, schließlich hast du genug zu lernen.«

»Wirst du mich wenigstens vermissen?«

Er hebt den Blick zum Himmel, gibt sich nachdenklich.

»Hey!« Ich boxe ihm auf den Oberarm und lache.

Sein Mund verzieht sich zu diesem sexy Grinsen. »Glaub mir, Prinzessin, du fehlst mir jede Nacht. Aber jetzt muss ich wirklich los. Bis dann.« Er startet die Maschine, klappt das Visier herunter und fährt davon.

Ich bleibe am Straßenrand stehen und sehe ihm nach, bis er an der nächsten Kreuzung Richtung Norden abbiegt. Dann ziehe ich mein Smartphone aus der Tasche, rufe die Favoritenliste auf und tippe unter dem Namen auf den grünen Hörer.

Auch wenn ich Dads Welt hasse und sie in jeglichen Bereichen meide – für Nolan ist es mir das allemal wert.

Schon nach wenigen Freizeichen nimmt Terence das Gespräch an. »Allegra, hallo! Ist etwas passiert?«

Ich atme tief durch. »Hey! Nein, alles in Ordnung, aber … kannst du etwas für mich in Erfahrung bringen?«

Kapitel 13

Nolan

Was, zur Hölle, treibt dieses Frettchen so lange in dem Puff?

Genervt rolle ich mit Kopf und Schultern, um die Verspannungen zu lösen, dann lehne ich mich wieder im Fahrersitz zurück und beobachte das Bordell.

Es befindet sich in einem Gewerbegebiet am Harlem River und von dem nahe gelegenen Betriebsgelände der *Metropolitan Transportation Authority* schallen hin und wieder Rangiergeräusche von Zügen herüber.

Vor ein paar Stunden habe ich extra einen Wagen geknackt und mit anderweitig gestohlenen Nummernschildern versehen, um Fabio Pugliesi unauffällig folgen zu können. Von seinem Stammlokal in Little Italy, wo er sich nach einem erledigten Auftrag von seinem neuen Partner verabschiedet hat, zu einem Spirituosenladen, von dessen Inhaber er auf eigene Rechnung Schutzgeld erpresst. Danach kam er hierher, wie so oft, ist aber nach knapp zwei Stunden noch immer nicht wieder aufgetaucht.

Gönn ihm den Spaß, es das letzte Mal in seinem Leben!

Niemals.

Ich unterdrücke die aufkommende Wut, konzentriere mich und warte weiter.

Dann, endlich, öffnet sie die Tür und der Soldat der Familie Lombardi taumelt auf den Gehweg. Stützt sich an der Hauswand ab und geht los, setzt vorsichtig einen Fuß vor den anderen, überquert den Weg zum Parkplatz. Sein Wagen steht auf der anderen Seite der Fläche, weshalb er in einiger Distanz an mir vorbei stolpert, laut vor sich hinmurmelnd.

Ich verziehe abschätzig den Mund.

Wie unglaublich dumm für einen Mafioso.

Routiniert überprüfe ich das letzte Mal die Glock und den aufgesetzten Schalldämpfer, schiebe sie in die Innentasche meiner Jacke und öffne lautlos die Fahrertür. Ich schlängle mich hinaus, lehne sie nur an und eile ihm in geduckter Haltung nach. Nutze jedes Fahrzeug als Deckung, bis ich Pugliesis Wagen erreiche.

Der steht in zwei Schritten Entfernung daneben und klopft seine Taschen nach dem Autoschlüssel ab, murmelt italienische Flüche. Schließlich findet er ihn, zieht ihn aus der Jackentasche und richtet seine gesamte Aufmerksamkeit darauf, den Wagen per Knopfdruck zu entriegeln.

Ich nutze diesen Moment und trete hinter ihn, drücke ihm die Mündung des Schalldämpfers ins Genick und wechsle auch diesmal ins Italienische. »Wurde auch Zeit, dass du deine kümmerliche Nudel wieder einpackst.«

Er erstarrt. »Wer bist du? Was willst du?«

Sieh an, da klingt er nur noch halb so betrunken.

»Dazu kommen wir gleich. Rüber mit dir.« Ich schlage ihm auf den linken Oberarm, sodass er sich nach rechts bewegt, zu einer Lücke im rückwärtigen Zaun.

Dahinter beginnt spärliches Buschwerk und er bleibt

stehen. »Da unten ist nur der Fluss.«

Da die Selbstladepistole keinen Sicherungshebel besitzt, den ich hörbar spannen könnte, verstärke ich den Druck auf seinen Nacken und er geht weiter. Zwischen den Büschen hindurch, zum steinigen Ufer hinab. Das Gelände auf der anderen Seite des Harlem River ist bis ins letzte Detail ausgeleuchtet, für mich und diese Aktion genau die richtige Lichtstärke.

Mit den Schuhspitzen nur eine Handbreit vom Wasser entfernt hält er schließlich an. »Willst du Wichser mich abknallen? An deiner Stelle würde ich mir das überlegen, meine Leute werden dich finden.«

Wohl kaum.

»Hinknien.«

»Nein.«

Mit einer schnellen Bewegung hebe ich den Waffenarm und schlage den Pistolengriff mit Wucht auf seine rechte Schulter.

Pugliesi ächzt und fällt auf die Knie, ins Wasser. »Du Hurensohn!«

Ich schnalze mit der Zunge. »Schimpf du ruhig, aber es wird dir genauso wenig nützen wie Rizzo.«

Da erstarrt er, dreht den Kopf ein Stück zur Seite. »Du warst das? Warum?«

»Aus dem gleichen Grund, warum ich *dich* in die Hölle schicken werde. Ihr habt vor acht Jahren die falsche Frau getötet.«

»Als ob ich mich an jede Person erinnere, die ich aus dem Weg räumen muss.«

»Sie war die Frau von Patrick Walsh, dem Chef einer Gang, mit der ihr damals oft Geschäfte gemacht habt.«

Im Zwielicht sehe ich die Erkenntnis auf seinem Gesicht, dann Wut. »Wir haben lediglich einen Auftrag ausgeführt.«

»Für Cociarelli.«

»Nein.«

Ich seufze innerlich.

War ja klar, dass die feige Ratte von sich ablenken und seinen Hals retten will.

»Es war ein Geschäft.«

»Fresse halten.«

»Für –«

Wütend schwinge ich den Arm nach links und donnere ihm auf dem Rückweg den Knauf vor die Schläfe. »Halt's Maul!«

Der Mafioso kippt zur Seite, kann sich aber mit der Hand abstützen.

»Du hast genug geredet.« In einer fließenden Bewegung trete ich hinter ihn, drücke den Schalldämpfer ganz oben auf sein Genick und korrigiere den Winkel Richtung Gehirn. »Grüß Rizzo von mir.«

Damit drücke ich zweimal schnell hintereinander ab.

Die Projektile schießen durch seinen Schädel, treten vorn wieder aus und reißen Knochen sowie Gewebe mit. Sein Körper erschlafft und fällt ins Wasser.

Ich starre auf seinen Rücken und eine gehässige Zufriedenheit breitet sich in mir aus.

Ja, sie haben sich definitiv mit dem Falschen angelegt. Auch wenn sie es damals nicht einmal ahnen konnten.

Befreit wende ich mich ab, stecke die Mafia-Waffe ein und durchquere das Gestrüpp, um wieder auf den Parkplatz zu gelangen. Der Zynismus dieser Situation zupft an meinen Mundwinkeln, doch ich lache nur in mich hinein. Laufe zu dem gestohlenen Wagen und verlasse das Gewerbegebiet.

Eigentlich schade, dass niemand erfahren wird, warum Pugliesi dieses Schicksal ereilt hat.

*

»Ach, Fuck!« Gereizt stoppe ich die Wiedergabe, lehne mich zurück und starre aus dem Fenster, ohne etwas zu sehen.

Seit einer Woche zeichnen die Wanzen jedes Wort auf, das in Caesars Büro gesprochen wird, aber Dominics Hinweis scheint ihn nicht erreicht zu haben. Zumindest machen weder er noch sein Vize Wayne eine Bemerkung zu dem Thema.

Stattdessen besitze ich stundenlange Aufnahmen zum Tagesgeschäft der Gang. Schutzgelderpressung, Security-Dienstleistungen, Waffenhandel.

So weit, so gut, das kenne ich alles aus den Zeiten, als mein Vater die Gang geführt hat. Doch inzwischen zählen Prostitution sowie Drogenhandel und Inkasso ebenfalls zu ihrem Repertoire. Alles unter dem Deckmantel der Werkstatt, in der auch mein bester Freund arbeitet.

Ob er überhaupt weiß, was da alles läuft?

Ich kann es mir kaum vorstellen, aber ich werde es in Erfahrung bringen.

Und ihn später noch einmal dazu anstiften, erneut meine angebliche Rückkehr zu erwähnen.

Du bist zu ungeduldig, du gefährdest den Plan!

Ja, ich habe es eilig, denn die Zeit zerrinnt mir zwischen den Fingern. Ich kann dieses Spiel nicht auf unbegrenzt ausdehnen, aus mehreren Gründen.

Unvermittelt knallt die Wohnungstür. »Bin wieder da!«

Erleichtert über die Ablenkung verlasse ich mein Zimmer und gehe zu Dom in die Küche, um ihm mit den Einkäufen zu helfen.

Dass so viel Obst dabei ist, überrascht mich jedoch. »Bist du jetzt im Gesundheitswahn?«

»Nein, aber zum einen tut es uns genauso gut wie Matt

und zweitens gehe ich mal davon aus, dass deine Mafiabraut nun öfter vorbeischaut. Sie soll sich doch bei uns *wohlfühlen*, oder? Und keinen Verdacht schöpfen.«

Verdammt, ich muss wirklich Tempo machen.

»Sag mal, hast du schon das Gerücht über meine Rückkehr gestreut?«

»Ja, wie vereinbart.«

»Wie hat Buster reagiert?«

»Erst hat er interessiert gewirkt und gefragt, ob dein Dad aus dem Knast heraus die Gang zurückerobern will. Aber dann hat er abgewunken und gemeint, das ginge ihn nichts an, er würde sich aus solchen Sachen raushalten.«

»Fuck, dann hat er es auch nicht weitererzählt. Wie hast du reagiert?«

»Ich habe ihm zugestimmt.«

»Scheiße.«

»Was hätte ich denn sagen sollen?«

»Nein, nein, deine Reaktion war genau richtig, nur für meinen Plan war es scheiße.«

»Können wir das Gerücht nicht auf andere Weise in Umlauf bringen?«

»Und wie? Ich will dich nicht unnötig gefährden.«

»Hm.« Er nimmt zwei Flaschen Bier aus dem Kühlschrank, hebelt die Kronkorken ab und reicht mir eine. »Ich könnte es gegenüber einem der Mädchen erwähnen, wenn ich sie gefickt habe. Die tratschen gern und tragen es garantiert weiter.«

»Welche Mädchen?«

»Die für Caesar anschaffen.«

»Du weißt davon?«

»Natürlich, wir alle.«

»Und du machst da mit? Bezahlst sie?«

»Fuck, nein, was denkst du denn? Ein paar von ihnen haben nur nach Feierabend gern mal Spaß mit einigen von uns. Damit sie auch mal auf ihre Kosten kommen.« Dom grinst und trinkt von seinem Bier.

Ich schüttle den Kopf. »Bei meinem Vater hätte es keine Prostitution gegeben.«

»Zum einen liegt es nicht in meiner Macht, das zu beeinflussen, und zweitens ist das allein Caesars Ding.«

»Aber er koordiniert es mithilfe der gesamten Gang.«

»Nein, nur mit seinem Vize. Und die Security läuft getrennt davon, sozusagen als offizielle Einnahme.«

»Was ist mit dem Drogenhandel?«

»Auch dafür setzt er nur bestimmte Leute ein.«

»Welch ein Wichser.« Angewidert verziehe ich den Mund, nehme einen tiefen Schluck aus der Flasche.

»Wem sagst du das? Seitdem er die Führung übernommen hat, ist es anders. Deswegen bin ich auch froh, nur ein kleines Licht zu sein.«

»Vielleicht sollte ich ihm meine Rache an den Cociarellis in die Schuhe schieben, sodass die Mafia ihn vernichtet. Aber das könnte auch die Gang treffen. Was machst du dann?«

Mein bester Freund zuckt mit den Schultern. »Ich suche mir eine andere Werkstatt, das sollte kein Problem sein, schließlich habe ich genug auf dem Kasten.«

»Dann solltest du anfangen, dich umzuhören.«

»Keine Angst, ich habe Beziehungen.«

»Hoffentlich ohne kriminellen Hintergrund.«

»Die eine oder andere, ja.«

»Gut. Es ist eine Chance, aus diesem Dunstkreis rauszukommen.«

»Das dürfte schwierig werden.«

Einen Moment spiele ich mit dem Gedanken, ihm die Wahrheit zu sagen. Über die letzten acht Jahre meines Lebens und wie mein wirklicher Plan aussieht.

Stattdessen nicke ich nur. »Ich weiß.«

»Mir steckt das alles im Blut.«

»Nein. Du bist ein guter Mensch, trotz allem.«

Sein Blick richtet sich ins Leere. »Meinst du?«

»Und ob! Das einzige, von dem du dich dann verabschieden musst, sind die Schlampen, mit denen du dich herumtreibst.«

Da grinst Dom mich an. »Die gibt es auch anderswo.«

»Was für ein Glück!« Ich verdrehe die Augen, froh, diese Klippe umschifft zu haben.

»Oder du stellst mich Allegras Freundin vor, dieser Tänzerin?«

»Was soll das bringen? In wenigen Wochen hat sich das Thema mit der Mafia und damit auch Allegra erledigt.«

»Ernsthaft? Wer's glaubt!«

»Was soll das denn jetzt?«

»Nichts.« Mit übertriebener Unschuldsmiene hebt er beide Hände, in der einen die Bierflasche.

»Dominic!«

»Oh, jetzt wird es aber ernst.« Er lacht auf und ich versetze ihm einen schnellen Boxhieb auf die unteren Rippen, woraufhin er das Gesicht verzieht und aufstöhnt. »Echt, Mann, muss das sein? Du hast selbst gesagt, dass du etwas für sie empfindest.«

»Aber nichts, das meinem Plan im Weg steht.«

»Vielleicht solltest du lieber nach einer Möglichkeit suchen, beides zu bekommen. Sie und deine Rache.«

Mein Magen verkrampft sich. »Das wird wohl kaum funktionieren.«

»Versuch es trotzdem.«

Gedankenversunken trinke ich von meinem Bier und zucke zusammen, als er mir auf die Schulter klopft.

»Wie sieht's aus? Wollen wir noch ein bisschen zocken, bevor ich zum *Ginger* muss?«

»Gute Idee.« Ich brauche dringend Ablenkung.

Kapitel 14
Allegra

Da am Montag Scarletts Lerngruppe erneut bei uns einfallen will, übernachte ich bei Nolan. Diesmal sind seine beiden Mitbewohner anwesend und wir verbringen einen lustigen Abend miteinander.

Am nächsten Morgen sitzen wir früh und allein beim Frühstück, weil wir sein Motorrad zu mir bringen und von dort aus mit der Subway fahren müssen. Er hat uns ein Omelett mit Tomaten, Pilzen und Käse zubereitet, ich habe das Obst geschnitten.

Am Ende genießen wir den letzten Rest Kaffee und in meinem Kopf machen sich schon wieder diese ernsthaften Gedanken breit. Weswegen ich meinen ganzen Mut zusammennehme, die Tasse senke und mich räuspere. »Nolan …«

Mit gerunzelter Stirn schaut er mich an. »Ja?«

Ein Schwall Unsicherheit schwappt durch meine Brust. »Das zwischen uns … ist doch mehr als Sex, oder?«

»Ja?«

»Wir wollen also beide eine Beziehung.«

Im ersten Moment zögert er und mich erfasst kalter

Schock, doch dann lächelt er. »Sieht ganz so aus.«

»Ist es für dich okay, wenn ich meinem Vater erst von uns erzähle, wenn du nicht mehr für ihn arbeitest?«

»Hätte er ein Problem damit?«

»Keine Ahnung. Weder meine Schwestern noch ich haben ihn je vor eine solche Tatsache gestellt. Und ich möchte vermeiden, dass er dich feuert und versucht, uns zu trennen. Oder dir sonst wie zu schaden.«

»Was meinst du damit? Würde er dafür sorgen, dass ich in New York beruflich keinen Fuß auf die Erde bekomme? Oder mir Arme und Beine brechen lassen?«

Ich verziehe das Gesicht. »Ich würde ihm beides zutrauen. Was seine Töchter angeht, ist er unberechenbar, fürchte ich.«

Er nimmt meine linke Hand, führt sie an seine Lippen und drückt einen Kuss auf die empfindliche Innenseite meines Handgelenks. Genauer gesagt, auf das geflügelte Herz. »Dann machen wir es auf deine Weise.«

Ich lächle erleichtert. »Danke.«

»Aber unterschätz mich nicht. Wenn es um meine Prinzessin geht …«

»*Deine* Prinzessin? Hört sich gut an.«

»Finde ich auch.«

Kurz darauf machen wir uns auf den Weg zu meiner Wohnung, fahren von da aus mit der U-Bahn zur *NYU*. Und bleiben in der Öffentlichkeit auf Distanz, auch wenn es mir verdammt schwerfällt. Aber es ist besser so.

Um uns mit frischem Kaffee einzudecken, bevor der Unterricht beginnt, reihen wir uns vor der *Stern* am Ende der Schlange am Verkaufswagen ein.

Wie gewohnt lässt Nolan den Blick schweifen und gibt sich möglichst unauffällig. Sieht sogar einem Paar nach, um sich umzudrehen.

Ich schmunzle und widme mich meinem Smartphone.

Da stößt er die Luft aus, was irgendwie genervt klingt. Aus dem Augenwinkel bemerkte ich, dass er sich mir zuwendet, dann senkt er die Stimme. »Allegra?«

»Hm?«

»Bitte dreh dich um und tu so, als ob du mir etwas auf deinem Smartphone zeigen willst.«

Sofort schüttet mein Körper Adrenalin aus. »Stimmt etwas nicht?« Trotzdem folge ich automatisch seiner Anweisung und er dreht sich ebenfalls ein Stück zur Seite, sieht auf mein Telefon hinab.

»Bei den Bänken, gegenüber dem anderen Imbisswagen, stehen ein paar Leute. Unter anderem ein Typ in brauner Lederjacke.« Er beschreibt einige Details. »Bitte präge dir sein Gesicht ein.«

»Okay.« Ich beuge den Kopf, um an ihm vorbei zu schauen. Richte mich auf und gucke über seine Schultern hinweg zu der Gruppe. »Was ist mit ihm?«

»Das ist der Kerl, der Samstagabend in der Subway-Station die Leute geschubst hat.«

»Ich dachte, es wären zwei gewesen.«

»Ja, er war einer davon. Und ich kann mich nur so gut an ihn erinnern, weil ich ihn schon vorher bemerkt habe.«

»Und wo?«

Er wendet sich wieder Richtung Verkaufswagen, die Schlange rückt vor. »Vor dem *Hunter College*, nach Scarletts Aufführung. Er wollte sich vor uns verstecken, als wir zur Subway gelaufen sind.«

Mir wird heiß. »Fuck.«

»Ganz genau.«

»Meinst du, er wird demnächst etwas Ähnliches versuchen?«

»Nein. Aber er lässt sich garantiert bald etwas einfallen. Hast du ihn schon einmal gesehen?«

Nachdenklich kaue ich auf meiner Unterlippe, schüttle

schließlich den Kopf.

»Verdammt. Und die anderen in der Gruppe?«

»Tut mir leid, aber ich habe dir schon am Anfang gesagt, dass ich vorher kaum auf meine Umgebung geachtet habe. Es hat mich nie interessiert.«

»Wie auch immer … wenn wir gleich ins Gebäude gehen, schau sie dir unauffällig an.«

»Okay.«

Wir sind als Nächste dran, bestellen Kaffee und ich bezahle.

Dann schlendern wir zur Treppe, steigen die Stufen zum Vorplatz hinauf, gehen ein paar Schritte. Kaum Gelegenheit, mir die Gesichter dieser Typen einzuprägen.

Unvermittelt kommt mir eine Idee.

Schnell halte ich Nolan am Arm zurück, zücke mein Smartphone. »Mist, das habe ich ja total vergessen, ich muss noch snappen.«

»Du musst *was*?« Verständnislos starrt er mich an.

»Das ist so eine Foto-App, in der man Bilder mit Freunden und Familie teilt. Die werden nach dem Anschauen gelöscht, wenn ich das so einstelle. Auf diese Weise bleibe ich mit meinen Schwestern in Kontakt. Heute früh war ich aber spät dran und habe es dann vergessen. Magst du mit drauf?« Ich lächle, hebe vielsagend die Brauen.

Kurz runzelt er die Stirn, zuckt mit den Schultern. »Ja, klar, warum nicht.«

»Dann komm her!« Ich ziehe ihn neben mich, schalte die Selfie-Kamera ein und halte das Display quer vor uns. Hebe es höher, sodass unsere Köpfe nur am unteren Bildrand zu sehen sind. »Und jetzt den Kaffee hoch und lächeln!«

Gesagt, getan, ich schieße ein paar Fotos. Dann gehen wir weiter, als ob nichts gewesen wäre.

»Wie heißen deine Schwestern eigentlich?«

»Marinella und Patricia. Wieso?«

»Nur so, du hast es noch nie erwähnt.«

»Vielleicht lernst du sie ja bald kennen.«

»Ach ja?« Er hält mir die Tür auf, folgt mir zu den Eingangskontrollen. Dahinter laufen wir zur Treppe ins Untergeschoss.

»Ach ja!«

»Wann? Wie? Wo?«

»An Thanksgiving.«

»Du meinst, an dem Wochenende.«

»Nein, an Thanksgiving. Hoffentlich musst du bis dahin nicht mehr meinen Leibwächter spielen, sondern kannst deinem eigentlichen Job nachgehen.«

»Ich kann dir nicht folgen.«

»Oder hast du schon etwas anderes vor?«

»Keine Ahnung. Wahrscheinlich werde ich mit Dominic, Matt und ihrer Mutter feiern.«

»Dann drück uns die Daumen, dass bis dahin alles vorbei ist.«

»Aber wieso?«

Wir erreichen das Untergeschoss und ich grinse ihn an. »Na, ich will dich offiziell als meinen Freund vorstellen. Und unser Thanksgiving-Treffen ist die perfekte Gelegenheit dafür.«

*

»Du bist gar nicht bei der Sache.« Scarlett seufzt.

Mein Kopf fährt zu ihr herum. »Was?«

Die verdreht die Augen, greift nach der Fernbedienung und pausiert die Folge von *The Last Kingdom*. »Ich habe jetzt schon die zehnte Bemerkung gemacht und du reagierst null.«

Schuldbewusst verziehe ich das Gesicht. »Tut mir leid.«

»Was ist denn los?«

Ich erzähle ihr von dem Typen, den Nolan vor der *Stern* wiedererkannt hat.

»Das heißt, dieser Überfall neulich war kein Einzelfall.«

»Scheint so.«

»Fuuuck.«

»Kannst du laut sagen.«

»Schade, dass du kein Foto von dem Kerl hast.«

Ein schiefes Grinsen befördert meine Mundwinkel in die Höhe. »Habe ich.«

»Wie, du hast ein Foto von dem? Woher?«

Ich nehme mein Smartphone vom Couchtisch und erzähle ihr von der kleinen Show, die ich auf dem Vorplatz des Universitätsgebäudes veranstaltet habe. Rufe eines der Bilder auf, die ich geschossen habe, und reiche ihr mein Telefon.

»Ich habe es Nolan geschickt, damit er sich auch die anderen Typen ansehen kann.«

Scarlett nickt, legt Daumen und Mittelfinger auf das Display und schiebt sie auseinander, um in das Foto hineinzuzoomen.

»Und Terence.«

Sie schaut auf, wirkt aber kein bisschen überrascht. »Er soll sie überprüfen.«

»Ja.«

»Gute Idee.«

Ich kaue auf meiner Unterlippe.

»Nicht?«

»Keine Ahnung.« Ich zucke mit den Schultern. »Wenn er etwas herausfindet, und das hoffe ich, wie soll ich es Nolan erklären, ohne ihm zu sagen, wie Terence an solche Informationen kommt?«

»Du könntest es nur andeuten.«

»Ja, mal sehen. Vielleicht sind sie auch alle unbeschriebene Blätter.«

»Das kann ich mir kaum vorstellen. Deshalb finde ich es mega, dass du Terence einspannst.«

Mir entfährt ein Schnauben. »Was bleibt mir denn anderes übrig? Es geht um meine Sicherheit. Und da ich diesen Mist vermutlich der Tatsache zu verdanken habe, dass mein Vater ein Capo der Familie Lombardi ist, kann die Mafia sich auch darum kümmern, ihn aus der Welt zu schaffen.«

»Vor einigen Wochen wärst du diesen Schritt trotzdem nicht gegangen.«

»Da wurde ich auch noch nicht mit einem Messer bedroht oder fast vor einen Zug geschubst. Wer weiß, was diese Wichser sich sonst noch einfallen lassen.«

»Ich hoffe echt, dass keine größere Sache dahintersteckt.«

»Du meinst, der Racheakt einer anderen Mafiafamilie?«

»Oder eine Aktion anderer Gruppen. Du weißt, davon gibt es in New York genug.«

Sofort fluten Bilder von Motorradgangs oder modernen Samurai mein Hirn.

Ja, Dad hat seine Töchter geschult und auf eventuelle Gefahren sensibilisiert, wieder und wieder. Weswegen meine Schwestern sich anderswo ein neues Leben aufgebaut haben und ich versuche, all das zu ignorieren.

Aber ich liebe New York und will hier leben. Schon deshalb ist es vermutlich an der Zeit, die Umstände zu akzeptieren und zu nutzen, statt immer nur davonzurennen.

Ich nicke nachdenklich, blinzle und sehe meiner besten Freundin in die Augen. »Ich habe Terence noch in einer anderen Angelegenheit um Hilfe gebeten.«

Ihre Brauen schießen nach oben. »Ohne deinen Vater

zu informieren?«

»Erst einmal, ja.«

»Und was?«

»Nolan hat mir erzählt, dass seine Mutter damals ermordet wurde.«

»Wie bitte?«

»Ganz genau. Ich weiß, das ist schon einige Jahre her, aber ich hoffe, dass Terence etwas ausgraben kann.«

»Warum? Und worüber?«

»Der Tod seiner Mutter wurde nie aufgeklärt, soll aber einen kriminellen Hintergrund haben. Und wenn das stimmt, will ich meine Möglichkeiten nutzen, um es aufzuklären. Er braucht das.«

Kurz kneift Scarlett die Lider zusammen, dann wird ihr Gesichtsausdruck weich. »Warum tust du das? Für Nolan, ja, aber warum?«

Ohne dass ich es verhindern kann, schießt mir Hitze ins Gesicht und meine Mundwinkel verziehen sich zu einem breiten Lächeln.

Sie reißt den Mund auf. »Nein! Hast du dich etwa ernsthaft in ihn verliebt?«

»Ja. Und ich glaube, ihm geht es ähnlich. Seinem Verhalten und seinen Worten nach zu urteilen.«

»Wow, das kommt ganz schön plötzlich.«

»Ich weiß. Aber ich will ihm nicht nur helfen, die Wahrheit herauszufinden, sondern ihn auf diese Weise auch darauf vorbereiten, was ihn erwartet, wenn wir zusammen sind. Und im Gegensatz zu meinen bisherigen Bekanntschaften glaube ich, dass Nolan damit klarkommt. Also gehe ich volles Risiko und mache es offiziell, sobald er nicht mehr für Dad arbeitet.«

Scarlett ergreift meine Hand, drückt sie. »Klingt, als hätte es dich ziemlich erwischt.«

»Das hat es wirklich, ja. Er ist es wert, für ihn und uns

zu kämpfen. Und ich habe die Schnauze voll, ständig den Kürzeren zu ziehen. Mein privates Glück für alles andere und vor allem die Mafia hintanzustellen.«

»Hört, hört! Da erwacht wohl der Drache in dir.« Sie boxt mich mit der freien Hand auf den tätowierten Oberarm.

»Wurde auch Zeit, oder?«

»Auf jeden Fall. Und weißt du, was?«

»Nein?«

»Mir gefällt, dass diese Seite an dir endlich durchbricht.«

»Ja, mir auch.« Ich lache auf.

Ohne Vorwarnung zieht Scarlett mich an sich und ich erwidere die Umarmung. »Du schaffst das, Cociarelli, davon bin ich überzeugt. Der Kerl tut dir verdammt gut, also gib ihn nie wieder her.«

In meiner Brust breitet sich ein warmes Glücksgefühl aus. »Das hatte ich auch nicht vor.«

Kapitel 15
Nolan

»Ach, fuck!« Frustriert schlage ich mit der flachen Hand auf den Tisch.

Ich habe das Selfie von Allegra durch die Gesichtserkennung gejagt, leider ohne Ergebnis. Entweder sind die Kerle unbekannt oder es ist nicht genug von ihnen identifizierbar, wovon ich eher ausgehe.

Also weiter zum nächsten Punkt und der ist ungleich wichtiger.

Ich schließe die App und öffne eine andere. Starte die erste Aufnahme von Samstagnacht und spule vor, bis es intim wird.

Nein, die ist zu unscharf. Da muss ich die Kamera neu justieren.

Auf der Nächsten erkennt man Allegras Gesicht nicht. Aber der Rest lässt mich umgehend hart werden.

Fuck.

Video drei ist okay. Man erkennt sie und was wir auf meinem Bett miteinander treiben. Aber es ist nicht verrucht genug. Ich muss sie bald wieder herbringen und sie deutlicher dominieren, härter ficken. Oder noch besser, ich schicke sie auf die Knie, damit sie mir einen bläst. Fessle sie und …

Ein Grinsen breitet sich auf meinem Gesicht aus.

Genau das ist es.

Ich nehme dem Capo die Tochter, auf betont erniedrigende Weise, und beschäme ihn zusätzlich, indem ich das Video davon ins Netz stelle.

In meinem Innern regt sich etwas, doch ich ersticke das im Keim.

Das ist die wichtigste Mission meines Lebens, hier haben Gefühle nichts verloren. Genau deswegen will ich die Sache so schnell wie möglich durchziehen.

Und was ist mit deinen Empfindungen für sie?

Noch kann ich das alles im Zaum halten, aber unmöglich die ersten Auswirkungen leugnen. Muss daran liegen, ihr den verknallten Typen vorzuheucheln.

Das Schauspiel ist immer öfter keines mehr, vor allem beim Sex.

Fuck, fuck, fuck!

Die Unruhe in meinem Innern wird größer, verbündet sich mit meinem Verstand.

Ich springe auf und tigere durchs Zimmer. Fahre mir durch die Haare und verschränke die Hände auf dem Kopf.

Seitdem ich Allegra für die Umsetzung meines Plans ausspioniert habe, beherrscht sie mein Denken. Doch inzwischen bekomme ich sie auch die restliche Zeit nicht mehr aus dem Hirn, auf eine viel zu positive Art. Und mein Körper erinnert mich ständig daran, wie gut ich mich mit ihr fühle.

Nicht nur beim Ficken, das ist ohnehin ein Thema für sich.

Ich bin generell gern mit ihr zusammen.

Weil es total leicht ist, mit ihr zu lachen und zu reden.

Außerdem besitzt sie Stärke, hat eigene Ziele.

Und sie ist die erste Frau, die mir unter die Haut geht.

Vermutlich fehlt mir deshalb die nötige Eingebung, wie ich all das abstellen kann.

Aber es *muss* sein!

Ich habe meiner Mutter am Grab geschworen, alle dafür büßen zu lassen, die für ihren Tod verantwortlich sind, unser Leben zerstört haben. Und dieser Plan darf auf keinen Fall an ein paar bescheuerten Gefühlen für die falsche Person scheitern.

Nein, er muss gelingen. Um jeden Preis.

Deine persönlichen Befindlichkeiten sind bedeutungslos, also reiß dich gefälligst zusammen.

Genau. Nur das Ziel zählt.

Weswegen ich die Kameras neu justiere, besser ausrichte.

Mein Kopf nutzt die Gelegenheit, um sich selbstständig zu machen, mich an Samstagnacht zu erinnern.

Es war nur eine Frage der Zeit, bis Allegra mich auf meine Mutter anspricht, ich habe das erwartet. Aber nie und nimmer, wie tief es mich trifft. Nicht wegen der verworrenen Verbindung zwischen ihnen, sondern meiner schockierenden Reaktion auf ihr Mitgefühl.

Ich wollte mich ihr *anvertrauen*!

Was, zum Teufel, ist nur los mit mir?

Da ertönt der Nachrichtenton, den ich für meinen Onkel eingestellt habe. Reißt mich aus meinen Gedanken und schießt mir eine ordentliche Portion Adrenalin ins Blut.

Ich springe regelrecht zum Schreibtisch, öffne die gesicherte App und lese seine Mitteilung.

Adair: *Zeit für ein Telefonat?*

Ich schaue auf die Uhr.

In Dublin ist es mitten in der Nacht, trotzdem schicke ich ihm ein simples Ja, gehe zu meiner Zimmertür und schließe ab. Dann setze ich mich vor den Laptop, starte das Programm für einen sicheren VPN-Tunnel und wähle mich in den Chatraum ein.

Drei Sekunden später erscheint Onkel Adair auf dem Bildschirm und sein schmales Gesicht, das dem meines Vaters so sehr ähnelt, ruft eine Welle von Heimweh in mir hervor.

Seit meiner Abreise nach New York haben wir uns auf kurze Nachrichten beschränkt. Um meine Mission zu schützen und weil er als Geheimagent genug zu tun hat. Dass er nun mit mir sprechen will, muss daher einen wichtigen Grund haben.

Ich lächle. »*Da duit! Conas atá tú?*«

Sein Mundwinkel wandert in die Höhe. »Wie schön, dass du es nicht vergessen hast.«

»Ich bin noch keine drei Monate weg.«

»Du weißt doch, wenn die Praxis fehlt …« Er zuckt mit den Schultern. »Und danke, mir geht es gut. *Uns* geht es gut. Wie sieht es bei dir aus?«

Ich zögere. »Objekt eins nähert sich dem Finale, Objekt zwei und drei sind gelöscht.«

»Gut. Aber was Objekt eins angeht – höre ich da Schwierigkeiten? Oder gar Zweifel?«

Ach, verdammt, vor meinem Onkel konnte ich nie etwas verbergen.

»Es hat sich eine unerwartete Nähe entwickelt.«

»Scheiße.«

»Ja.«

»Wird es deinen Plan beeinflussen?«

Einige Sekunden denke ich darüber nach, entscheide mich für offene Worte. »Ich verliere den Antrieb.«

»*Daingead!*«

Ja. Verdammt.

»Und ich hasse es. Deswegen muss ich es auch so bald wie möglich beenden.«

Er nickt. »Denk an das Training deiner Einheit. Fokussiere dich auf deine Erinnerungen, beschwöre den Schmerz herauf, verstärke ihn.«

»Das ist ja das Problem. Ich fühle mich viel zu gut mit Objekt eins, das überlagert die negativen Eindrücke.«

»Dann ist es vermutlich Schicksal, dass ich etwas gefunden habe.«

Ich horche auf. »Was hast du entdeckt? Und wo?«

»In dem Tonmaterial, das du mir zur Sichtung geschickt hast, vom Wochenende. Beim ersten Durchgang habe ich es selbst nicht bemerkt, aber nach der Eingabe verschiedener Begriffe habe ich die entsprechenden Abschnitte gefiltert und bereinigt. Ich schicke sie dir gleich rüber.«

Die nächste Ladung Adrenalin schießt in mein System. »Worum geht es?«

»Nicht hier, hör es dir an. Ich denke, dann fällt es dir wieder leicht, deine Gefühle auszublenden. Reiß die Wunde in deinem Herzen ein letztes Mal auf, lass dich von der Qual tragen und dann schließ deine Mission ab. Endgültig.«

Ich beiße die Zähne aufeinander und nicke. »Okay.«

»Gut. Viel Erfolg.«

»Danke.«

Der Bildschirm wird dunkel, ein kleines Fenster ploppt auf, Daten werden übertragen. Ich setze mir Kopfhörer auf und sobald die Icons verfügbar sind, klicke ich das Erste an. Schließe die Augen und lausche, Datei für Datei.

Ich erkenne Caesars Stimme und die von Wayne, die dritte kann ich nicht zuordnen, aber sie klingt älter, rauer.

Sie sprechen darüber, wie Caesar die Führung der Gang übernommen hat.

Was er seitdem alles erreicht hat, besser macht als mein Vater damals.

Wie dumm und feige der früher war, weil er sich von seiner Schlampe von Ehefrau hat beeinflussen lassen, sie ihm ein Gewissen eingeredet hat.

Langsam braut sich Wut in meinem Bauch zusammen, wird mit jedem Satz stärker.

Natürlich kommen sie auch auf jene Nacht zu sprechen, in der ich fliehen musste.

Beleidigen Dad für seine Angst, dass er die Gang und alle ihre Werte verraten hat. Seine Naivität, sich mit der Mafia anzulegen.

Sie lachen darüber, wie einfach es war, ihn in diese Scheiße reinzureiten. Die Klappe so weit aufzureißen, dass dem Chef der Crew der Geduldsfaden reißt.

Und am Schluss gibt Caesar zu, wie überrascht sie von den harten Konsequenzen gewesen seien. Dass die Mafiosi meinen Vater halb zu Tode geprügelt hätten, ja, damit hätten sie gerechnet. Aber nicht, dass Cociarelli ihn stattdessen an seiner schwächsten Stelle trifft und Leonore hinrichten lässt.

So gesehen sei er selbst schuld am Tod von seiner Frau, habe es praktisch herausgefordert. Und das sei ein deutliches Zeichen dafür gewesen, dass Dads Zeit als Gangchef abgelaufen sei.

Die letzte Aufnahme endet und ich sitze nur da, starre vor mich hin. In meinem Innern brennt der Hass, kreischt meine Seele vor Qual, dass ich kaum atmen kann. Und ich heiße es willkommen.

Höre mir Caesars Sätze wieder und wieder an, bis ich vor Schmerz und Wut explodieren möchte.

Wir haben jeden Tag damit gerechnet, ihn irgendwo von der

Straße aufkratzen zu müssen. Aber nein, stattdessen nutzt der Ober-Mafioso eiskalt Patricks absolute Schwachstelle und lässt seine Frau abknallen. Unglaublich, oder?

Ja. Unfassbar. An Bösartigkeit kaum zu überbieten.

Ich balle die Hände so fest zusammen, dass sich die Nägel schmerzhaft in meine Handflächen bohren. Fletsche die Zähne, atme stoßweise, um die Rachsucht mühsam zu kontrollieren.

Onkel Adair hatte recht, diese Informationen habe ich gebraucht.

Nun bin ich bereit, morgen werde ich es zu Ende bringen.

*

»Und du bist sicher, dass wir ungestört sind?« Allegras Hintern schwingt vor mir hin und her, während wir die Treppe zu unserer Männer-WG hochsteigen.

»Matt hat Spätdienst und Dom habe ich dazu verdonnert, frühestens um neun nach Hause zu kommen.«

»Wie aufmerksam von dir.«

Oben angekommen schließe ich auf und öffne die Tür. »Purer Egoismus.«

»Klingt, als hätte ich dir gefehlt.«

Ihr herausfordernder Ton lässt mich grinsen, wenn auch aus anderen Gründen, als sie vermutet. »Und wie!«

Hinter uns werfe ich die Tür zu, schlinge den Arm um sie und presse sie gegen die nächste Wand. »Kannst du dir vorstellen, welche Fantasien ein Mann entwickelt, wenn sein Schwanz nur darauf aus ist, sich in dir zu versenken?«

Lächelnd kreuzt sie die Arme in meinem Nacken. »Ziemlich gut sogar. Genau das hat nämlich auch mich beschäftigt.«

»Deine Gedanken sind so heiß.« Mit einem Stöhnen

verschließe ich ihren Mund mit meinem, schiebe die Hände unter ihre Jacke.

Ihr Geschmack und ihre Art zu küssen stacheln meine Lust an, doch bevor es mir die Sinne vernebelt, greife ich in mein Innerstes. Rufe mir Caesars Worte ins Gedächtnis. Fokussiere mich auf den aufsteigenden Hass.

Ein letzter Fick, für das Video mit dem schockierenden Finale.

»Du hast keine Ahnung«, murmelt sie an meinen Lippen.

»Dann zeig es mir, Prinzessin.«

»Einfach so?«

»Ja, jetzt gleich. Sei ein braves Mädchen.«

Sie gluckst. »Uuh, jaa!«

Eilig trete ich zurück, ergreife ihre Hand und führe sie in mein Zimmer.

Taschen und Jacken landen neben meinem Schreibtisch, unsere Schuhe neben dem Bürostuhl.

Mit einem schnellen Blick vergewissere ich mich, dass die Kameras laufen. Wende mich ihr zu, will ihr die dünne Jacke ausziehen.

Doch stattdessen legt sie beide Hände auf meine Brust und drängt mich rückwärts Richtung Bett. »Jetzt bin ich erst einmal dran.«

Meine Beine stoßen gegen die Matratze. »Soll ich mich hinlegen?«

Sie schüttelt den Kopf, streift sich die Shirtjacke ab und wirft sie zu Boden. Dann knöpft sie mein Hemd auf und macht mit ihm das Gleiche.

Zärtlich küsst sie meine Brust und einzelne Stellen meines Maori-Tattoos. Leckt darüber, umspielt die Brustwarze und gleitet anschließend zur anderen Seite. Sobald sie das Piercing in den Mund nimmt und damit spielt, schießen lustvolle Blitze in meinen Unterleib, und ich sauge zischend die Luft ein.

Woraufhin sie die Lippen um meinen Nippel schließt, das Stahlstäbchen mit den Zähnen packt. Sanft daran zieht und gleichzeitig an der Brustwarze saugt.

Ein tiefes Stöhnen steigt aus meiner Kehle auf und ich umfasse automatisch ihre Taille, zerre an dem Top.

Entschieden drängt Allegra meine Hände beiseite und öffnet stattdessen meine Jeans. Kniet sich langsam hin und bedeckt meinen Bauch mit Küssen. Voller Verlangen spanne ich die Muskeln an und schaue dabei zu, wie sie mir Hose und Boxer Briefs die Beine hinab streift, mir aus dem Stoffhaufen hilft.

Dann streicht sie meine Schenkel hinauf, umfasst meinen anschwellenden Schwanz und massiert ihn. Leckt über die Spitze und drumherum, den Schaft hinab.

Oh, ja, Baby, besorg's mir! Es wird deine letzte Tat sein.

Ich wühle die Finger in ihr Haar und ziehe ihren Kopf in den Nacken, bis sie mich ansieht. »Zieh dich aus, Prinzessin. Ich will dich nackt.«

Eilig kommt sie meiner Aufforderung nach, geht erneut vor mir auf die Knie.

Diesmal umfasst sie mit einer Hand meinen Schwanz und reibt ihn, mit der anderen massiert sie meine Eier, und ihr wunderschöner, süßer Mund umschließt die pralle Eichel. Sie leckt und saugt an mir, nimmt mich rhythmisch in sich auf, mit jedem Mal ein wenig tiefer.

Ich umfasse ihren Hinterkopf, dirigiere sie und starre auf diesen unglaublich heißen Anblick. Kann mich schließlich nicht mehr zurückhalten und bewege die Hüften gegen ihren Takt. »Fuck, du machst das so geil.«

Unvermittelt schaut sie zu mir auf und ich entdecke das lodernde Verlangen in ihren Augen. Was meine eigene Begierde noch einmal anfacht und mein Kopfkino beinahe explodieren lässt. Aus meiner Brust steigt ein Knurren auf.

Begleitet von einem intensiven, fast animalischen Gefühl.

Ich werde sie fesseln, ficken.

Und zuschauen, wie jegliches Leben aus ihren Augen weicht.

Eilig packe ich ihr Haar und eine Hand. Ziehe mich aus ihrem Mund zurück, sie auf die Füße und an meine Brust. »Du gehörst mir, Prinzessin.«

Atemlos starrt sie mich an, gräbt die Finger in mein Fleisch.

»Hast du verstanden?«

Allegra nickt stumm, die Augen aufgerissen, und ich feuere den dominanten Teil in mir an, für die Kamera. »Deine Orgasmen, dein Körper, dein Kopf, dein Herz. Alles gehört mir. Nur mir.«

Ihre Pupillen weiten sich und ich meine, etwas darin aufblitzen zu sehen. Dann presse ich die Lippen auf ihre, küsse sie voller Gier.

Und sie erwidert es genauso hungrig.

Die Lust brennt sich durch meine Adern, meine Finger wandern wie von selbst über ihren Körper. Kneten ihre Brüste, zwirbeln die Nippel und graben sich in ihre Arschbacken. Und im nächsten Moment hebe ich sie hoch, drehe mich um und werfe sie aufs Bett. »Dreh dich auf den Bauch, Arsch hoch!«

Mit drei Schritten erreiche ich meinen Nachttisch, nehme ein Kondompäckchen aus der Schublade und kehre zu ihr zurück.

Unter ihrem sehnsüchtigen Blick streife ich mir das Gummi über, trete hinter sie und versetze ihr einen Schlag auf den Hintern.

Sie zuckt zusammen, wirft den Kopf in den Nacken und stöhnt.

Was noch lauter wird, als ich ihre Arschbacken knete und mit den Daumen ihre Pussy umspiele, bis zur Klit.

Sie ist so was von bereit für mich.

Also setze ich die Schwanzspitze an ihren Eingang und dringe direkt in sie ein.

Sie antwortet mit einem Stöhnen, drängt sich mir entgegen.

Woraufhin ich mich ein gutes Stück zurückziehe und mich mit einem kräftigen Stoß bis zum Anschlag in ihr versenke.

»Oh, *Jesus*, ja!«

Ihr lustvolles Wimmern vibriert durch meinen Körper und kickt mich. Weswegen ich ihre Hüften packe und sie umgehend ficke.

Allegra seufzt und stöhnt, krallt ihre Finger in die Tagesdecke. Windet sich, spannt ihre Muskeln an. »Härter. Bitte! Fick mich!«

Knurrend packe ich ihren Nacken und drücke sie auf die Matratze, stoße kräftiger in sie. Unser Fleisch klatscht laut aufeinander, unser Keuchen vermischt sich zu einem und ich gerate in eine Art Rausch, der mich auf meine Lust und meine Gier nach ihr reduziert.

Schon kündigt sich der Orgasmus mit einem Prickeln in meinem Unterleib an und ich lasse sie los. Stütze mich auf der Matratze ab und schiebe meine Hand von vorn zwischen ihre Beine, ohne die Bewegungen zu unterbrechen.

Mein Finger findet ihre geschwollene Klit, umkreist sie, reibt tiefer, immer fester.

Ihre Pussy wird enger, ihr Keuchen gerät ins Stocken, bricht für eine Sekunde ab.

Dann kommt sie, schreit ihren Höhepunkt hinaus und reißt mich mit.

Ich presse die Lider zusammen und das Becken gegen ihres, werfe den Kopf mit geschlossenen Augen zurück, knurre und stöhne. Der Orgasmus schießt meine

Wirbelsäule hinauf, hinter meinen Lidern tanzen Sterne und mein Schwanz pumpt alles in sie, was ich habe.

Wenige Sekunden später klingt das Hochgefühl ab, doch mein Herz hämmert weiter, bis zu meinem Hals hinauf. Weil in meinem Innern ein emotionales Chaos ausbricht, das mich zu überwältigen droht.

Stattdessen nutzt der Ober-Mafioso eiskalt Patricks absolute Schwachstelle und lässt seine Frau abknallen.

Wut und Hass lodern hoch, roter Nebel breitet sich in meinem Kopf aus.

Jetzt! Tu es!

Entschlossen ziehe ich mich aus ihr zurück, drehe sie auf den Rücken und ficke sie erneut, so lange ich noch hart bin. Packe ihre Handgelenke, überkreuze sie über ihrem Kopf und presse Allegra mit meinem gesamten Gewicht in die Matratze.

Mit einer schnellen Bewegung packe ich ihre Kehle und drücke zu.

Ihre Lider fliegen auf und sie starrt mich aus diesen wunderschönen graublauen Augen an. Im ersten Moment sind sie noch erfüllt von Verlangen, dann flackert Ungläubigkeit darin auf. Wechselt zu Schreck, schließlich Panik.

Sie reißt den Mund auf, ringt nach Luft.

Bäumt sich auf, stemmt sich gegen mich.

Und in meiner Brust bricht ein Sturm aus.

Verzweiflung steigt in mir auf, umhüllt mein Herz und quetscht es zusammen.

Ich stemme mich dagegen, beschwöre den Schmerz herauf und erhöhe die Kraft auf ihren Hals.

Besser gesagt, ich versuche es, denn im nächsten Moment überfluten mich Erinnerungen an all die guten Momente, die ich mit ihr erlebt hatte.

Die Gefühle, gegen die ich seit ein paar Tagen kämpfe,

werden stärker, und eines kristallisiert sich heraus.

Ich stocke.

Fuck, nein!

Doch ich komme nicht dagegen an, es erfüllt jede einzelne meiner Zellen.

Ich kann diese Frau nicht töten.

Weil ich es vorhin tatsächlich ernst gemeint habe.

Ich will, dass sie mir gehört.

Vor allem ihr Herz, denn meines schlägt längst für sie.

Die Erkenntnis senkt sich wie ein tonnenschweres Gewicht auf mich.

Verdrängt Wut, Hass und Schmerz.

Zerschlägt meinen Widerstand und lässt mich machtlos zurück.

Ich öffne die Finger.

Kapitel 16

Allegra

Nolan wirft mich auf den Rücken, dringt wieder in mich ein und nimmt mich mit kräftigen Stößen.

Ich erschauere.

Fuck, das hier ist so geil!

Gefangen in meinem Rausch wehre ich mich nicht dagegen, dass er meine Handgelenke packt und über meinem Kopf aufs Bett drückt. Auf seine dominante Seite fahre ich total ab.

Trotzdem erschreckt mich seine Hand an meiner Kehle.

Ist das etwa eine seiner sexuellen Fantasien?

Ich reiße die Augen auf, horche in mich hinein, ob es mich kickt, dass er mir die Luft abschnürt.

Dann wird mir bewusst, dass er viel zu fest zudrückt.

Was soll das?

Ist das sein Ernst?

Nein, das …

Fuck, was tut er da?

Will er mich umbringen?

Seine Augen sind so kalt.

Nein, das kann nicht sein, oder?

Er empfindet doch etwas für mich.

Warum?

In mir kocht Panik hoch, ich reiße den Mund auf.

Will schreien, ringe stattdessen nach Luft.

Nein, ich will nicht sterben!

Ich bäume mich auf, drücke die Handgelenke gegen seine Hand, will sie ihm entwinden.

Doch Nolan drückt fester zu.

Am Rand meines Blickfeldes tanzen die ersten Sternchen und ich kämpfe verzweifelt gegen die Ohnmacht an. Konzentriere mich auf seine blaugrünen Augen, die mich immer ans Meer erinnert haben.

Unvermittelt bemerke ich, dass etwas in ihm vorgeht.

Die Kälte verschwindet, wird von Emotionen ersetzt, gegen die er sich zu wehren scheint.

Ein Fünkchen Hoffnung keimt in mir auf, der Widerstand kehrt zurück.

Ohne jeden Übergang hält er inne, zögert.

Die Härte weicht aus seinem Gesicht.

In seinen Augen leuchtet etwas auf, das mir neulich schon aufgefallen ist.

Worauf mein Herz reagiert.

Und sein Griff um meine Kehle lockert sich.

Ich schnappe erleichtert nach Luft.

Mein Überlebensinstinkt setzt ein, mein Körper erinnert sich.

Und handelt.

Ich ziehe die Knie an und bringe sie zwischen uns. Stemme die Füße mit sämtlicher Kraft in seinen Bauch.

Der Druck auf meinen Hals und vor allem die Handgelenke lässt weiter nach.

Ich befreie mich, bringe den rechten Arm in den richtigen Winkel und schlage ihm mit einer Geraden den Handballen auf die Stirn.

Er schwankt ein Stück zur Seite, ihm entweicht ein Ächzen.

Sein Gesicht ist ein einziger Ausdruck von Überraschung, doch ich achte kaum darauf.

Weil ich den Oberkörper zur Seite drehe, den Arm mitnehme. Aushole und ihm mit einem schnellen kräftigen Schlag den Ellbogen vor die Schläfe donnere.

Diesmal bricht Nolan benommen zusammen, bleibt halb auf mir liegen.

Hastig schiebe ich ihn von mir, springe aus dem Bett und renne zu dem Kleiderhaufen davor. Reiße seine Jeans hervor und den Gürtel heraus.

Ich zerre ihm die Arme auf den Rücken, kreuze die Handgelenke und fessle sie, so fest ich kann. Dann ziehe ich mich schnellstmöglich an und öffne die Schranktüren. Ich brauche weiteren Gürtel, um auch seine Fußgelenke aneinanderzubinden.

Nichts, also reiße ich die oberste Schublade der Kommode auf, und zwar mit soviel Kraft, dass der Kram, der oben drauf steht, in alle Richtungen fällt.

Und mir eine Art Würfel vor die Nase rollt, an dem mir eine rote Leuchtdiode auffällt.

Ich stutze, greife danach und betrachte den schwarzen Kubus, der so groß ist wie mein Daumennagel. An einer Seite befindet sich ein USB-Anschluss, auf der gegenüberliegenden Seite eine Art Wulst mit Loch in der Mitte. Irritiert hebe ich ihn höher, kneife die Augen zusammen und entdecke einige kleine rote Zahlen und Buchstaben darauf. Unter anderem die Bezeichnung »Full HD 1080P«.

Mir wird heiß und kalt.

Nein, das kann nicht sein.

Hinter mir stöhnt Nolan auf und ich zucke zusammen. Schaue mich eilig nach ihm um, schiebe den Würfel in die

Tasche und suche weiter nach einem Gürtel.

In der zweiten Schublade werde ich fündig, gehe zum Bett und fessle ihn an den Füßen.

Er ächzt erneut und ich gebe dem Zorn nach, der in mir brodelt.

Ich steige aufs Bett, versetze ihm einen Tritt in die Seite und befördere ihn damit von der Matratze. Sein Körper kracht rücklings zu Boden, im entfährt ein Schmerzenslaut.

Mit einem Satz springe ich vom Bett, umrunde es und bleibe neben ihm stehen.

Anscheinend kommt er langsam wieder zu Bewusstsein, er verzieht das Gesicht, kneift die geschlossenen Lider zusammen.

Voller Abscheu starre ich auf ihn hinab, wie hilflos er vor mir liegt, das volle Kondom noch halb auf seinem geschrumpften Schwanz.

Dieses Arschloch hat mich von vorn bis hinten belogen und ich will wissen, was dahintersteckt.

Deshalb versetze ich ihm einen weiteren Tritt in die Seite. »Wach auf, du Wichser!«

Nolan zuckt zusammen, doch die Lider bleiben zu.

Weshalb ich mich zu ihm beuge und ihm ein paar Ohrfeigen verpasse, bis er schließlich die Augen öffnet.

Nach mehrmaligem Blinzeln erkennt er mich endlich und auf seinem Gesicht breitet sich Wut aus.

Ich verziehe angeekelt den Mund, richte mich auf und trete ein Stück zurück, raus aus seiner Reichweite.

»Warum, zur Hölle, wolltest du mich umbringen?«

Er schluckt sichtlich, schweigt aber.

Die Wut kocht in mir hoch, schlägt über mir zusammen, und ich ziehe mein Smartphone hervor. »Rede endlich, sonst rufe ich Terence an, der prügelt es schon aus dir heraus.«

Da schnaubt er und bedenkt mich mit einem

abschätzigen Blick. »Bitte, tu dir keinen Zwang an.«

»Was habe ich dir getan?«

Er schweigt, was Verzweiflung in mir hervorruft und meinen Zorn weiter verstärkt.

Noch nie in meinem Leben habe ich mich dermaßen gedemütigt gefühlt und das bricht regelrecht aus mir hervor. »Rede endlich, du Arschloch!«

Nolan bläht die Nasenflügel, stößt die Luft aus. »Es geht um deinen Vater. Er ist für den Tod meiner Mutter verantwortlich.«

»Willst du mich verarschen?«

»Nein.«

»Ich glaube kaum, dass er –«

»Woher willst du das wissen? Du hast selbst gesagt, du hasst seine Welt. Vermutlich weil du genau weißt, welchen Rang er im Lombardi-Clan einnimmt und was das bedeutet, nicht wahr?«

Ich kneife die Augen zusammen. »Woher weißt *du* davon?«

Sein leises Lachen klingt bitter. »Ich weiß alles über euch.«

»Warum? Du hast gesagt, der Tod deiner Mutter sei ungeklärt, man vermutet aber ein Verbrechen dahinter.«

»Ganz genau.«

»Und das willst du meinem Vater anlasten? Dafür musst du mir schon die ganze Geschichte erzählen.«

»Als ob das etwas ändern würde.«

»Herrgott, ich will es *verstehen*!«

Einige Sekunden lang starren wir uns nur an, dann nickt er und verlagert sein Gewicht ein wenig zur Seite.

»Mein Vater war Chef einer Gang, hauptsächlich Iren, und sie haben regelmäßig mit eurem Mafia-Clan zusammengearbeteitet, Jobs für sie übernommen. Wie auch immer – an jenem Tag sollte ich nachmittags ins

Clubhaus der Gang kommen, zum Schießtraining, zusammen mit meiner Mutter. Seit meinem Highschoolabschluss hat mein Vater immer öfter darauf bestanden und in all den Jahren habe ich mich oft gefragt, ob er vielleicht etwas von dem geahnt hat, was unterschwellig vorgegangen ist. Auf jeden Fall war ich nicht pünktlich da, weil ich an der Uni rumgetrödelt habe. Ich hatte damals nämlich keinen Bock auf diesen Mist, ich habe lieber vor dem Computer herumgehangen und programmiert oder so etwas. Tja, und als ich dann dort ankam …« Kurz presst er die Lider zusammen, atmet tief durch.

»Alles war voller Menschen, Polizei und Gangmitglieder, rotes und blaues Licht zuckte über das Gelände. Also bin ich noch vor dem Zaun umgedreht und nach Hause gegangen, wie man es mir beigebracht hat. Ich habe versucht, Mom anzurufen. Und Dad. Aber es hat sich niemand gemeldet. Und was passiert ist, hat mein Vater mir erst Stunden später erklärt. Dass sie auf dem Platz vor dem Gebäude hingerichtet wurde, mit einem Schuss ins Genick. Zwei Mitglieder der Gang haben sie gefunden und vorher einen Wagen wegrasen sehen. Mein Vater meinte damals, es sei eindeutig ein Fahrzeug der Mafia gewesen, er kenne es von diversen Begegnungen im Vorfeld. Es habe Ärger mit ein paar Leuten der Familie Lombardi gegeben, inklusive Drohungen seitens des Clans. Und in diesem Zusammenhang ist auch der Name Cociarelli gefallen.«

Er sieht mir direkt in die Augen. »Der genaue Wortlaut ist mir entfallen, aber Dad meinte, er und die Gang hätten sich mit deinem Vater angelegt, wären zu weit gegangen. Deswegen habe der Capo den Befehl gegeben, meine Mutter zu töten. Als letzte Warnung, Strafe, was auch immer. Von da an war er … anders. Innerlich tot und gleichzeitig wie von Sinnen. Er hat geschworen, seine Frau zu rächen, und den Gegenschlag entsprechend vorbereitet. Wenige Tage später sollte es so weit sein und ich war dabei, als im Clubheim die letzten Besprechungen stattgefunden haben. Nur sollte es nie dazu kommen. Die Polizei hat das Haus gestürmt und meinen Vater verhaftet. Woraufhin sein Vertreter, Caesar, ihn als Verräter beschimpft hat. Und da ich der letzte Walsh war, hat er mich davongejagt. Zumindest im ersten Moment. Sobald er nämlich die Leitung der Gang übernommen hatte, nur wenige Stunden später, hat er mich zum Abschuss freigegeben. Und erst in diesem Jahr von dieser Liste gestrichen.«

»Bist du in dieser Nacht nach Irland abgehauen, wie du es bereits erwähnt hast?«

»Ja. Mit einem Rucksack und sämtlichem Geld, das ich zu Hause gefunden habe.«

In meinem Kopf lichtet sich der rote Nebel ein wenig, die ersten Dinge fügen sich zusammen. »Und nun bist du zurückgekommen, um dich an meinem Vater zu rächen. Ihn an einem seiner schwächsten Punkte zu treffen, mir.«

Nolan schweigt erneut, also rede ich weiter. »War das alles geplant? Der Überfall, bei dem du mich retten konntest?«

»Nein, das war Zufall.«

»Hör auf, mich für dumm zu verkaufen.« Ernüchtert schiebe ich das Smartphone zurück in die hintere Tasche meiner Jeans. Fische die Mini-Cam aus der vorderen und strecke sie ihm entgegen. »Und was hattest du damit vor? Wolltest du meinen Vater das Video von meinem Tod gleich mit meiner Leiche servieren?«

»Nein, ich hätte es online gestellt.«

Ungläubig starre ich ihm in die blaugrünen Augen, in denen ich mich so gern verloren habe, und mein Herz jault auf.

Fuck, ich war so dumm!

Ich lerne den richtigen Mann kennen, lasse ihn in mein Herz und dann …

Ein ekelhaftes Gewicht senkt sich auf meine Brust, Tränen steigen in mir hoch und ich möchte vor Scham im Boden versinken.

Nein, die Zeit der Schwäche ist vorbei. Ich habe es satt, herumgeschubst zu werden.

Also lasse ich die Kamera zu Boden fallen, trete mit Wucht darauf und zermahle sie unter meinem Absatz. Dann ziehe ich meine Jacke an, schnappe mir meine Tasche und werfe sie mir über die Schulter. »Dein Job ist hiermit erledigt. Du hast eine Woche Zeit, aus New York zu verschwinden, danach informiere ich meinen Vater. Oder ich knalle dich selbst ab.« Mit hoch erhobenem Kinn verlasse ich sein Zimmer und werfe die Tür hinter mir zu. Flüchte aus der Wohnung, die Außentreppe hinab und auf den Gehweg.

Ich laufe einfach in die Richtung, aus der wir vorhin gekommen sind, und schon nach kurzer Zeit fällt die Anspannung von mir ab.

Stattdessen kochen sämtliche Emotionen in mir hoch, dringen Schmerz und Enttäuschung wie ein Pfahl durch mein Herz, schießen Tränen in meine Augen.

Weshalb ich kaum bemerke, wohin meine Füße mich tragen, aber das ist mir egal.

Ich muss hier weg, so schnell wie möglich.

Kapitel 17

Nolan

Die Wohnungstür knallt ins Schloss und ich zucke zusammen. Presse die Lider aufeinander und lausche ihren Schritten auf der Außentreppe. Dann ist sie weg und alles ist wieder still.

Fuck, fuck, fuck!

Das restliche Adrenalin verschwindet, dafür richtet sich meine Wut gegen mich selbst.

All die Jahre an Ausbildung und Vorbereitung – alles umsonst.

Nur weil mir so ein paar verfickte unerwünschte Gefühle dazwischenkommen und ich es nicht schaffe, diese Frau zu töten.

Und nicht nur das, nein, stattdessen schlägt sie mich mit meinen eigenen Waffen und knockt mich aus.

Was bin ich eigentlich für ein Versager?

Mein Plan ist gescheitert, ich habe alles verloren, endgültig.

Und ich muss zusehen, dass ich aus New York verschwinde, bevor sie mir die Mafia auf den Hals hetzt. Denn das wäre wirklich mein Todesurteil.

Ich drehe mich auf die Seite, schließe die Augen und konzentriere mich auf die Fesseln um meine Handgelenke. Prüfe die Gegebenheiten, ertaste eine Gürtelschnalle, ziehe erfolglos daran.

Schon kurz darauf erscheint Allegras Gesicht in meinem Kopf, überwältigt es mich wie vorhin im Bett, und ich halte inne.

Die erbarmungslose Faust, die sich vorhin um mein Herz gelegt hat, schließt sich und zerquetscht es. Presst gleichzeitig jegliches Leben heraus und lässt einen ausgedörrten harten Klumpen in meiner Brust zurück.

Erfüllt von dumpfem Schmerz und dunkler Verzweiflung drehe ich den Kopf und drücke die Stirn auf den Teppich.

Wie konnte ich das nur zulassen?

In meinem Hirn herrscht ein solches Chaos, dass ich nicht denken kann, aber auf meinen trainierten Instinkt kann ich mich verlassen.

Ich ziehe die Knie an, wälze mich nach einigen Versuchen auf den Bauch. Schaffe es, die Zehen in den Boden zu stemmen und elendig langsam das Gewicht nach hinten zu verlagern, bis meine Fersen den Boden berühren. Dann richte ich mich ein Stück auf, krümme mich aber gleichzeitig nach vorn zusammen und schiebe die Handgelenke über meinen Hintern. Als Nächstes schaffe ich es nach einer gefühlten Ewigkeit und nur gerade eben, meine Füße durch die Arme zu ziehen.

Nassgeschwitzt von der Beanspruchung meiner gesamten Muskulatur, stemme ich schließlich die Füße flach auf den Boden, erhebe mich und richte mich auf. Drehe mich und hüpfe zum Bett, damit ich mich darauf setzen kann. Dort gönne ich mir erst einmal eine Verschnaufpause. Schaue zum Fenster hinaus und stelle fest, dass es bereits dunkel wird.

Sobald sich mein Herzschlag beruhigt hat, versuche ich erneut, meine Handgelenke zu drehen oder auseinanderzudrücken, um die Fesseln zu lockern. Nichts. Ich beuge mich vor und versuche dasselbe mit meinen Fußgelenken, aber das Leder ächzt nur leicht.

Frustriert stoße ich die Luft aus, schaue mich im Zimmer um.

In der untersten Schublade der Kommode habe ich die Waffen verstaut, die ich von der Mafia bekommen habe, auch das Skeletool. Also stehe ich auf und hüpfe vorsichtig hinüber, knie davor nieder und öffne die Schublade.

Es dauert, bis ich das Multi-Tool geöffnet und die Klinge herausgeklappt habe. Da ist es in meinem Zimmer bereits viel zu dunkel, um noch etwas erkennen zu können. Weshalb ich erst einmal aufstehen, zur Tür hüpfen und das Licht einschalten muss.

Anschließend setze ich mich aufs Bett, drehe das Messer, bringe die Klinge unter meinen Ledergürtel. Schiebe sie umständlich vor und zurück, immer nur ein kleines Stück.

Ein Geräusch reißt mich aus der Konzentration und ich halte irritiert inne.

War das die Wohnungstür?

Ich lausche.

Da, das waren doch Schritte.

Ruckartig richte ich mich auf. »Dom?«

Stille.

»Dom, komm rein, ich brauche deine Hilfe.«

Kurz darauf öffnet sich die Tür und mein bester Freund schiebt den Kopf durch den Spalt. Er erfasst sofort meine Lage, eilt herein. »Was ist mit dir passiert?«

»Wonach sieht es denn aus? Hier, nimm das Messer.«

Er schüttelt den Kopf. »Das dauert zu lange.«

Stattdessen ergreift er die Enden des Gürtels um meine

Handgelenke, schiebt sie Richtung Knoten, drückt und ruckelt.

Sobald die erste Fessel gelöst ist, reibe ich mir erleichtert die Handgelenke. Schaue Dom beschämt dabei zu, wie er sich an dem anderen Gürtel zu schaffen macht.

Schließlich steht er auf, hält mir den Lederriemen hin und mustert mich verärgert. »Ich mache uns Kaffee, dann kannst du mir alles erzählen.«

Damit wendet er sich ab, verlässt mein Zimmer und schlägt die Tür hinter sich zu.

Fuck!

Resigniert stoße ich die Luft aus, werfe den zweiten Gürtel ebenfalls aufs Bett, und stehe auf. Ziehe mich an, klaube das Kondom vom Boden auf und entsorge es, der Flecken darunter muss bis später warten.

Ich laufe in die Küche, wo Dom mit dem Hintern an der Arbeitsfläche lehnt, die Arme vor der Brust verschränkt. Hinter ihm blubbert die Kaffeemaschine.

Wortlos gehe ich zum Schrank, hole Kaffeetassen heraus und stelle sie daneben.

Er atmet tief durch. »Also, raus damit.«

Folglich bringe ich es hinter mich und schiebe ihm am Ende die Kaffeetassen hin.

Allerdings hält er mit der halb vollen Kanne über den Porzellanbechern inne und starrt mich an. »Bist du nicht ganz dicht? Warum wolltest du sie umbringen?«

Irritiert erwidere ich seinen schockierten Blick. »Das war von Anfang an mein Plan.«

»*Holy shit*, ich fasse es nicht!« Mit einem Knall stellt er die Glaskanne ab, wendet sich mir zu. »Rache, okay. Aber jemanden umbringen? Deine Mutter würde sich im Grab umdrehen!«

Seine Worte treffen mich bis ins Mark, ich weiche zurück. »Wie kannst du es wagen …«

»Anders verstehst du es ja anscheinend nicht. Das ist doch total hirnverbrannt!«

»Ich weiß, dass du das nicht verstehen kannst, schließlich hat Cociarelli nicht deine, sondern meine Familie zerstört. Ich habe es neulich noch gehört.«

»Was genau?«

»Was Caesar seinem Vize und einer weiteren Person darüber erzählt hat.« Ich fasse es ihm zusammen.

Da deutet Dom mit dem ausgestreckten Zeigefinger auf mich. »Siehst du? Und genau das bezweifle ich inzwischen.«

»Was genau?«

»Das, was über den Tod deiner Mutter im Umlauf ist. Eine gewisse Zeit danach haben sich die Alten noch darüber unterhalten, dass die Hinrichtung kein bisschen der üblichen Mafia-Handschrift entspricht.«

»Wer soll es denn sonst gewesen sein? Es gab keinen anderweitigen Krieg oder Ähnliches.«

»Das ist mir bewusst. Deswegen solltest du mit deinem Vater reden. Warum hast du ihn nicht längst besucht?«

Ich stoße die Luft aus. »Am Wochenende habe ich einen Termin dort.«

»Alter, dir bleibt keine Zeit. Bald steht die Mafia vor deiner Tür, also ruf morgen früh an und frag, ob du eher vorbeikommen kannst. Schieb eine dringliche Dienstreise vor oder so etwas.«

Ich nicke.

Wenn ich schon zum zweiten Mal aus der Stadt verschwinden muss, dann will ich Dad vorher wenigstens noch einmal sehen.

Mein bester und vermutlich einziger Freund nimmt die Kanne wieder auf, schenkt uns ein und stellt sie zurück auf die Warmhalteplatte.

»*Jesus*, du hättest mich in den Plan einbeziehen sollen.«

»Ich wollte dich da rauslassen, schließlich ging es nur um meine Familie.«

Da funkelt er mich an. »Früher waren wir beide genauso Teil der anderen Familie. Wann hast du beschlossen, dass dem nicht mehr so ist?«

»Nachdem ich abhauen musste –«

»Bullshit! Für mich hat unsere Freundschaft niemals aufgehört. Ich habe die Harley aufbewahrt, dich hier wohnen lassen und bei allem unterstützt, in das du mich eingebunden hast. Und du hältst es nicht einmal für nötig, mir die ganze Wahrheit zu sagen?«

Fuck, er hat recht.

»Tut mir leid. Ich war ein Arschloch.«

»Verdammt richtig. Und das mit dem Mord hätte ich dir sofort ausgeredet, man legt sich nicht ungestraft mit der Mafia an. Es sei denn, du bist lebensmüde. Du hättest Cociarelli mit dem Sexvideo im Internet demütigen und mit den ausspionierten Daten aus seinem System zerstören können. Hätte das nicht ausgereicht?«

»Nein.«

»Egal, was du tust oder getan hättest – es bringt deine Mutter nicht zurück.«

»Ich weiß. Aber sie haben es nicht anders verdient. Allein der Gedanke, dass ich es ihnen eines Tages heimzahle, hat mich die restlichen Jahre aufrecht gehalten. Ich habe meinen Weg darauf ausgerichtet, alles perfekt vorbereitet.«

»Und bist dafür zu einem von ihnen geworden. *Dammit*, Nolan, ich erkenne dich gar nicht wieder!«

Ich nehme eine Tasse, trinke einen Schluck Kaffee. »Der Mensch von damals bin ich schon lange nicht mehr. Auch daran ist er schuld.«

»Das glaube ich nicht. Irgendwo da drinnen steckt der alte, wahre Nolan.« Er tippt mir mit zwei Fingern hart auf die Brust.

»Keine Ahnung, wovon du redest.«

»Oh, doch! Und ich habe ihn letztens sogar gesehen. Als Allegra hier war.«

»Das war alles nur gespielt.«

Da wirft er den Kopf in den Nacken und lacht, schüttelt ihn. »Nein, Mann. Sie hat es geschafft, dein neues Ich zu durchdringen. Gefühle im wahren Nolan zu wecken und damit alles andere zu beseitigen.«

»Ich habe keine Gefühle für Allegra.« Ich wollte hart und wütend klingen, doch selbst in meinen Ohren wirkt es kein bisschen überzeugend.

Fuck!

Auf Doms Gesicht breitet sich ein wissendes Lächeln aus, er legt mir eine Hand auf die Schulter und drückt sie. »Genau deswegen konntest du deinen Plan vorhin nicht bis zum Ende durchziehen, oder? Weil du sie liebst.«

Mir wird heiß, trotzdem wehre ich mich dagegen. »Nein, das war nur mein scheiß Gewissen.«

»Ja, klar, mach dir ruhig etwas vor.«

»Und du bist Fachmann, was das angeht, oder was?«

»Keineswegs. Aber ich habe Augen im Kopf und gesehen, wie du mit ihr umgegangen bist.«

»Bullshit!«

»Okay, dann leugne es halt. Wir werden sehen, wer am Ende Recht behält.«

*

»Fenster Nummer fünf, ganz hinten.« Die uniformierte Gefängniswärterin mit dem teilnahmslosen Gesichtsausdruck öffnet die Gittertür und hält sie mir auf.

»Danke.« Ich betrete den engen Besucherbereich und gehe an den ersten vier besetzten Boxen vorbei. Werfe einen Blick durch das vergitterte Außenfenster, das auf eine Kläranlage hinausgeht, und erreiche den mir zugewiesenen Platz.

Nervös ziehe ich den Stuhl unter der schmalen Holzfläche hervor, öffne den Reißverschluss meiner Jacke und setze mich.

Die mickrige, glaslose Öffnung ist mit dem gleichen Metallgitter versehen wie die Eingangstür und auf der anderen Seite befindet sich der ebenso enge Häftlingsbereich. In die gegenüberliegende Wand ist mittig eine weitere Gittertür eingelassen, jedoch aus dickeren Metallstreben, und der Raum dahinter wirkt auf den ersten Blick wie eine Sicherheitsschleuse.

Genau dort tauchen ein Wärter und ein schmaler Mann in einem orangefarbenen Overall auf. Ersterer schließt die Gittertür auf, umfasst den Oberarm des Häftlings und führt ihn herüber.

Mein Herz zieht das Tempo an, als ich unter dem ergrauten, braunen Haar das rechteckige Gesicht meines Vaters erkenne. Sichtlich gealtert.

»Zwanzig Minuten, Walsh.« Der Wärter drückt ihn auf den Stuhl hinab, wendet sich ab und kehrt hinter die Gittertür zurück.

»Nolan!« Er schiebt die Finger ins Gitter und ich lege automatisch meine darüber.

»Dad!« Überwältigt mustere ich die bekannten Lachfältchen um seine Augen und die neuen Furchen zwischen Nase und Kinn.

»Ich bin so froh, dich zu sehen.« Tränen glitzern in seinen Augen und sein schmaler Mund verzieht sich zu einem zittrigen Lächeln. »Du siehst verdammt gut aus.«

Ich schlucke gegen den fetten Kloß in meiner Kehle an. »Wie geht es dir?«

»Den Umständen entsprechend gut, aber viel wichtiger

ist, wie es dir ergangen ist. Was ist nach meiner Verhaftung passiert, wo warst du all die Jahre?«

Also erzähle ich ihm, warum ich fliehen musste, von meinem Leben in Irland, meiner Rückkehr, meinem Plan.

Da schüttelt er den Kopf, faltet die Hände vor sich auf dem schmalen Holztisch. »Ich hatte viele Jahre Zeit, über all das nachzudenken, was damals passiert ist. Und inzwischen glaube ich, dass da etwas faul ist.«

»Du meinst, mit Moms Tod?«

»Und mit meiner Verhaftung.«

»Caesar hat dich einen Verräter genannt. Sag mir die Wahrheit, Dad. Warum? Die Gang war dein Leben.«

»Ich habe niemanden verraten, Nolan, das musst du mir glauben. Auch im Nachhinein nicht. Ich halte mich an die ungeschriebenen Gesetze.«

»Aber woher hatte die Polizei dann den Tipp und die Beweise?«

»Keine Ahnung, das hat man mir nie gesagt. Deshalb vermute ich, dass viel mehr dahintersteckt.«

»Du meinst, es gab einen Maulwurf in der Gang?«

»Zum Beispiel, ja.«

»Von wem? Der Polizei?«

»Vielleicht sogar von der Mafia.«

»Wie kommst du darauf?«

»Er hat auf jeden Fall verhindert, dass ich den Tod deiner Mutter räche, das spricht für den Clan.«

»Ich schätze, die Mafia hätte dich auch direkt aus dem Weg geräumt.«

»Ja.«

»Darüber habe ich gestern Abend noch mit Dom gesprochen. Es gibt einige Leute, die damals schon Moms Hinrichtung als Tat der Mafia angezweifelt haben. Aber Caesar behauptet etwas anderes.«

»Woher weißt du das?«

Ich erzähle ihm von den Wanzen, den Aufnahmen, seinen Aussagen.

Da presst er die Lider zusammen, sein Gesicht nimmt einen gequälten Ausdruck an. »Ich habe es geahnt.«

»Was meinst du?«

Dad öffnet die Augen, sieht geradewegs in meine. »Wenn es im Sinne der Mafia war, mich statt der Racheaktion hochgehen und als Verräter dastehen zu lassen, gab es nur eine Person, die in der Gang davon profitiert hat. Eine Person, von der sie sich vielleicht mehr Kooperation und Profit versprochen haben.«

Ich beiße die Zähne zusammen. »Caesar.«

»Ganz genau.«

»Du meinst, er hat Moms Tod eiskalt ausgenutzt?«

»Vielleicht war er auch im Vorfeld über alles informiert oder hat die entscheidenden Details geliefert. Er war schon immer scharf auf meinen Posten. Wäre ich durch die Mafia gestorben, hätte er es gegen mich als toten Held schwer gehabt, die Gang zu übernehmen. Als Verräter haben sie mich gehasst und sind mit Überzeugung zu Caesar übergelaufen.«

Seufzend schüttle ich den Kopf. »Das würde auch die Entwicklungen in der Gang erklären.«

»Was meinst du?«

Ich berichte ihm von den neuen Geschäftsfeldern, er schnaubt verächtlich. »Ja, auf diesen Gebieten wollte er schon immer tätig werden. Monatelang hat er dahingehend auf mich eingeredet, mir die Vorteile aufgezeigt. Aber ich habe mich strikt dagegen gewehrt. Prostitution und Drogenhandel sind für mich moralisch nicht vertretbar.«

»Umso schlimmer, dass die Gang es billigt.«

»Diese Männer kennen und können nichts anderes, Nolan. Kaum einer besitzt den Mumm, sich aufzulehnen oder Caesar den Rücken zuzudrehen und zu gehen.«

Automatisch wandern meine Gedanken zu meinem besten Freund, selbst Dom nimmt es hin. »Ja, ich weiß. Traurig.«

»Für mich ist es unwichtig geworden, ich werde ohnehin nie mehr zur Gang zurückkehren.«

»Wie lange hast du noch?«

»Sieben Jahre, vier Monate und dreizehn Tage.«

»Das ist absehbar.«

Er verzieht das Gesicht. »Hier drin erscheint einem alles wie eine Ewigkeit.«

»Kann ich mir vorstellen. Hast du denn schon darüber nachgedacht, was du machen willst, wenn du rauskommst?«

»Tja, bis heute habe ich nur ein Ziel gekannt, den Tod deiner Mutter rächen. Aber das übernimmst du ja jetzt.«

Ich verziehe das Gesicht. »Ich befürchte, das hat sich erledigt.«

»Warum?«

Kurz fasse ich ihm die Geschichte zusammen.

Seine Gesichtszüge werden weich und ein wehmütiges Lächeln umspielt seine Lippen. »Ach, mein Junge, du warst schon immer anders. Weder aggressiv noch kaltschnäuzig genug für die Gang, eher so ehrlich und mitfühlend wie deine Mutter. *Jesus*, wie sehr ich sie vermisse, jeden einzelnen Tag.« Er presst die Lider zusammen und eine Träne löst sich, rinnt über seine Wange.

Mir zerquetscht es das Herz. »Ich auch.«

»Sie war die Liebe meines Lebens. Diese eine, tiefe, die dich bis ins Mark erschüttert.«

Ohne Vorwarnung steigen in meinem Innern all die Emotionen auf, zusammen mit Allegras wunderschönem Lächeln. Grimmig kämpfe ich dagegen an, doch es gelingt mir nur zum Teil. Weil dieses eine Gefühl mich erneut überwältigt, sich in meiner Brust und weiter ausbreitet.

»Vielleicht wird es Zeit, all das ruhen zu lassen, so schwer es auch fällt. Es hat im Nachgang schon zu viel Schlechtes bewirkt.«

Ich blinzle irritiert. »Aber Dad!«

Er hebt eine Hand. »Nein, Nolan. Keiner von uns kann die Zeit zurückdrehen und ich will dich nicht auch noch verlieren. Geh zurück nach Dublin, fang ein neues Leben an. Und wenn ich entlassen werde, komme ich nach.«

»Ich glaube, darüber muss ich erst einmal nachdenken.«

»Tu das.«

»Zwei Minuten, Walsh!«, ruft der Wärter aus der Sicherheitsschleuse und ich werfe ihm einen Blick zu.

»Tja, dann müssen wir uns wohl schon wieder voneinander verabschieden. Bitte halte mich auf dem Laufenden, wie es dir geht, ja?«

»Okay.« Hilflos presse ich die Lippen zusammen.

»Was ist los? Stimmt etwas nicht?«

»Keine Ahnung, ich … ich bin total durcheinander.«

»Wegen der Sache mit der kleinen Cociarelli?«

Zwei Sekunden halte ich den Atem an, seufze. »Ja, auch. Aber vor allem wegen der Wahrheit über dich, das ändert vieles.«

»Ich ahne, wie es damals für dich ausgesehen hat. Umso mehr freut es mich, dass du trotzdem hergekommen bist.«

»Es gab einfach zu viele offene Fragen, ich wollte einen Abschluss.«

»Dann fangen wir jetzt noch einmal neu an. Wir haben eine zweite Chance bekommen, wir sollten sie nutzen. Auch wenn das erst nach meiner Entlassung klappt.«

»Ich glaube, Mom hätte sich sehr darüber gefreut. Sie hat es gehasst, wenn wir uns gestritten haben. Und sie hat uns immer dazu gebracht, uns auszusprechen, erinnerst du dich?«

Er nickt, sein Gesicht verzieht sich vor Kummer. »Tust

du mir einen Gefallen?«

»Natürlich.«

»Bring ihr einen großen Strauß ihrer Lieblingsblumen. Pinke Nelken und –«

»Schleierkraut, ich weiß. Mache ich, Dad.«

»Danke.«

Der Wärter schließt die Gittertür auf, kommt herüber. »Fertig, Walsh?«

Mein Vater erhebt sich. »Bis bald, Nolan. Ich kann es kaum erwarten, dich wiederzusehen.«

»Ich auch, Dad.«

»Gut. Und vielleicht hilft dir ja ein Rat, den deine Mutter oft parat hatte. Folge deinem Herzen, es wird dir den richtigen Weg zeigen.«

Der Wärter umfasst seinen Oberarm, seufzt theatralisch. »Hättest du diesen Tipp selbst mal beherzigt.«

Mein Vater sieht ihn an, nickt ernst. »Das hätte ich wohl, ja. Vielleicht würde die Liebe meines Lebens dann noch leben.«

Ein letzter, reuevoller Blick in meine Richtung, dann führt der Wärter ihn ab.

Ich bleibe auf meinem Stuhl sitzen, bis sie verschwunden sind. Erst dann stemme ich mich hoch, gehe zur Gittertür und verlasse den Besucherbereich.

*

Auf dem Gefängnisparkplatz steige ich auf mein Bike, setze den Helm auf und fahre los. Mein Kopf platzt beinahe vor Gedanken, Erinnerungen und Bildern.

Ich versuche, Ordnung hineinzubringen.

Vergeblich.

Keine Ahnung, wie ich auf diese Weise am Grab meiner Mutter lande, doch erst dort komme ich wieder zu mir.

Sogleich stürzen die Erlebnisse der letzten Tage auf mich ein. Nehmen mir die Luft zum Atmen, zwingen mich zu Boden.

Hilflos sinke ich auf Knie und Hände, werde überflutet von Scham und Reue.

Fuck, ich bin ein so erbärmliches Arschloch!

In meinem Kopf prügle ich verbal auf mich ein, mache mir die größten Vorwürfe und weiß doch, dass ich allein an allem schuld bin. Meinem Versagen, Allegras Leid und der quälenden Leere in mir.

Kraftlos sinke ich auf die Fersen, meine Augen brennen.

Genauso wie die Worte und Gefühle in meinem Innern.

»Verzeih mir, Mom! Es tut mir so leid, ich habe es komplett versaut. Deine Henker habe ich bestraft und Cociarelli sollte es genauso ergehen wie mir und Dad. Er sollte ein Leben lang unter dem Verlust einer geliebten Person leiden. Aber ich war so unglaublich dumm zu glauben, dass ich den perfekten Plan ausgearbeitet habe. Ich wollte ihn mit Allegras Tod nicht nur bestrafen, sondern auch demütigen. Dabei hätte ich lieber Abstand und Neutralität wahren sollen. Sie einfach nur erschießen sollen, eiskalt.«

Kurz presse ich die Lider zusammen. »Aber nein, ich musste ihr ja näher kommen, ihr Vertrauen gewinnen und das ihres Vaters. Und weißt du, was passiert ist? Ich habe mich in sie verliebt, Mom. Ziemlich heftig sogar.«

Ich schaue auf den Stein, lese ihren Namen.

Leonore Walsh, geliebte Frau und Mutter.

»Kennst du dieses Gefühl, wenn dir ein Mensch ganz tief unter die Haut geht, ohne dass du etwas dagegen tun kannst? Wenn er dich im Innersten berührt und sich in deinem Herzen einnistet?« Ein Schmunzeln breitet sich auf meinem Gesicht aus. »Ja, vermutlich kennst du es von Dad, oder? Jedenfalls stelle ich es mir gern so vor. Na ja, und jetzt ist mir das anscheinend mit Allegra passiert. Ich konnte mich nicht wehren, habe dagegen angekämpft. Und obendrein jeden Strohhalm ergriffen, um meine Wut anzustacheln. Damit ich meinen Plan doch noch abschließen kann. Ich wollte sie umbringen.«

Frustriert sinke ich ein Stück in mich zusammen. »Du hättest das nie gewollt, das ist mir inzwischen bewusst. Du hast alles dafür getan, mich zu einem guten Menschen zu erziehen. Und ich habe dein Lebenswerk beinahe zerstört, weil ich mit dem Schmerz um deinen Tod nicht klargekommen bin.« Dominics Worte tauchen in meinem Kopf auf und mein Blick richtet sich ins Leere. »Meinst du, Dom hatte recht? Hat Allegra es geschafft, den wahren Nolan zu berühren und wieder an die Oberfläche zu holen? Vielleicht lag es ja daran. Es war so einfach, den Plan zu vergessen, wenn ich mit ihr zusammen war. Mit ihr habe ich mich wohlgefühlt, war nur ich selbst. Und jetzt …«

Ich atme gegen den Kummer an, der immer höher steigt und neue Verzweiflung mit sich bringt. »Fuck, Mom, warum tut das so verdammt weh? Weil ich die Frau verloren habe, die ich liebe?« Die Erkenntnis löst eine wahre Schockwelle in mir aus und ich schließe die Augen, um alle meinen Emotionen auf die Reihe zu kriegen. Bemerke die heißen Tränen, die über meine Wangen hinablaufen.

Jesus, wie konnte es nur so weit kommen?

»Ich bin jämmerlich, oder? Keine Ahnung, wie ich je denken konnte, ich besäße ausreichend Skrupellosigkeit, einen solch bescheuerten Plan in die Tat umzusetzen. Ich habe echt gedacht, ich wäre gewissenlos genug, eine so beeindruckende Frau wie sie zu hintergehen. Und stark genug, mein Herz aus dem Spiel zu lassen, schließlich ist sie die Tochter meines Erzfeindes. Aber da habe ich mich selbst wohl gewaltig überschätzt.« Ich trockne mein Gesicht, stütze die Hände auf die Schenkel und betrachte den Stein. »Was soll ich jetzt tun, Mom? Hast du kein Zeichen für mich? Irgendetwas?«

Voller Hoffnung richte ich meine gesamte Konzentration auf den Stein und lausche.

Leider passiert nichts und ich drifte stattdessen durch intensive Erinnerungen an Allegra. Mein Magen verkrampft, und der dumpfe Schmerz zieht sich wie ein stählernes Band immer enger um meine Brust.

Ich denke an jene Nacht in meinem Bett zurück, in der ich ihr, als erster Frau in meinem Leben, vom Tod meiner Mutter erzählt habe. Von ihrem Lieblingsspruch, den ich als Tattoo auf meinen Rippen trage, und der Erklärung dazu.

Sie ist ihrem Herzen gefolgt, hat sich gegen ihre Familie und für meinen Vater entschieden.

Woraufhin die Worte meines Vaters in meinem Kopf nachhallen und damit auch der Rat meiner Mutter.

Folge deinem Herzen.

Allegras lächelndes Gesicht taucht vor meinem inneren Auge auf und der Klumpen in meiner Brust bäumt sich auf.

Doch gleich darauf falle ich in ein dunkles Loch.

Egal, wie sehr ich sie liebe und gerade um sie kämpfen möchte. Wie oft ich auf Knien vor ihr rutsche und sie um Verzeihung bitte. Das wird sie mir nie vergeben.

*

Den restlichen Donnerstag verbringe ich in meinem Zimmer und warte praktisch darauf, dass Terence auftaucht oder ein paar Mafiasoldaten mich abholen.

Ich male mir aus, wie sie mich in einem Keller an einen Stuhl fesseln und verprügeln oder foltern. Wie Cociarelli vor mich tritt und mich für alles büßen lässt, was ich seiner Tochter angetan habe. Wie in einem Hollywoodfilm.

Doch nichts dergleichen passiert, anscheinend hat Allegra es mit der Frist ernst gemeint.

Trotzdem finde ich keinen Schlaf und gehe deshalb noch einmal das gesamte Material durch, das ich bisher über Cociarelli, seine Männer und Familie recherchiert habe. Leider ist kein entscheidendes Detail dabei, das ich verwenden oder an die Polizei weitergeben könnte. Die Detectives würden mich vermutlich eher auslachen.

Außerdem wüsste Allegras Vater, woher es kommt, und würde mich genauso dafür bezahlen lassen.

Wie ich es drehe und wende, ich bin am Arsch.

Mit einem tiefen Seufzer verschränke ich die Hände auf dem Kopf, lehne mich zurück und schaue aus dem Fenster in die Dunkelheit.

Mein Verstand streikt, doch mein Herz gibt die Hoffnung nicht auf.

Kämpf um sie!

Und wie sollte es dann mit uns weitergehen? Soll ich ein Mitglied der Mafia werden? Das ist absurd. Genauso wie die Idee, sie würde mit mir weggehen, ihre Familie und ihr Leben hinter sich lassen.

Nein, nicht einmal Liebe verzeiht einen Mordversuch.

Bei der Vorstellung, sie könnte dasselbe für mich empfinden, wie ich für sie, regt sich etwas in meiner Brust. Tiefe, heiße Sehnsucht, die den leblosen Klumpen umschließt und mit Wärme umhüllt.

Fuck, ich hasse es!

Ich muss schnellstens akzeptieren, dass sie meine Gefühle nicht erwidert, dann komme ich wenigstens nicht auf dumme Gedanken.

Leider gibt das Chaos in meinem Kopf auch dadurch keine Ruhe und ich wünschte, ich könnte schlafen. Das hat mir schon immer geholfen, mich und mein Innenleben zu sortieren.

Da diese Option heute ausfällt, rufe ich mir den Besuch bei meinem Vater ins Gedächtnis und notiere in eine neue Datei, was ich von ihm erfahren habe.

Kaum bin ich damit fertig, erscheint eine System-Information am rechten unteren Bildrand. Die Abhörmikrofone in Caesars Büro zeichnen etwas auf.

Okay, warum nicht.

Ich beuge mich zum Rollcontainer und hole meine lärmreduzierenden Kopfhörer aus der obersten Schublade. Setze sie auf, aktiviere Bluetooth und öffne die App, über die sämtliche Audioaufnahmen gesteuert werden.

In Caesars Büro tummeln sich so viele Leute, dass ich die Stimmen kaum auseinanderhalten kann. Trotzdem richte ich den Blick ins Leere und konzentriere mich.

Anscheinend kommen sie gerade aus dem *Ginger*, wo es eine Schlägerei mit einer verfeindeten Gang gegeben hat. Der Auslöser dafür sind Drogengeschäfte und überlappende Gebietsansprüche.

Fuck, war Dom etwa dabei?

Hastig greife ich nach meinem Smartphone, schreibe ihm eine Nachricht.

Es wird heiß diskutiert, von Rache gesprochen und ein Hinterhalt geplant.

Dinge, die mich mit Abscheu erfüllen. Unter meinem Vater hat es nie grundlos gewalttätige Auseinandersetzungen gegeben, wenn ich mich recht erinnere. Aber vermutlich hängt das mit Caesars Gier nach Geld und Macht zusammen, die in fast jedem seiner Worte mitschwingt.

Was mich in der These bestärkt, er könnte Moms Tod für seine eigenen Pläne ausgenutzt haben. Aber wie soll ich herausfinden, ob das stimmt? Es nachweisen?

Und wenn ich Beweise hätte, was sollte ich dann damit anfangen?

Der Polizei zuspielen?

Seinen Gefolgsleuten, sodass sie gegen ihn rebellieren?

Als die Männer sich lautstark von ihrem Anführer verabschieden, blinzle ich und fokussiere mich erneut.

Der Vize richtet sich an seinen Boss. »Übrigens habe ich vorhin etwas aufgeschnappt. Als der Doc unsere Verletzten versorgt hat.«

»Was? Von wem?« Caesar klingt zornig.

»Unsere Alten haben rumgemault, dass sie nicht mögen, in welche Richtung es sich entwickelt. Und dass es so etwas unter Paddys Hand nicht gegeben hätte.«

»Dann sollen sie ihre Fresse halten und einfach zu Hause bleiben. Patrick sitzt im Knast, sie werden ihn nie wiedersehen.«

»Ich stimme dir vollkommen zu, aber die eigentliche Info ist ein Gerücht, das Buster ins Spiel gebracht hat.«

»Was für ein Gerücht?«

»Nolan soll zurück sein und die Rückeroberung der Gang vorbereiten.«

Zwei Sekunden herrscht Stille, dann bricht Caesar in sein typisch brüllendes Gelächter aus. »Selbst wenn, der Junge hat gar nicht die Eier, mir die Stirn zu bieten.«

In meinem Magen bildet sich ein wütender Knoten.

Was weiß der schon von meinen Eiern! Außerdem will ich seine verfickte Gang überhaupt nicht.

»Aber wenn das stimmt … er könnte mit Paddy einen Plan schmieden. Sollen wir ihn wieder auf die Liste schreiben?«

»Nein, Nolan ist mir scheißegal. Er ist keine Gefahr für

mich. Also verschwende nicht die Aufmerksamkeit unserer Leute darauf, nach einem Gespenst zu suchen. Und sein Vater wird mir auch nie wieder in die Quere kommen, dafür habe ich gesorgt.«

Ich beiße die Zähne zusammen, Dad hatte also recht! Was für ein hinterhältiges Arschloch.

»Stimmt, Boss, dein Coup damals war genial!«

»Ganz genau. Sonst noch irgendwelche Gerüchte oder Informationen, von denen ich heute noch wissen sollte?«

»Nein.«

»Gut, dann fahre ich jetzt nach Hause und haue mich aufs Ohr. Morgen brauche ich sämtliches Gehirnschmalz, um unseren Konter zu planen. Und eins sage ich dir, unsere Rache wird vernichtend sein.«

Zum Ende haben die Stimmen sich immer weiter entfernt, nun fällt die Tür hinter ihnen ins Schloss und ich höre, dass sie verriegelt wird.

Ich atme tief durch und nehme die Kopfhörer ab.

Auf meinem Smartphone leuchtet die Information zu einer neuen Nachricht auf.

Dom ist okay, er war nicht dabei.

Erleichtert stehe ich auf, gehe zum Fenster und schiebe es nach oben, um frische Luft zu schnappen. Doch eine Sache lässt mich nicht los.

Es ist mehr als erbärmlich, wozu Caesar und sein Vize die Ermordung meiner Mutter ausgenutzt haben. Den Plan dafür hatten sie anscheinend schon eine ganze Zeit lang vorher parat.

Aus heiterem Himmel formieren sich sämtliche Hinweise zu Moms Tod in meinem Kopf, teils widersprüchliche Aussagen.

Und Allegras vehementes Leugnen, dass ihr Vater etwas damit zu tun hat.

Meine Gedanken springen hin und her, setzen mich

unter Strom, und ich habe das Gefühl, kurz vor einer Erkenntnis zu stehen.

Jesus, denk nach, denk nach!

Dann endlich leuchtet es in meinem Hirn förmlich auf.

Es läuft immer wieder auf Caesar hinaus.

Was ist, wenn noch viel mehr dahintersteckt?

Nur er die ganze Wahrheit kennt?

Da durchflutet mich eine gewisse Gelassenheit und ich sehe den Weg vor mir.

Mir bleiben ein paar Tage, bis ich die Stadt verlassen muss.

Und diese Zeit werde ich nutzen, um Caesar zur Rede zu stellen. Ich will wissen, was damals passiert ist. Auch wenn er mich anschließend abknallt.

Aber vorher werde ich Allegras Vater darüber informieren, dass sie noch immer in Gefahr schwebt.

Und ich will sie ein letztes Mal sehen.

Kapitel 18

Allegra

»Willst du nicht auf Nolan warten?«

Mein Magen verkrampft sich, doch ich zwinge mich zu einem Lächeln, als ich mich Donnerstag morgen zu Scarlett umdrehe, den Griff der Wohnungstür bereits in der Hand. »Er hat sich krankgemeldet.«

»Dann ruf Terence an, er soll jemanden schicken.«

Ich sehe die Sorge auf ihrem Gesicht, doch ich ignoriere sie. »Ach was, das ist kein Problem. Ich werde extra aufmerksam sein und darauf achten, dass ich nie allein bin.«

»Wenn du meinst …«

»Ja, das tue ich. Wir sehen uns heute Nachmittag.«

»Okay, bis später.«

Damit verlasse ich unsere Wohnung, ziehe die Tür hinter mir zu und atme erleichtert auf. Richte den Trageriemen meiner Tasche und mache mich auf den Weg zur Uni.

Nein, ich habe Scarlett kein Sterbenswörtchen davon erzählt, was vorgestern in Nolans Zimmer passiert ist. Ich habe ihm eine Frist gesetzt, bis mein Vater davon erfährt, also halte ich mich auch anderweitig daran.

Warum, verstehe ich selbst nicht.

Nach den ersten Tränen habe ich gestern Abend alles beiseitegeschoben und ignoriert. Habe zu Hause bis in die Nacht hinein gelernt, schließlich darf ich die Prüfungen auf keinen Fall vergeigen.

Im Bett ist es dann über mich hereingebrochen.

Erinnerungen, Worte, Gefühle.

Keine Ahnung, wie lange es gedauert hat, mich in den Schlaf zu weinen, aber die Nacht war kurz.

Der Tag ist umso anstrengender, schließlich muss ich weitermachen wie bisher, mich auf die Vorlesungen konzentrieren und den Tornado in meinem Innern in Schach halten. Was bis zum Schlafengehen funktioniert, der Rest läuft genauso ab wie gestern.

Entsprechend erschöpft steige ich Freitagmorgen aus dem Bett und direkt unter die Dusche. Leider überfallen mich auch da die Selbstvorwürfe, doch wenigstens kann ich die Tränen diesmal zurückhalten. Vermutlich weil die Wut auf mich selbst inzwischen überwiegt.

Holy Jesus, noch nie in meinem Leben habe ich mich dermaßen geschämt.

Wie naiv kann man sein, so gründlich auf einen Mann hereinzufallen?

Ich habe sämtliche Hemmungen fallengelassen und mich zu allem Überfluss in ihn verliebt, mit allem, was ich habe. Und vermutlich deswegen nicht bemerkt, dass Nolan mich von vorn bis hinten verarscht und ausgenutzt hat.

Vor dem Spiegel hebe ich das Kinn, betrachte meinen Hals von allen Seiten.

Die Würgemale verblassen bereits, zum Glück hat er nicht lange genug zugedrückt. Trotzdem kaschiere ich sie mit etwas Make-up und werde später wieder ein Tuch umlegen, Halsschmerzen vorgeben.

Wenigstens ist Scarlett beim Frühstück mit ihren eigenen Sorgen beschäftigt und ich kann unbehelligt zur *NYU* aufbrechen.

Ich stecke mir die Earbuds in die Ohren, starte meine Playlist mit den aggressivsten Songs und konzentriere mich auf die Texte. In der Subway lehne ich mich gegen die Haltestange, gehe im Kopf die aktuellen Unterrichtsinhalte der heutigen Kurse durch.

Vom Astor Place gelange ich irgendwie zur *Stern*, kaufe mir einen Kaffee und betrete das Gebäude. Ich rede mir ein, ich würde die Umgebung beobachten, aber schon wenige Sekunden später vergesse ich, was oder wen ich gesehen habe.

Was mir total egal ist, immerhin hat Nolan die Bedrohung nur erfunden, um sich an mich heranzumachen.

Ich begrüße meine Freunde mit einem Lächeln und einer Umarmung, trotzdem mustert Esha mich aufmerksam. »Alles in Ordnung? Du wirkst ein bisschen neben der Spur.«

»Ja, alles gut. Ich habe die letzten Tage nur extrem viel gelernt und viel zu wenig geschlafen.«

»Du machst dich noch selbst kaputt, Süße.« Gil streicht mir mitfühlend über den Rücken.

»Ich weiß. Wenn ich die beiden Master-Abschlüsse in der Tasche habe, kann ich mich ausruhen, dann mache ich Urlaub.«

Esha verdreht die Augen. »Von wegen! Dann musst du dich erst einmal in deinem neuen Job beweisen. Oder irgendetwas anderes kommt dir dazwischen, wie immer.«

»Sag mal, wo ist eigentlich dein Freund?«

Misstrauisch mustere ich Gil, der nach jemandem Ausschau hält. »Wen meinst du? Ich habe keinen Freund, das weißt du doch.«

Er wendet sich mir zu, hebt eine Braue. »Na, dieser heiße Rothaarige, mit dem du die letzten Wochen unterwegs warst. Ihr habt ziemlich vertraut gewirkt, sogar intim, wenn du mich fragst.«

»Dich fragt aber keiner!« Die Worte verlassen ungewollt und viel zu zornig meinen Mund, was ich sofort bedauere. Ich lege die Hand auf seinen Arm. »Sorry, so war das nicht gemeint, ich bin nur so k. o., dass mich alles aufregt. Und nur zur Info, Nolan ist krank.«

»Soso.« Er grinst vielsagend, doch ich ignoriere das und betrete den Unterrichtsraum.

Wir lassen uns auf unsere Stammplätze fallen, packen die nötigen Materialien aus und lehnen uns mit unseren Kaffeebechern zurück.

Ohne dass ich sie dazu auffordern muss, quatschen die beiden los, sie haben immer Gesprächsstoff. Weswegen sich mein Blick automatisch ins Leere richtet und meine Gedanken abdriften.

»*Hola, guapa*!«, erklingt da direkt vor mir eine männliche Stimme.

Ich blinzle erschreckt, sehe auf und zwinge mich zu einem Lächeln. »Guten Morgen, Vidal. Alles klar bei dir? Du warst Montag gar nicht da.«

»Alles super, danke. Ja, ich hatte einen Arzttermin. Und bei dir? Ich habe dich letzten Samstag beim Boxtraining vermisst.«

»Ich habe meine Nase in Bücher gesteckt. Du weißt schon, die Prüfungen.«

Er schnalzt mit der Zunge, zieht einen Mundwinkel zu einem affektierten Grinsen hoch. »Vergiss darüber dein Leben nicht. Und vor allem deine Sicherheit.«

»Tue ich nicht, keine Angst.«

»Ist eigentlich seit jenem Überfall noch etwas passiert?«

Irgendetwas in seiner Stimme macht mich stutzig und

mein Instinkt reagiert automatisch. Lässig zucke ich mit den Schultern. »Nein, alles super.«

»Wir könnten trotzdem ein paar Moves trainieren. Falls dein neuer Bekannter mal keine Zeit hat.« Kurz hebt er den Blick, sucht die hinteren Reihen ab.

Er hat Nolan bemerkt?

Beobachtet er mich?

»Er ist nur krank. Sobald er gesund ist, steigen wir wieder voll ein.«

»Oh, wie schade.« In seinen Augen flammt etwas auf, was ich nicht zuordnen kann, und das Mitgefühl in seiner Stimme klingt aufgesetzt.

Unvermittelt steigt Misstrauen in mir auf.

»Dann behalte ich dich so lange im Auge, wenn du nichts dagegen hast.« Sein Grinsen wird breiter und erinnert mich an die Bösewichte in Disney-Filmen.

Mein Bauchgefühl geht in Abwehrhaltung, weshalb ich ihn übertrieben freundlich anlächle. »Ach was, alles okay. Ich kann gut auf mich selbst aufpassen, jetzt weiß ich ja, worauf ich achten und wie ich reagieren muss.«

»Bitte, unterschätze das nicht. Ich –«

»Guten Morgen, Ladys und Gentlemen!« Mit einem vernehmlichen Laut schließt der Dozent die Tür und ich schaue automatisch hinüber. »Bitte nehmen Sie Ihre Plätze ein.«

Er selbst marschiert zu seinem Schreibtisch und Vidal beeilt sich, zu seinem Tisch zu kommen.

Erleichtert atme ich auf, setze mich aufrecht hin und ziehe den Stuhl näher an den Tisch heran.

Gil folgt meinem Beispiel und macht ein würgendes Geräusch. »Kannst du den Schleimer nicht irgendwie loswerden?«

Ich senke die Stimme auf dieselbe Lautstärke. »Wie denn? Wenn du einen Tipp hast, her damit.«

»Sag ihm doch einfach, dass er dich in Ruhe lassen soll, wo ist das Problem?«

»Keine Ahnung. Ist normalerweise nicht mein Ding, aber vielleicht hast du recht und ich muss ihm mal eine Ansage machen. Ich hoffe nur, dass er sich auch daran hält. Vor allem im Boxclub.«

»Falls nicht, zeigst du ihn an.«

»Ist das nicht ein bisschen übertrieben?«

Er zuckt nur mit den Schultern und ich richte meine Aufmerksamkeit auf den Dozenten.

Jetzt muss ich mich erst einmal anderweitig konzentrieren.

*

Wie ich es Scarlett versprochen habe, sorge ich dafür, den ganzen Tag über nicht allein zu sein. Was mich gnädigerweise von meinen Gedanken an den Scheiß mit Nolan ablenkt.

Allerdings habe ich am Ende der letzten Vorlesung ein paar dringende Fragen an die Dozentin, weswegen ich später als alle anderen durch die verlassenen Flure und zum Ausgang eile. Das Gefühl, das sich daraufhin in mir ausbreitet, grenzt an Verfolgungswahn und ich kämpfe verärgert dagegen an.

Fuck, jetzt reiß dich mal zusammen. Da ist niemand!

Kaum habe ich den Gehweg betreten, schaue ich mich unauffällig um und wende mich nach rechts, um direkt Richtung Astor Place zu laufen. Heute kein Schaufensterbummel bei der Galerie.

Am Ende des Washington Place biege ich nach Norden auf den Broadway ab, dann nach Westen auf den Astor Place.

Unvermittelt laufe ich unter einem Baugerüst entlang,

ganz allein. Was mich zwangsläufig an den Überfall erinnert und das flaue Gefühl in meinem Magen steigert.

Leider ist die Außenseite mit einem Netz verkleidet, das bis zum Boden reicht, und am Straßenrand reihen sich Paletten voller Baustoffe aneinander.

Keine Möglichkeit, die Straßenseite zu wechseln.

In meinem Bauch breitet sich ein flaues Gefühl aus und ich beschleunige meine Schritte. Werfe einen Blick ins nächste Schaufenster und versuche, in der Verspiegelung etwas zu erkennen. Schaue hinter mich und sehe in geringer Entfernung zwei Männer, die schweigend nebeneinander hertrotten.

Eine der Silhouetten löst einen Adrenalinschub in mir aus.

Fuck!

Hastig drehe ich mich wieder nach vorn und gehe so schnell wie möglich, ohne ins Laufen zu verfallen. Scanne alles nach einer Fluchtmöglichkeit, doch genau jetzt reihen sich nur Fassade, verschlossene Türen oder verhüllte Fenster aneinander. Und das leer stehende Erdgeschoss reicht noch bis zum Ende des Blocks, wenn ich mich richtig erinnere.

Zu meiner Erleichterung entdecke ich endlich eine Lücke im Netz und steuere eilig darauf zu.

Aus heiterem Himmel packt mich jemand am Kragen meiner Jacke, zerrt mich seitwärts zum Gebäude.

Ich stoße einen erschreckten Laut aus, stolpere über meine eigenen Füße, kämpfe um mein Gleichgewicht.

Registriere den aufdringlich grasigen Duft, der mich von hinten umweht.

Verzweifelt schlage ich um mich, ohne ihn zu treffen. »Lass mich los, du Arschloch!«

Im nächsten Moment wirbelt mich der Angreifer herum, packt auch meine Schulter und schiebt mich vor sich her durch eine offenstehende, abgeklebte Tür. Hinein in einen riesigen, halbdunklen Raum mit nacktem Betonboden, rohen Wänden und allerlei abgestellten Maschinen.

»Du bleibst draußen und hältst Wache«, weist der Kerl jemanden hinter mir an.

»Alles klar.« Ebenfalls eine männliche Stimme.

Der Angreifer schiebt mich weiter, zur anderen Seite des Raumes, doch ich halte dagegen. Dann taucht rechts ein schmaler Durchgang auf, der in undurchdringliche Schwärze zu führen scheint.

Mein Magen verkrampft sich, mein Herz hämmert los.

Denk nach, verdammt! Was hat Nolan dir beigebracht?

Vor der Öffnung stemme ich erneut die Füße in den Boden, doch der Typ knurrt nur, tritt mir in eine Kniekehle. Mein Bein gibt nach und er trägt mich förmlich hinüber.

»Vergiss es, du kleine Hure. Diesmal entkommst du mir nicht.«

Mir wird heiß und kalt, das muss der Typ aus der Subway-Station sein.

Der schmale Gang endet in Dunkelheit und in mir kocht Panik hoch.

Diesmal ist niemand da, um mich zu retten. Ich bin auf mich allein gestellt.

Die Erkenntnis wirkt wie kaltes Wasser und schlagartig weiß ich, was ich zu tun habe.

Kaum haben wir den anderen Raum betreten, gehe ich urplötzlich in die Knie und drehe mich gleichzeitig schnellstmöglich um, unter seinen Händen hindurch.

Seine Arme werden dadurch verdreht, weswegen er mich mit einem verärgerten Laut loslässt. »Na warte!«

Ich richte mich auf, er streckt die Hände nach mir aus und ich packe von oben die nächstgelegene Hand, seine

Rechte. Gleichzeitig trete ich neben seinen Arm, schlage mit der freien Hand in seine Armbeuge. Presse seinen Ellbogen gegen mein Brustbein, packe mit beiden Händen seine Knöchel und ziehe sie zu mir heran.

Der Kerl brüllt auf und im Restlicht aus dem Raum nebenan sehe ich, wie er mit der freien Hand zum Schlag ausholt. Allerdings hat Nolan mich auch darauf vorbereitet.

Ich erhöhe den Druck auf seine Hand, doch das stoppt ihn nur für eine Sekunde.

Also breche ich ihm mit einem Ruck das Handgelenk.

Mit einem gellenden Schmerzenslaut fällt er auf die Knie, ich lasse ihn automatisch los.

In der nächsten Sekunde packt er mit der unverletzten Hand meinen Knöchel und zieht mir den Fuß weg.

Ich stürze rücklings zu Boden und der Aufprall treibt mir sämtliche Luft aus den Lungen, lässt Sterne vor meinen Augen tanzen.

Trotzdem erkenne ich, dass er sich taumelnd aufrichtet, auf mich zutritt, und ich reiße die Augen auf.

Da fliegt aus dem Gang ein Schatten heran, trifft den Kerl von hinten und schickt ihn mit zwei Schlägen zu Boden.

Eilig stütze ich mich erst auf die Ellbogen, dann auf die Hände, ringe um Atem.

Da dreht der Schatten sich in meine Richtung und im Zwielicht meine ich, auf seinem Kopf etwas Kupfern aufschimmern zu sehen.

Mein Herz galoppiert los.

Vor mir hockt er sich hin, streckt eine Hand aus. »Alles in Ordnung, Prinzessin? Geht es dir gut?«

Panik schießt in mir hoch, ich rutsche eilig von ihm weg, springe auf. »Was willst du hier? Es zu Ende bringen?«

Nolan steht ebenfalls auf und ich meine, auf seinem Gesicht eine Mischung aus Reue und Resignation zu sehen. »Nein. Wenn ich dich wirklich hätte töten wollen, hätte ich es längst getan.«

»Aber du hast es versucht.«

»Ja. Und ich habe mit vielen Mitteln gegen meine Gefühle angekämpft, um dieses Ziel zu erreichen. Aber es hat nicht funktioniert, ich konnte es nicht.«

In meinem Bauch wächst die Wut. »Du meinst die Gefühle, die du mir vorgespielt hast? Das war perfekt, ich werde dich für einen Oskar vorschlagen.«

»Nichts davon war gespielt, das ist mir inzwischen klar. Mit dir war ich immer nur Nolan. Der, den ich in den letzten Jahren unterdrückt und meinem Racheplan untergeordnet habe.«

Unvermittelt erinnere ich mich an das Konzert und die Stunden drumherum. Da habe ich etwas von seiner eigentlichen Persönlichkeit bemerkt, sein sonstiges Verhalten auf den Job als Bodyguard geschoben.

Nein, ich lasse mich nicht mehr verarschen.

»Spar dir deine Lügen.«

»Warum sollte ich dich jetzt noch anlügen?«

»Um deinen Hals zu retten.«

Er schüttelt den Kopf. »Wenn du deinem Vater Bescheid sagen willst, bitte. Auch wenn es mein größter Wunsch ist, dass du mir verzeihst – ich habe mich damit abgefunden, dass dies niemals passieren wird. Ich habe den größten Fehler meines Lebens begangen und nicht auf mein Herz gehört. Und gäbe es nur die geringste Chance, ich würde um dich kämpfen. Weil ich dich liebe.«

Mein Herz schwillt an, jault vor Sehnsucht nach ihm auf, doch ich ignoriere das, schnaube verächtlich. »Als ob du wüsstest, was Liebe bedeutet.«

Ein trauriges Lächeln umspielt seine Lippen.

»Inzwischen schon. Und ich habe es auf die härteste Tour gelernt, die ich mir vorstellen kann. Aber das ist unwichtig, tut mir leid. Das hier war auch nicht geplant, ich wollte dich nur ein letztes Mal sehen, bevor ich abhaue. Wegen der Typen habe ich Terence eine Mail geschickt, damit er weiter auf dich aufpassen kann.« Er deutet auf den ohnmächtigen Angreifer und in meinem Bauch flattert es, erfüllt dieses warme Glücksgefühl meine Brust.

Mein Körper ist so ein mieser Verräter.

Trotzig hebe ich das Kinn. »Wenn du das wirklich getan hast, was machst du dann hier?«

»Ich habe gesehen, dass die beiden dich beschatten. Und konnte niemanden von deinen Leuten entdecken. Meinst du, da sehe ich nur zu?«

»Sie hätten es vielleicht zu Ende gebracht, dann wäre dein Plan doch noch aufgegangen.«

»Allegra, ich habe den Plan aufgegeben. Weil du mir wichtig bist. Wenn ich das früh genug verstanden und akzeptiert hätte –«

»Hör auf, ich glaube dir kein Wort.«

»Glaub es oder nicht, es ist die Wahrheit. Aber was den Tod meiner Mutter angeht, muss ich die noch herausfinden, solange ich in der Stadt bin. Deshalb –«

Hinter ihm erklingt ein Ächzen und Nolan wendet sich ab. Hockt sich neben den Kerl, dreht ihn auf den Rücken.

Tatsächlich, es ist der Typ, den er mir gezeigt hat. Der in der Subway-Station wildfremde Leute Richtung Gleise geschubst hat.

Mich durchfährt ein Schreck. »Was ist mit dem anderen passiert?«

»Den habe ich ins Land der Träume geschickt. Hast du noch Wasser in deiner Flasche?«

Wortlos ziehe ich meine Tasche nach vorn, hole die Wasserflasche heraus und reiche sie ihm.

Er schraubt sie auf und kippt den Rest Flüssigkeit über das Gesicht des Angreifers aus.

Der zuckt zusammen, prustet und schüttelt den Kopf, will sich aufsetzen.

Allerdings platziert Nolan ein Knie auf seiner Brust, umfasst das verletzte Handgelenk und drückt zu. »Wer hat dich geschickt?«

Der Kerl stöhnt auf und versucht, ihm seine Hand zu entziehen. »Fick dich!«

Nolan schnalzt tadelnd mit der Zunge. »So unfreundlich? Kann ich auch.«

Blitzschnell beugt er sich vor, presst ihm den rechten Unterarm gegen die Kehle und zieht gleichzeitig die Finger der verletzten Hand in die Höhe. Erhält als Reaktion ein schmerzerfülltes Röcheln.

Verärgert beuge ich mich über ihn und warte, bis er mich ansieht. »Ich an deiner Stelle würde ihm antworten. Falls du deine rechte Hand beizeiten wieder gebrauchen möchtest.«

Doch er verzieht keine Miene.

»Tja, dann …« Ich zucke mit den Schultern, richte mich auf und fische mein Smartphone aus der Tasche. »… überlasse ich alles weitere der Mafia, kein Problem.«

»Nein, warte!«

Mit gehobenen Brauen schaue ich ihn an, bemerke die Angst in seinem Blick. »Ja?«

Er drückt von unten gegen Nolans Unterarm, der lockert seinen Griff ein wenig, und er atmet tief ein.

»Vidal Balasco. Ich sollte dir Angst machen.«

In mir schießt unerwartete Wut hoch. »Und was wollte er damit bezwecken?«

»Keine Ahnung, hat er mir nicht gesagt.«

»Was war mit Cortez? Hat Vidal den auch beauftragt.«

Er schweigt zwei Sekunden, nickt dann.

Ich beiße die Zähne aufeinander, möchte am liebsten auf etwas einschlagen.

Dieser Wichser! Das wird er mir büßen.

Nolan packt den Kerl und dreht ihn auf den Bauch, zerrt ihm die Arme auf den Rücken und schaut sich suchend um, dann mich an und lächelt schief. »Kannst du nachsehen, ob du etwas zum Fesseln findest? Du kennst dich ja damit aus.«

Woraufhin ich eine Braue hebe. »Sehr witzig.« Die Lampe an meinem Smartphone einschalte, doch der Raum ist leer. Deshalb eile ich nach nebenan, entdecke eine Kabeltrommel und bringe sie ihm.

»Perfekt, danke.« Er verschnürt das Arschloch wie ein Paket, Hände und Füße so eng wie möglich verbunden, sodass er auf keinen Fall flüchten kann. Kappt das Kabel mit einem außergewöhnlichen Messer, nimmt die Trommel und marschiert nach nebenan.

Vidals Helfer starrt mich mit geweiteten Augen an. »Was passiert jetzt mit mir? Ihr könnt mich doch nicht so hier liegen lassen.«

»Und ob wir das können.« Ich beuge mich vor und schieße ein Foto von seinem Gesicht. Folge Nolan und sehe ihm dabei zu, wie er den anderen verschnürt.

Dessen leblose Miene fotografiere ich ebenfalls, dann verlassen wir die Baustelle und ziehen die Tür zu.

Ich knipse den Eingang, über der eine Hausnummer prangt, und schicke die drei Bilder zusammen mit der Adresse an Terence. Außerdem Vidals Namen, seine Beschreibung und eine kurze Schilderung der Umstände.

Da höre ich das Kreischen von Bremsen hinter mir, drehe mich um und entdecke durch das Loch in der Seitenplane einen schwarzen SUV. Dessen Türen fliegen auf, Männer springen heraus und eilen herüber, allen voran Terence.

Mit einer Handbewegung schickt er die anderen beiden zu Nolan, die ihm sofort die Arme auf den Rücken drehen, in die Kniekehlen treten. Dann drücken sie ihn zu Boden und zurren ihm je einen Kabelbinder um die Handgelenke, verbinden sie.

Jesus, er wehrt sich nicht einmal.

»Allegra, ist alles in Ordnung?«

Ich schaue den Assistenten meines Vaters an. »Ja. Und das habe ich nicht dir zu verdanken. Ich dachte, Nolan hätte dir eine Mail geschrieben.«

Sein Gesicht wird hart. »Darüber reden wir gleich.«

Ein Nicken und seine beiden Handlanger zerren Nolan auf die Füße. Schubsen ihn zum Wagen und in den Fond.

»Was wird das?«

»Auch darüber reden wir mit deinem Vater.«

In mir steigt Misstrauen auf.

Was geht hier vor?

»Und wer kümmert sich um die beiden Penner da drin?« Ich deute mit dem Kinn über meine Schulter, halte das Telefon hoch. »Ich habe dir geschrieben.«

Er zückt sein Smartphone, liest meine Nachricht. »Augenblick, ich organisiere das.«

Schon wendet er sich ab, geht ein paar Schritte und telefoniert leise. Ruft einen seiner Männer aus dem Auto, wechselt einige Worte mit ihm und schickt ihn ins Gebäude.

Dann nickt er mir zu. »Komm, wir fahren zu deinem Vater, er wartet bereits auf uns.«

Kapitel 19

Nolan

Nach einer schweigsamen Fahrt Richtung Süden lenkt der Fahrer den Wagen in die Tiefgarage eines unscheinbaren Bürogebäudes in Lower Manhattan. Auf der untersten Ebene hält er direkt vor den Türen zu den Aufzügen und wir steigen aus. Der Mafiasoldat gräbt die Finger in meinen Oberarm und bugsiert mich unfreundlich vorwärts, obwohl ich keinerlei Widerstand leiste.

Wir betreten die Fahrstühle, die Türen schließen sich und die Kabine fährt an. Mein Magen verkrampft sich.

Ob Allegra mich bereits verpfiffen hat? Sie hat zumindest keine große Überraschung über Terences Auftauchen gezeigt, könnte sich auf diese Weise an mir rächen.

Aber selbst wenn nicht, sie werden einen plausiblen Grund für ihr Verhalten haben. Vielleicht ist meine gefakte Vita aufgeflogen oder sie haben sonst etwas über meine Vergangenheit herausgefunden. Vermutlich über meinen Vater, die Gang, den Tod meiner Mutter.

Fuck!

Oben angekommen wenden sie sich nach links, wir

bleiben vor einer blinden Glastrennwand stehen und Terence hält eine Karte vor den Sensor. Es summt, er drückt die Tür auf und wir betreten einen mit dickem Teppich ausgelegten Flur. Von dem gehen zu beiden Seiten ein paar geschlossene Türen ab und am Ende gelangen wir über einen Linksknick in eine Art Vorraum.

Rechts steht ein L-förmiger Schreibtisch, zwischen Fenster und einer weiteren Bürotür. Dahinter sitzt eine etwa vierzigjährige Frau mit goldgeränderter Brille, das dunkle Haar zu einer lockeren Frisur hochgesteckt.

Sie schaut auf, mustert unsere Gruppe und nickt Terence zu. »Ihr könnt direkt reingehen.«

Der marschiert zur Tür, klopft an und tritt sofort ein.

Wir anderen folgen ihm und ich schaue in die Runde.

Im Gegensatz zu meinen klischeehaften Erwartungen ist Pascuale Cociarellis Büro in etwa so groß wie das Wohnzimmer in ihrem Privathaus und mit hellen, modernen Möbeln eingerichtet. Links befindet sich eine gemütliche Sitzgruppe für mindestens zwölf Leute, rechts, vor dem Fenster, steht der Schreibtisch.

Allegras Vater erhebt sich von seinem Bürostuhl, wirft mir einen abschätzigen Blick zu und wendet sich seiner Tochter zu. Läuft zu ihr, schließt sie in die Arme. »*Piccola mia*, zum Glück geht es dir gut. Terence hat mir geschrieben, was passiert ist.«

»Ja, Dad, alles in Ordnung. Den ersten Angriff konnte ich dank des Trainings mit Nolan abwehren, den Rest hat er erledigt.«

Pascuale Cociarelli wendet sich an seinen Assistenten. »Habt ihr euch schon um die beiden gekümmert? Und Vidal Balasco?«

Der nickt. »Die Pakete wurden abgeholt, zum dritten ist jemand unterwegs.«

Allegra sieht von ihm zu ihrem Vater. »Was passiert mit

ihnen? Vidal ist einer meiner Komilitonen und trainiert im selben Boxclub.«

»Sie bekommen ihre gerechte Strafe.«

»Betonschuhe?«

Er schmunzelt. »Nein. Aber ich denke nicht, dass sie so bald wieder am normalen Leben teilhaben werden. Oder dass dein Bekannter sein Studium im nächsten Jahr abschließen wird.«

Sie presst die Lippen aufeinander und nickt.

»Klingt, als hättest du dich endlich mit unserer Rolle in der Familie Lombardi abgefunden.«

»So ungefähr. Und wenn man mich verarschen will, setze ich sämtliche Mittel ein, die mir zur Verfügung stehen.« Für den Bruchteil einer Sekunde zuckt ihr Blick zu mir, was der Capo natürlich bemerkt.

Er dreht sich um, sieht meinen Wachhund an und weist mit einer Kopfbewegung zu den freischwingenden Stühlen vor seinem Schreibtisch.

Der zerrt mich vorwärts, bugsiert mich auf die Sitzfläche, packt mein Haar und zieht meinen Kopf ein Stück in den Nacken.

Ich stöhne auf.

Allegras Vater tritt neben mich, das Gesicht eine undurchdringliche Maske. »Ich mag es nicht, wenn man mich belügt, Mr. Walsh. Oder mir wichtige Informationen vorenthält. Vor allem, wenn es um meine Töchter geht.«

»Wovon genau reden Sie?«

»Von Ihrer Vergangenheit, Ihrer Herkunft. Und einer gewissen Verbindung zwischen unseren Familien.«

»Interessant, dass Sie erst jetzt darauf stoßen.«

Eine schnelle Bewegung, und sein Handrücken landet in meinem Gesicht. »Dein großes Maul wird dir noch vergehen.«

»Dad, hör auf, ich weiß davon.« Allegra tritt neben ihn.

Er sieht sie an. »Und warum hast du Terence dann wegen dem Mord an seiner Mutter angerufen?«

»Weil er mir erst vor ein paar Tagen davon erzählt hat.«

»Alles?«

Ihr Blick richtet sich auf mich und die Enttäuschung in ihren Augen zerreißt mir erneut das Herz. »Davon gehe ich aus, ja.«

Ich runzle die Stirn. »Warum hast du das getan?«

»Nachdem du mir von dem kriminellen Hintergrund erzählt hast, wollte ich dir helfen, ihren Tod aufzuklären. Wenn ich gewusst hätte, was es damit auf sich hat …« Sie schüttelt den Kopf, sieht ihren Vater an. »Aber jetzt sag endlich, was ihr herausgefunden habt. Ich glaube, da gibt es noch ungeklärte Punkte.«

»Was genau weißt du von damals? Ich muss wissen, inweit unser Wissen übereinstimmt.«

Sie fasst ihm zusammen, was ich ihr gebeichtet habe.

Cociarelli dreht sich um und nickt Terence zu, der am äußersten Rand meines Blickfelds steht.

Der räuspert sich. »Es gab damals tatsächlich einige Auseinandersetzungen und auch Drohungen unsererseits. Aber niemand hat den Befehl gegeben, Leonore Walsh zu töten. Weder der Capo noch sein Vertreter oder der Anführer der damals involvierten Crews. Dafür gab es keinen Grund, so ernst war der Konflikt nicht.«

»Was?« Im ersten Moment durchflutet mich Erleichterung, doch gleich darauf erschwert mir der Schock das Atmen.

»Natürlich haben unsere Leute später das Gerücht gehört, sie hätten etwas mit dem Tod zu tun, und sich entsprechend auf einen Gegenschlag vorbereitet. Aber es ist nie etwas passiert und die Sache ist im Sande verlaufen.«

»Weil mein Dad im Knast saß, aber …« Ich wende mich Cociarelli zu. »Wenn kein Mitglied Ihrer Familie oder

Ihres Clans die Finger im Spiel hatte, wer hat dann meine Mutter erschossen?«

»Vermutlich derjenige, der den größten Nutzen aus diesem Vorfall gezogen hat. Und entsprechend kaltblütig ist, einen solchen Plan durchzuziehen.«

Meine Gedanken legen eine Vollbremsung hin, in mir brodelt die Wut hoch.

Doch es ist Allegra, die seinen Namen ausspricht. »Caesar!«

All der Schmerz kehrt zurück, mir entfährt ein Grollen. »Ich fasse es nicht! Er hat den Mord nicht nur ausgenutzt, um die Gang zu übernehmen – er hat ihn selbst *veranlasst*!«

»Sieht ganz danach aus.« Cociarelli nickt.

»Seid ihr sicher, dass ihr die richtigen Informationen bekommen habt?«, fragt Allegra.

»Mehr als sicher, meine Kleine. Alle Gespräche, die Terence geführt hat, bestätigen meine Erinnerungen.«

»Wie kannst du dir solche Sachen merken? Es ist Jahre her und du hast sicherlich genug um die Ohren.«

Er schmunzelt. »Eine meiner Eigenschaften, wegen derer ich die Position als Capo vor vierzehn Jahren übernommen habe, ist mein Gedächtnis. Mich an solche Details zu erinnern, hilft mir, die Fäden in der Hand zu behalten. Eine fast unbezahlbare Eigenschaft.«

»Darüber hinaus habe ich zwei meiner besten Männer auf ein paar Recherchen angesetzt und gerade heute Morgen die letzte Bestätigung erhalten«, sagt Terence. »Einer unserer Leute arbeitet noch immer mit Caesar zusammen, wenn es darauf ankommt, und verdient sich jedes Mal eine ordentliche Stange Geld dazu. Und er hat zugegeben, damals den Wagen für ein paar Stunden an Wayne verliehen zu haben, Caesars jetzigen Vertreter.«

Allegra hebt die Hand, um ihn zu stoppen. »Moment mal, er hat es zugegeben?«

»Aufgrund gewisser Umstände, ja.«

»Schon klar.« Sie reibt sich über die Stirn. »Also haben wir jetzt die wahren Schuldigen. Aber du bist sicher, dass es keinen weiteren Maulwurf gibt, der Caesar über diese Nachforschungen informieren kann?«

»Absolut sicher. Ich lasse ihn parallel überwachen.«

»Okay. Und was machen wir nun?«

Ich schnaube. »Ich werde ihn damit konfrontieren.« Alle Augen richten sich auf mich und ich zucke mit den Schultern, soweit das in meiner Position möglich ist. »Das hatte ich ohnehin vor, bevor ich …«

Ich verstumme, der Capo hebt die Brauen. »Bevor Sie was?«

»Er wird die Stadt verlassen«, antwortet Allegra.

»Wirklich?« Cociarelli mustert mich. »Dabei ist er doch extra zurückgekommen, um den Tod seiner Mutter zu rächen, nicht wahr? Zumindest hätte ich es an seiner Stelle so gemacht.«

Mein Magen verkrampft sich, denn in den Zorn mischt sich nun ein Hauch von Todesangst.

»Haben Sie deshalb Allegra das Leben gerettet? Um an sie heranzukommen?«

Mir wird bewusst, dass ich so gut wie keine Chance habe, hier lebend heraus zu kommen, folglich kann ich ebenso gut die Wahrheit sagen. »Ja, es stimmt. Ich habe Allegra ausspioniert, um sie kennenzulernen und auf diesem Weg an *Sie* heranzukommen. Normalerweise ist das ja so gut wie unmöglich.«

Allegra atmet hörbar ein.

Terence greift in den Ausschnitt seines Jacketts und tritt auf mich zu. »Das war dein Todesurteil.«

Doch der Capo streckt nur den Arm aus, um ihn aufzuhalten. »Mr. Walsh ist noch nicht fertig.« Sein Gesicht ist zu einer Maske erstarrt, aber in seiner Stimme höre ich die unterdrückte Wut und Enttäuschung.

»Und ja, ich wollte herausfinden, was genau damals passiert ist. Sie in ähnlicher Weise dafür büßen lassen, dass Sie meine Familie und mein Leben zerstört haben. Allerdings kann ich das nicht mit meinen Gefühlen für Ihre Tochter vereinbaren, auch wenn ich es, weiß Gott, versucht habe.«

»Was soll das heißen?«

Kurz schaue ich zu Allegra, die mich fassungslos anstarrt. Dann schlucke ich, wende mich wieder an ihren Vater und sehe ihm geradewegs in die Augen. »Ich liebe Allegra. Vielleicht mehr, als mir lieb ist.«

»Und du glaubst, das verschont dich?« Terence drängelt gegen Cociarellis Arm, doch der stößt ihn zurück.

»Ich hätte Ihnen die Wahrheit vorenthalten können. Stattdessen habe ich mich in Ihre Hände begeben, um Ihnen zu zeigen, wie wichtig mir Ihre Tochter ist.«

»Und wie soll es Ihrer Meinung nach weitergehen?«

»Sie werden mich nicht einfach gehenlassen, das ist mir klar. Aber vielleicht erlauben Sie mir vorher, die ganze Wahrheit herauszufinden und Caesar zur Strecke zu bringen.«

»Und dann?«

Ich zucke mit den Schultern, sehe Allegra an. »Ich weiß nicht, wie viel Ihre Tochter für mich empfindet. Und vermutlich wird sie mir niemals verzeihen, was passiert ist. Deshalb …« Mein Blick wandert wieder zu ihm. »Es ist Ihre Entscheidung.«

»Selbst wenn ich Ihrem Wunsch entspreche – Sie werden versuchen, zu fliehen, sobald Sie Caesar erledigt haben.«

Natürlich verstehe ich, was er damit sagen will, und ich bin bereit, die Konsequenzen zu tragen. Vermutlich habe ich es nicht anders verdient.

Oder all die Verwicklungen sind Schicksal und meine Prinzessin war schon immer für mich bestimmt.

Der Gedanke entzündet einen Funken Hoffnung in meinem Innern, demnach setze ich alles auf eine Karte. »Sie können mich gern begleiten und anschließend erschießen, es ist mir gleich. Wenn es das ist, was Allegra will, und sie hat jegliches Recht dazu, werde ich es akzeptieren.«

»Nein!«

Kapitel 20

Allegra

Seine Augen weiten sich, Terence und mein Vater drehen sich zu mir um.

Das Herz hämmert mir bis zum Hals hinauf, doch ich erwidere Dads Blick.

»Du hast ihn gehört, wie lautet deine Entscheidung?«

Ich hebe das Kinn. »Ich will nicht, dass er stirbt.«

»Bei alledem, was gegen ihn spricht?«

»Ja.«

Einige Sekunden fixiert er mich aus zusammengekniffenen Augen, nickt schließlich. »In Ordnung. Du fährst nach Hause, wir kümmern uns darum, diese Angelegenheit ein für allemal zu bereinigen.«

»Nein.«

»Nein?«

Ich schüttle den Kopf. »Ich will dabei sein.«

»Das kommt nicht in Frage.«

»Oh, doch! Hier geht es genauso um mich und ich werde einen Teufel tun, die Hände in den Schoß zu legen. Ich habe die Schnauze voll davon, dass ständig über meinen Kopf hinweg entschieden wird. Also plant mich gefälligst mit ein.« Ich sehe Nolan an. »Und danach werde ich entscheiden, was mit ihm passiert.«

Seine Braue zuckt und in seinen Augen spiegeln sich all die Gefühle, die ich bereits an ihm wahrgenommen habe.

Und die aus meinem Innern eine Antwort erhalten.

Dad atmet tief durch, wendet sich ab. »Also gut. Terence, wir fahren zu mir. Sag Mario, Joe und Andy Bescheid, wir bringen es heute Nacht über die Bühne.«

Sein Assistent nickt. »Alles klar.«

»Dann los!«

Nolans Bewacher packt seinen Arm und zerrt ihn vom Stuhl hoch. Folgt Terence, der zur Tür geht und schon in sein Smartphone spricht.

Mein Vater tritt zur Seite, deutet zum Ausgang. »Komm.«

Wortlos folge ich ihm hinaus, den Blick auf Nolans Rücken geheftet.

Dad ruft seiner Sekretärin im Vorbeigehen zu, sie solle seinen Computer ausschalten. Zieht sein Smartphone hervor und ruft meine Mutter an. »*Amore mio*, sei so nett und sag Edith Bescheid, wir sind sechs Personen mehr zum Abendessen. Nein, das erkläre ich dir gleich. *Ciao*.«

Ich runzle die Stirn.

Noch nie habe ich darüber nachgedacht, inwieweit meine Mutter in die Angelegenheiten der Lombardis verwickelt ist. Aber möglicherweise ist es an der Zeit, das herauszufinden. Und vielleicht hilft es mir auch dabei, den Sturm in meinem Innern zu besänftigen.

Während der Fahrt zu meinem Elternhaus starre ich aus dem Seitenfenster, höre meinen Vater, wie er mit seinem Assistenten die ersten Punkte abklärt, sie Leute und Ausrüstung organisieren.

Meine wahre Aufmerksamkeit richtet sich hingegen nach innen, denn all die gegensätzlichen Gefühle und

Zweifel machen mich wahnsinnig.

Wie kann ich noch immer so viel für Nolan empfinden, obwohl er mich umbringen wollte?

Warum hat er mich dann vor den anderen Arschlöchern beschützt und sich sogar von der Mafia einfangen lassen?

Liebt er mich wirklich?

Zu meinem Unverständnis ist es nämlich genau das, was ich mir am sehnlichsten wünsche. Und was mich zutiefst erschreckt.

Innerlich zerrissen drehe ich schließlich den Kopf und begegne Nolans ruhigem Blick, woraufhin mein Herz sofort losrast.

Beim Einsteigen hat Terence die Kabelbinder durchgeschnitten und seinen Bewacher auf den Beifahrersitz verbannt. Nun sitzt er mir gegenüber, die Hände zwischen den gespreizten Schenkeln gefaltet, und fesselt mich mit seinen blaugrünen Augen.

Irgendetwas ist anders, doch ich kann keinen Finger darauf legen.

Und es berührt mich, mein Herz.

Du liebst ihn und kommst genauso wenig dagegen an wie er.

Hastig wende ich den Kopf ab und schaue wieder hinaus.

Nein, darüber will ich jetzt auf keinen Fall nachdenken.

Sobald der Wagen vor dem Townhouse hält, steigen wir aus und gehen hinein. Versammeln uns in Dads Büro und kurz darauf stoßen die drei Männer hinzu, die er angefordert hat.

Terence koppelt sein Smartphone mit dem riesigen Monitor an der Wand hinter dem Schreibtisch, ruft Bilder vom Clubhaus der Gang auf.

Nolan erklärt, was er noch über Gelände und Gebäude weiß. Außerdem tragen sie sämtliche Informationen zusammen, die sie besitzen. Erarbeiten eine Strategie, dessen Details sie nach dem Abendessen festlegen wollen.

Dafür bleiben sie danach am Esstisch sitzen und beugen sich über ausgedruckte Fotos sowie Straßenpläne.

Diesmal ziehe ich mich mit meiner Mutter ins Wohnzimmer zurück.

»Ich muss zugeben, diese Situation erstaunt mich.« Mom reicht mir ein Glas Rotwein.

Ich nehme es und sehe sie an, während sie sich neben mich auf die Couch setzt. »Was meinst du?«

Elegant schlägt sie die Beine übereinander und deutet mit dem Kinn zum Esszimmer hinüber. Wir beobachten und belauschen das Geschehen durch die offenstehende Doppeltür, nur wenige Schritte entfernt.

»Alles. Die Umstände, unter denen du und Nolan euch gefunden habt. Seinen Mut, Pascuale die Wahrheit zu sagen. Und dass du deinem Vater in gewisser Weise die Stirn geboten hast. Ich wusste schon immer, dass es eines Tages passieren würde.« Sie lächelt mich an. »Du bist so viel stärker als deine Schwestern, Ally. Und ich bin verdammt stolz auf dich.«

»Danke, Mom. Trotzem gibt es in diesem Zusammenhang noch so viel, was ich nicht verstehe. Vor allem bei mir selbst.«

Ein wissendes Lächeln breitet sich auf ihrem Gesicht aus. »Dann schieß los, vielleicht kann ich dir die fehlenden Antworten liefern.«

»Wenn ich nur wüsste, wo ich ansetzen soll.« Frustriert stoße ich die Luft aus.

»Fang einfach an.«

»Okay, also … hast du von Anfang an gewusst, worauf du dich einlässt?«

»Natürlich. Und dann Jahr für Jahr gelernt, was es wirklich bedeutet, diese Position innezuhaben.«

»Das heißt, du hast bereits solche Planungen miterlebt.«

»Ein paar, ja. Aus den Details halte ich mich heraus, aber ich bin der Rückzugsort deines Vaters. Er vertraut mir mehr als allen anderen und oft hilft es ihm, Dinge mit mir zu diskutieren, meine neutrale Meinung zu hören. Diesmal jedoch …« Sie zuckt mit den Schultern, nippt an ihrem Wein. »Diese Operation betrifft seine Familie, so persönlich war es noch nie.«

»Ich hoffe, es ist auch das letzte Mal.«

»Das hoffe ich genauso. Jedenfalls kannst du davon ausgehen, dass er alles dafür tun wird, diese Angelegenheit sauber und nachhaltig aus der Welt zu schaffen.«

»Nachhaltig?«

»Es wird dazu beitragen, seinen Ruf zu stärken und Gegner abzuschrecken.«

Ich atme tief durch, schüttle den Kopf und nehme einen großen Schluck von meinem Wein. »Worauf habe ich mich da bloß eingelassen?«

Mom tätschelt meine freie Hand. »Es gibt eben Ereignisse und Entwicklungen in unserem Leben, da wachsen wir über uns hinaus. Für uns und unsere Lieben.«

Meine Brauen schießen nach oben. »Sag bloß, das ist dir auch schon passiert.«

Da lächelt sie nur, legt Zeigefinger und Daumen aneinander und fährt sich damit über die Lippen, als würde sie einen Reißverschluss zuziehen.

Ich stöhne auf und verdrehe die Augen. »*Jesus*, Mom!«

»Du musst nicht alles wissen, mein Schatz.«

»Ich weiß, aber … ehrlich gesagt könnte ich Hilfe gebrauchen.«

»Wobei?«

»Meinen Gefühlen?« Ich verziehe das Gesicht.

»Erzähl es mir, das bringt Ordnung hinein.«

Unschlüssig beiße ich mir auf die Lippe, hadere mit mir,

doch letztlich wird mir klar, dass ich keine Wahl habe.

Ich will und muss eine Entscheidung treffen. Eine, mit der ich leben kann, die mich nicht ins Unglück stürzt.

Also springe ich über meinen Schatten und schildere meiner Mutter unsere Geschichte, ohne übermäßig ins Detail zu gehen. Offenbare ihr, was Nolan vor zwei Tagen versucht hat. Warum es misslungen und was seitdem passiert ist.

»Du liebst ihn trotzdem, nicht wahr?«

Fassungslos starre ich sie an, senke die Stimme zu einem Flüstern. »Schockiert dich gar nicht, dass er ersucht hat, mich zu töten?«

»Selbstverständlich. Vielleicht erteile ich ihm dafür auch noch eine Lektion. Aber er hat es nicht getan, und das beeindruckt mich viel mehr. Er liebt dich so sehr, dass er seinen ursprünglichen Plan begraben hat. Genauso wie den Drang nach Rache. Er hat dich heute Nachmittag beschützt, dir sein Herz ausgeschüttet und es in deine Hände gelegt. Vor allem, indem er auch deinem Vater die Wahrheit gesagt hat. Und ich denke, das Ausmaß davon begreift sogar der.«

»Und wie, bitte, soll ich Nolan das je verzeihen?«

»Ich glaube, das hast du bereits. Sonst würdest du nicht mit ihm dieses letzte Gefecht führen.«

Ist das so?

Ich stoße die Luft aus, schüttle den Kopf. »Keine Ahnung, ich fühle nur dieses Chaos in mir. Ja, ich liebe Nolan. Was nach der kurzen Zeit schon merkwürdig genug ist. Und mein Herz will mit ihm zusammen sein. Er ist ein wunderbarer Mensch, das hat er mir ungewollt bewiesen. Umso schlimmer ist ja, was er versucht hat.«

»Er war vermutlich ähnlich zerrissen. Überleg einmal – der Wunsch nach Rache hat ihn jahrelang angetrieben. Er hat sich dem *verpflichtet*, vor sich selbst und seiner toten

Mutter. Dann ist es endlich so weit und er verliebt sich in die Tochter seines Erzfeindes. Für ihn ist die bisherige Welt zusammengebrochen. Wie würde sich das für dich anfühlen? Was würdest du tun?«

Ich richte den Blick nach innen und stelle mir genau diese Situation vor. Berücksichtige Nolans Gefühle als wahr und muss feststellen, dass ich vermutlich ähnlich gehandelt hätte. »Ich gebe es nicht gern zu, aber du hast recht. Trotzdem verstehe ich nicht, wie all das sein kann. Warum ich ihn trotzdem liebe und über diesen ganzen Scheiß hinwegsehen kann. Das ist es nämlich, was mich fertig macht. Das ist total … falsch.«

»Nein, nicht falsch. Liebe ist Liebe, egal, wie verwerflich die Umstände sind. Die Menschen in unserer Welt sind anders, wir *fühlen* anders. Tiefer, leidenschaftlicher. Weil andere Aspekte unser Leben bestimmen. Womöglich ist deswegen echte Liebe in unseren Kreisen nur selten zu finden. Aber wenn, dann ist es für immer.«

Ihre Worte bringen etwas in mir zum Schwingen, erfüllen mich mit einer gewissen Erleichterung, Erkenntnis und, ja, nervöser Hoffnung. »Heißt das, wir hätten eine Zukunft?«

»Ich denke, schon, ja.«

»Und was ist mit Dad?«

»Wenn du entscheidest, mit Nolan zusammen zu sein, weil ihr euch liebt, wird er es akzeptieren. Und sich hoffentlich freuen, dass du dein Glück gefunden hast, so wie wir.«

Überwältigt stoße ich die Luft aus. Lache leise und schüttle den Kopf. »Wow, das ist gerade verdammt viel für mich.«

»Denk in Ruhe darüber nach, vielleicht auch erst, wenn nachher alles vorbei ist. Wichtig ist nur, dass du keinerlei

Angst haben musst. Nicht vor deinen Gefühlen, seinen oder den Umständen.« Mom legt die Hand auf ihr Herz. »Hör auf dein Herz, lebe dein Leben, nur das macht dich glücklich. Und nichts, was dich glücklich macht, ist falsch, oder?«

Erneut horche ich in mich hinein.

Keine Ahnung, woher diese starken Gefühle oder meine Entschlossenheit kommen, aber ich will diesen Mann, der mich im stillen Sturm erobert hat.

Mit ihm will ich zusammen sein, ein Leben aufbauen.

Und ich bin bereit, mit allen Mitteln dafür zu kämpfen.

»Nein, vermutlich nicht.«

»Na also. Da wir das geklärt hätten und vorhin von Zukunft gesprochen haben – bringst du Nolan an Thanksgiving mit?«

Der abrupte Themenwechsel überrascht mich, ich blinzle. »Wenn wir lebend aus der Sache rauskommen und ich die entpsrechende Entscheidung treffen kann, ja. Warum?«

»Perfekt. Dann sitzen nur Paare am Tisch.«

Meine Brauen schnellen nach oben. »Patricia hat wieder einen Freund?«

»Mh-hm.«

»Das freut mich für sie, sie war viel zu lange allein.«

»Ally, das waren keine achtzehn Monate.«

»Für sie definitiv zu viele. Du weißt doch, wie sie ist.«

»Vermutlich hast du recht.« Sie seufzt. »Ach, ich freue mich so sehr, dass ihr alle glücklich seid. Und deshalb steige ich voller Elan in die Planung ein, sobald euer Problem geklärt ist. Das wird das schönste Thanksgiving überhaupt.«

Ich lächle, doch mein Magen verkrampft sich.

Hoffentlich behält sie recht und morgen ist alles wieder gut.

Kapitel 21

Nolan

»Okay, die Gruppe hat unseren letzten Posten passiert, jetzt sind nur noch Caesar, sein Vertreter, Dominic und ein paar junge Männer drin.« Terences Stimme in meinem Ohr verstummt.

Allegra und ich sehen uns über den Tisch hinweg an.

Sie nickt, ich erwidere es.

Ziehe ein paar Dollarscheine aus der Tasche, lege sie neben den halb vollen Gläsern auf den Tisch. Dann nehmen wir die Helme, stehen auf und verlassen den einzigen Imbiss, der in dieser Gegend und mitten in der Nacht geöffnet hat.

Meine Harley steht gleich um die Ecke, versteckt in einer Seitenstraße, und wir gehen hinüber. Daneben bleiben wir stehen, doch bevor Allegra den Helm aufsetzt, lege ich ihr die Hand auf den Arm.

Sie dreht sich zu mir um, hebt die Augenbrauen.

Ich schlucke, wenigstens einmal will ich es ihr ins Gesicht sagen. Auch wenn es vielleicht das letzte Mal ist. »Egal, was heute Nacht passiert und ob ich es überlebe. Ich liebe dich.«

Ohne ihre Reaktion abzuwarten, setze ich den Helm auf, schwinge das Bein über die Sitzfläche und starte die Maschine. Kurz darauf nimmt sie hinter mir Platz und ich fahre uns zum Clubhaus der Gang.

Trotz des ausgefeilten Plans und der bestmöglichen Vorbereitung bin ich nervös.

Es kann einiges schiefgehen und ich habe Angst, dass Allegra etwas zustößt. Sie auf diese Weise zu verlieren, wäre das Schlimmste, was mir passieren könnte.

Ein letztes Mal gehe ich im Kopf den Ablauf durch, dann erreiche ich das abgelegene Gelände und steuere das Motorrad auf den fast verlassenen Hof.

Unzählige Mafia-Augen beobachten, wie wir absteigen und die Helme auf die Sitze legen, uns an den Händen fassen und auf den Eingang des Clubhauses zugehen. Entweder direkt, durch Kameras, Ferngläser oder Zielfernrohre.

Hinter einem der Fenster mache ich eine Bewegung aus, das sollte Dominic mit dem vereinbarten Warnruf sein. Sogleich schießt Adrenalin in mein Blut, der Puls steigt. Jetzt wird es ernst.

»Okay, Showtime!« Ich strecke die Hand nach dem Knauf aus, öffne die Tür und stoße sie auf. Wir treten ein und ich erfasse die Situation in dem großen Aufenthaltsraum.

Zwei Männer rechts, die vor einer Sitzgruppe stehen und uns feindselig anstarren.

Geradeaus drei, die sich von dem langen Tisch erheben, der mittig den Raum beherrscht.

Dahinter tritt Dom von links aus dem Zimmer, das als Büro und Privatraum für den Anführer der Gang dient. Gleich darauf stürmen Caesar und sein Stellvertreter heraus.

Der Gangchef wirkt bulliger als damals und auch sein

Glatzkopf ist inzwischen von Tattoos übersät, genau wie die nackten Arme, die aus seiner Lederweste ragen.

Wayne hingegen hat sich kaum verändert, trägt weiter seine Wampe vor sich her und ein schwarz-weißes Bandana auf dem Kopf.

»Das ist ja mal ein netter Empfang.« Ich werfe die Tür hinter mir zu, halte kurz vor dem Tisch an.

»Scheiß die Wand an.« Das Erstaunen auf Caesars Gesicht wandelt sich zu einem abschätzigen Grinsen. »Und ich hätte Dom gerade fast eine verpasst, weil ich gedacht habe, er will mich verarschen.«

Ich werfe meinem besten Freund einen höhnischen Blick zu. »Ein Wunder, dass er mich erkannt hat.«

Der mustert mich von oben bis unten, den Mund verächtlich verzogen. »Dich nicht, aber deine Maschine. Wer sollte sie sonst haben?«

Caesar fährt mit der Hand durch die Luft. »Was willst du hier, Verräter?«

»Ich war nie ein Verräter und bin auch heute keiner. Und ich bin hier, um meinen Platz in der Gang zu beanspruchen.«

Alle tauschen überraschte Blicke, nur Caesar wirft den Kopf zurück und brüllt vor Lachen. Kurz darauf fallen die anderen mit ein.

»Und ich habe zum Einstand sogar ein Geschenk mitgebracht.« Mit einem Ruck ziehe ich Allegra neben mich, lasse ihre Hand los und packe ihren Nacken. »Eine süße, kleine Mafiaprinzessin.«

»Was?« Sie fährt mit blitzenden Augen zu mir herum, so weit das in meinem Griff möglich ist, und macht Anstalten mich zu schlagen. »Du verlogenes Arschloch! Du hast mich verarscht.«

Doch ich packe fester zu, grabe den Daumen ansatzweise unter ihr Schlüsselbein und sie jault auf, hält schließlich still und stöhnt vor Schmerz.

»Hat doch bestens funktioniert.« Ich grinse sie breit an.

»Das wirst du mir büßen.«

»Oh nein, es wird genau anders herum laufen.«

Caesars Gebrüll unterbricht uns. »Haltet die Klappe. Was soll das Theater?«

Allegra windet sich in meinem Griff, bis sie ihn ansehen kann. »Er hat mir erzählt, *er* wäre der Boss hier. Und ich sollte die Königin an seiner Seite sein.«

Verärgert schürzt er die Lippen, fixiert mich. »Wer ist sie?«

»Cociarellis Tochter.«

In seinen Augen funkelt etwas auf. »Und was soll ich mit ihr?«

»Du nichts. Aber ich werde beweisen, dass ich der rechtmäßige Anführer der Gang bin. Ich werde tun, wozu mein Vater nicht den Mumm hatte, ich werde den Tod meiner Mutter rächen.«

»Ich bin hier der unangefochtene Boss und keiner nimmt es mit mir auf.«

»Das wird die Gang entscheiden.«

Erneut bricht er in spöttisches Gelächter aus, wird aber schnell wieder ernst und schlägt Wayne vor die Brust. »Durchsuch ihn.«

Dann sieht er mir in die Augen. »Ich glaube dir kein einziges Wort.«

»Und warum nicht?« Ich werfe seinem Vertreter, der mich von unten nach oben abtastet, einen Blick zu, zeige Widerwillen.

»Weil Leonore dich zu einem Muttersöhnchen erzogen hat.«

Echte Wut wallt in mir auf und ich versuche, sie zu nutzen, statt mich von ihr überwältigen zu lassen. »Sprich nie wieder so von meiner Mutter.«

»Was sonst? Willst du mich verprügeln, du Hosenscheißer?«

Sein Vertreter findet die Glock unter dem Hosenbund in meinem Rücken. »Boss, er hat 'ne Knarre.« Rücksichtslos zerrt er sie heraus, wirft sie auf den Tisch und fährt mit der Durchsuchung fort.

Die Pistole schlittert ein Stück über die weiße Kunststoffplatte und ich beobachte aus dem Augenwinkel, wo genau sie liegen bleibt.

»Glaubst du wirklich, ich würde ohne hier hereinspazieren?«

»*Jesus Christ*! Weißt du überhaupt, wie so ein Ding funktioniert?« Caesar stemmt die Hände in die Hüften.

Ich hebe eine Braue. »Du kannst es ja ausprobieren.«

»Das wars.« Sein Vize macht einen Schritt zurück.

»Durchsuch die Schlampe ebenfalls.«

Sein Vertreter lässt sich nicht lange bitten, löst meine Hand aus Allegras Nacken und tastet sie ohne Rücksicht überall ab. Mit ihren Beinen ist er schnell fertig, was soll man in einer hautengen Jeans schon verstecken.

Aber als er ihre Jacke öffnet und über ihre Brüste tastet, tritt sie zurück und schlägt seine Hände zur Seite. »Finger weg, du Wichser!«

Woraufhin er ausholt und ihr eine Ohrfeige verpasst.

Sie japst auf und ich beiße die Zähne aufeinander, um mich zu zügeln.

»Sie ist sauber.« Damit wendet er sich ab und geht zu seinem Chef zurück.

»Natürlich bin ich sauber! Mich hat er ja genauso verarscht wie euch.« Angeekelt starrt sie mich an, spuckt vor mir auf den Boden und weicht ein paar Schritte zur Seite.

»Halt's Maul, mit dir beschäftigen wir uns später.« Caesar wirft ihr nur einen Blick zu, kommt stattdessen etwas näher. Packt meine Kehle, drückt zu und mich ein Stück nach oben.

»Und jetzt sag mir, warum ich dich nicht sofort erschießen soll. Leonore wartet schon auf dich.«

Eine neue Portion Adrenalin explodiert in meinem System. Den Blick auf sein Gesicht gerichtet, ergreife ich sein Handgelenk. »Lass meine Mutter aus dem Spiel, du Arschloch.«

Da lacht er auf, schubst mich von sich. »Sonst was? Willst du mich verprügeln? Du Memme hast doch keine Eier. Und zu wenig Schmalz im Kopf, um eine Gang zu leiten.«

»Lass das die Mitglieder entscheiden. Sperr die Braut bis morgen hier ein, trommle alle zusammen und ich zeige euch, dass ich der wahre Anführer bin.«

»Und wie willst du das anstellen?«

»Ich werde sie vor allen Augen hinrichten, damit ist der Tod meiner Mutter gerächt und die Mafia weiß, dass mit der Familie Walsh nicht zu scherzen ist.«

Caesar öffnet den Mund, doch Allegra eilt auf ihn zu, hängt sich an seinen Arm. »Bitte, du musst das verhindern! Du könntest stattdessen meinem Vater eine Nachricht schicken und Lösegeld herausschlagen.«

Er grinst sie an. »Oder ich jage direkt euch beiden eine Kugel ins Hirn.«

Da richtet sie sich auf, schüttelt den Kopf. »Dann wird Dad euch alle jagen. Und du weißt, was das bedeutet.«

Nachdenklich starrt er sie einen Moment an, dann Dom und die verbliebenen Männer. »Verschwindet!«

Irritiert schauen sie sich an, zögern.

Woraufhin Caesar losbrüllt. »Raus, ihr Penner! Runter vom Gelände. Das hier kläre ich persönlich.«

Sichtlich widerstrebend folgen sie seiner Aufforderung und ich atme innerlich auf, jetzt schlägt die Waage endlich zu meinen Gunsten aus.

Sobald die Tür hinter dem Letzten ins Schloss fällt, grinse ich ihn an. »Du magst keine Zeugen, oder?«

Da greift er in seinen Rücken und zieht eine Pistole. Entsichert sie und richtet sie auf mich. Allegra weicht mit aufgerissenen Augen zurück.

»Ich hätte dich auch vor ihnen hinrichten können. Aber vorher will ich in deinen Augen sehen, wie die Wahrheit dich zerstört.«

Ich schnaube verächtlich. »Von welcher Wahrheit redest du? Dass du es warst, der meinen Vater verpfiffen hat? Spars dir, das habe ich mir längst selbst zusammengereimt. Im Gegensatz zu dir hat Dad sich immer an die Regeln gehalten.«

»Und genau das war sein Problem.« Caesar macht einen Schritt auf mich zu. »Er wollte keine neuen Geschäftsfelder erschließen, die Gang nicht vergrößern. Er konnte nicht groß genug denken, wollte klein und unter dem Radar bleiben.«

»Und das konntest du nicht ertragen.«

»Stimmt, ich hatte schon immer größere Pläne. Und dabei stand er mir im Weg.«

»Was hast du dafür mit der Polizei verhandelt?«

»Oh, das musste ich gar nicht. Es brauchte nur ein paar Tipps an meine Kontakte bei den Bullen. Die konnten dadurch ihre Karriere in Fahrt bringen und lassen mich im Gegenzug in Ruhe.«

»Und das soll mich jetzt zerstören? Lächerlich.«

Aus heiterem Himmel überbrückt er den letzten Abstand, holt aus und schlägt mit dem Waffengriff zu. Mein Körper reagiert automatisch, zuckt zur Seite und so triff der Schlag meinen Hinterkopf anstatt der Schläfe.

Trotzdem explodiert der Schmerz in meinem Kopf und ich gehe zu Boden.

In meinen Ohren breitet sich ein Pfeifton aus und Sterne tanzen vor meinen Augen. Kurz kneife ich die Lider zusammen, schüttle mich, stemme mich auf die Knie hoch.

Als ich aufsehe, blicke ich in den Waffenlauf, doch ich zeige mich unbeeindruckt. Schaue ihm über den Schlitten hinweg in die dämlich grinsende Visage.

Er neigt den Kopf ein wenig zur Seite. »Dann lass uns doch darüber reden, wo du an jenem Nachmittag abgeblieben bist, du Freak.«

Ich runzle die Stirn. »Wovon sprichst du?«

Die Selbstgefälligkeit in seinem Gesicht nimmt zu. »Jenem Nachmittag, an dem du sterben solltest. Zusammen mit deiner Mutter.«

Eiskalter Schock fährt mir in die Glieder und ich höre Allegras ungläubigen Laut. Aus meinem Bauch steigt ein wütendes Zittern auf. »Was?«

»Tja, das hättest du wohl nicht erwartet, oder? Anstatt deinem Vater zu gehorchen und das Schießtraining zu absolvieren, hast du dich vor einem Computer herumgetrieben. Nur deshalb hockst du jetzt hier vor mir und spuckst große Töne. Aber das ist unwichtig geworden, heute werde ich meinen Plan vollenden.«

»Du hast den Mord an meiner Mutter veranlasst, nicht wahr? Um meinen Vater zu zerstören, sollte seine Familie sterben. Damit du dich zu seinem legitimen Nachfolger aufschwingen kannst. Wie hast du das gemacht? Wie hast du es geschafft, die Mafia da mit reinzuziehen?«

Doch er schüttelt den Kopf, beugt sich ein wenig vor und senkt die Stimme. »Ich habe nichts veranlasst. Und nur dafür gesorgt, dass es nach einem Mafiamord *aussieht*. Es war *mein* Plan und *ich* habe ihn durchgeführt. *Ich* habe deine Mutter auf die Knie geschickt, ihr den Lauf aufs Genick gesetzt und abgedrückt. So, wie ich es nun mit dir machen werde.«

Die Erkenntnis raubt mir für einen Augenblick den Atem, lähmt mich.

Er war es?

Wut und Schmerz kochen in mir hoch, weshalb mein Instinkt viel zu spät einsetzt.

Caesar steht schon halb hinter mir, mein Kopf zuckt zu ihm herum. »Zeit für ein letztes Gebet.«

Allegra schreit auf. »Nein!«

Der Anführer der Gang richtet sich an seinen Vertreter. »Kümmere dich um sie.«

Und ich nutze diese Sekunde der Unaufmerksamkeit.

Blitzschnell stelle ich den linken Fuß auf und greife über meine rechte Schulter hinweg, packe die Waffe und sein Handgelenk. Dann reiße ich ihn über meine Schulter, mache mich klein und rolle mich in derselben Bewegung auf ihn, als er ächzend auf dem Rücken landet.

Wir ringen um die Waffe und er versucht, mich von sich zu schieben, doch ich stemme beide Füße in den Boden und die Schultern gegen seine Brust.

Hinter uns brüllt der Vize auf, trampelt näher.

Verdammt.

Hastig und mit aller Kraft bohre ich den Daumennagel in Caesars Handgelenk, direkt in den Karpaltunnel und den dadurch verlaufenden Nerv.

Der schreit auf vor Schmerz, lässt die Pistole los.

Ich ergreife sie mit links, wälze mich von ihm herab und komme auf die Knie.

Nur, um erneut in die Mündung einer Waffe zu blicken, wenige Schritte vor mir.

Im Gegensatz zu Caesar ist sein Vertreter kein Mann großer Worte. Er drückt auf den Sicherungsknopf, hebt den Lauf ein wenig und krümmt den Finger am Abzug.

Kapitel 22
Allegra

Peng!

Meine Welt steht still, alles um mich herum erstarrt.

Ist das gerade wirklich passiert?

Verwirrt sehe ich auf meine Hände hinab, die den Griff der Waffe umfassen.

Dann sackt der Vize zusammen und fällt auf seinen Boss, der sich stöhnend das Handgelenk hält.

Nolans Kopf fährt zu mir herum.

In meinem Ohr brüllt Terence. »Was ist passiert? Nolan! Allegra!«

Mein Blick fällt auf Caesar, der sich stöhnend unter seinem Vertreter hervor wälzt, dessen Waffe ergreift und sich herumdreht.

Ich reiße die Augen auf, doch Nolan hat es bereits bemerkt.

Er springt auf, wechselt die Waffe in die rechte Hand. Tritt vor, hebt die Pistole.

Caesar richtet sich auf und Nolan setzt den Lauf auf dessen Nasenwurzel.

»Wir gehen rein!«, ertönt es in meinem Ohr.

Caesar schaut zu ihm auf.

»Fahr zur Hölle, du Wichser!«

Die Eiseskälte in seiner Stimme lässt mich schaudern.

Dann stößt er die Luft aus und drückt ab.

Caesars Hinterkopf explodiert, er wird zurückgeschleudert und landet tot auf dem Boden.

Nolan wirbelt herum, eilt auf mich zu und hebt dabei seine Waffe an. »Alles okay?«

Ohne Vorwarnung überfällt mich neue Angst, meine Hände rucken nach oben.

Einen Schritt vor mir hält er abrupt an, sieht mir verwundert in die Augen.

Sein Gesichtsausdruck wechselt von Sorge zu Verzweiflung, schließlich Resignation.

Und Qual.

Langsam streckt er die Hand aus, legt sie auf meine beiden und schiebt sie vorwärts. Setzt den Lauf meiner Waffe auf seine Brust, genau über dem Herzen.

Hinter uns fliegt die Tür auf, erklingen schnelle Schritte und verklingen fast sofort wieder.

In Nolans Wange zuckt ein Nerv. »Drück ab, bring es zu Ende. Ich kann die Angst in deinen Augen nicht mehr etragen.«

Seine Worte versetzen mir einen heftigen Stich, mitten durchs Herz. Tränen schießen hoch und schnüren mir die Kehle zu, doch ich kämpfe dagegen an. Trete einen Schritt zurück, schüttle den Kopf und senke die Hände.

Von der Seite taucht mein Vater auf, umfasst von oben die Pistole. Nimmt sie mir wortlos ab und geht zu seinen Leuten.

Nolan hebt das Kinn. »Du hast mir das Leben gerettet. Danke.«

Da mir die Worte für eine passende Antwort fehlen, nicke ich lediglich.

Auch er nickt, das Gesicht in Mutlosigkeit erstarrt.

Dreht sich um und schaut den Mafiosi dabei zu, wie sie die Szenerie verändern.

Ich folge seinem Blick, atme zittrig tief durch.

Es ist vorbei. Caesar hat seine gerechte Strafe bekommen.

Jetzt steht nur noch meine Entscheidung im Raum.

*

»Allegra, *thank goodness*!« Mom eilt auf mich zu, kaum dass ich den Eingangsbereich betreten habe. »Ich bin so froh, dass es dir gutgeht.« Sie zieht mich in ihre Arme und drückt mich an sich, überflutet mich mit angenehmer Wärme.

»Sie hat heute großen Mut bewiesen, *amore mio*.« Dad umarmt uns beide und ich schließe für einen Moment die Augen.

Seitdem das Adrenalin weg ist, fühle ich mich psychisch erschöpft.

Kurz darauf lösen wir uns voneinander und meine Mutter dreht sich nach Nolan um. Der steht mit Terence am Barwagen, beide haben ein Bier in der Hand.

»Und wie geht es Ihnen?« Sie eilt zu ihm.

»Ich bin okay.«

Vor ihm bleibt sie stehen, legt ihm eine Hand an die Wange und mustert ihn eindringlich. »Ist es vorbei?«

»Ja.«

»Sehr gut.« Sie tätschelt seine Wange, lächelt sanft. Dreht sich zu uns um. »Setzt euch, ich will jedes Detail wissen.«

Mein Vater seufzt und sinkt auf eine der beiden Couchen. »Du hast doch alles mitangehört.«

Ich setze mich ans andere Ende, stoße die Luft aus.

»Und den Rest soll ich mir zusammenreimen, oder was?« Sie wirft ihm einen verärgerten Blick zu und wendet sich dem Barwagen zu. Öffnet eine weitere Flasche Bier, drückt sie Nolan in die Hand und schickt ihn zu mir.

Er bleibt auf Distanz, reicht mir die Flasche und sieht mich kaum an. Nimmt mir gegenüber auf der anderen Couch Platz und starrt vor sich hin, dreht das Bier in den Händen.

Mom kommt mit zwei Gläsern Wein herüber und setzt sich zwischen Dad und mich, reicht ihm eines. Terence lässt sich neben Nolan in die Polster fallen.

»Also, wer klärt mich auf? Nolan?«

Er blinzelt. »Oh, ähm … eigentlich gibt es nicht viel zu sagen, es ging auch relativ schnell. Allegra hat Caesar mit ihrem Schrei abgelenkt, kurz bevor der mich erschießen wollte. Ich konnte ihn überwältigen, wir haben um die Waffe gerungen. Kaum hatte ich sie ihm abgenommen, stand der Vize vor mir und hat mir den Lauf unter die Nase gehalten. Doch Allegra hat ihn in letzter Sekunde mit einem gezielten Schuss ausgeschaltet, ich habe die Waffe an mich gebracht und Caesar erledigt. Ende der Geschichte.«

Meine Mutter ergreift meine Hand, drückt sie. »Und wie geht es dir damit?«

»Ich komme klar. Hauptsache, die Sache ist geklärt, Nolan lebt und wir alle kennen nun die Wahrheit.« Ich nehme einen tiefen Schluck aus der Flasche und schaue Terence an. »Was passiert eigentlich mit den Leichen? Nolans bester Freund und die anderen Männer haben uns dort gesehen, sie werden uns damit in Verbindung bringen.«

Er schnalzt mit der Zunge. »Das willst du doch gar nicht wissen.«

»Ich will nur wissen, wie ihr es aussehen lasst.«

»Da höchstwahrscheinlich einige Leute beobachtet haben, wie wir das Haus gestürmt haben, tarnen wir es tatsächlich als Mafiamord und schieben es dem Kerl in die Schuhe, mit dem Caesar kooperiert hat. Streuen Gerüchte von einem Betrugsversuch seinerseits und der Vergeltung unsererseits.«

»Und was ist mit der Polizei?«

»Die ist gut geschmiert, die Ermittlungen werden im Sande verlaufen.«

Ich verdrehe die Augen. »Erstaunlich, dass diese jahrzehntealten Methoden noch immer funktionieren.«

»Nimm es einfach hin.«

»Etwas anderes bleibt mir kaum übrig.« Ich leere meine Flasche, die anderen schweigen einen Moment.

Da seufzt meine Mutter auf und wirft einen Blick in die Runde. »Soll ich euch sagen, was das Schlimmste für mich war? Beim ersten Schuss habe ich gedacht, dieser Vize-Kerl hätte Allegra erwischt. Mein Herz ist beinahe stehengeblieben.«

»Nein, sie hat mich gerettet.«

Wie die anderen sehe ich Nolan an, begegne dem Ernst und jenem Ausdruck in seinen Augen, den ich von Anfang an mit seinen Gefühlen für mich gleichgesetzt habe.

»Und dafür bin ich unsagbar dankbar.«

Mein Herz schwillt an vor Liebe und alles in mir strebt zu ihm, doch ich dränge das zur Seite. Ich muss erst über einiges nachdenken, bevor ich meine Entscheidung treffe.

Weswegen ich mich räuspere und zu meinem Vater schaue. »Apropos dankbar. Danke, dass du mich zum Schießtraining gezwungen hast, Dad. Heute hat es sich ausgezahlt.«

»Siehst du? Und wie oft musste ich mit dir schimpfen, auf mich zu hören?«

Ich lache leise. »Schon gut, ich hab's kapiert.«

»Und wie fühlst du dich jetzt, Nolan?«, fragt Mom.

Er wendet sich ihr zu, zuckt mit den Schultern. »Keine Ahnung, ich bin noch immer ziemlich durcheinander und kann kaum fassen, dass Caesar selbst meine Mutter umgebracht hat. Wenn Dad davon erfährt ... es wird sämtliche Wunden wieder aufreißen.«

»Ihn aber sicherlich erleichtern. Er kann noch einmal trauern und dann damit abschließen. So wie du.«

»Ja.«

Ohne Vorwarnung überwältigt mich die Müdigkeit und ich verstecke ein Gähnen hinter der Hand. »Sorry, aber ich bin total fertig.«

Sie tätschelt meine Hand. »Du kannst in deinem alten Zimmer schlafen.«

»Danke, Mom.«

»Und für dich habe ich das Gästezimmer daneben vorbereitet.«

Nolan hebt überrascht die Brauen. »Das ist sehr nett von Ihnen, Mrs. Cociarelli, danke.«

»Ach was!« Meine Mutter winkt ab. »Ich habe schon geahnt, dass es spät wird und ihr alle ziemlich erschöpft sein würdet.«

»Emilia, du bist die Beste.« Dad nimmt ihre Hand und küsste ihre Knöchel.

Nolan räuspert sich. »Darf ich trotzdem eine Bitte äußern?«

Alle schauen zu ihm, der ausschließlich mich ansieht.

»Natürlich«, meint Dad.

»Vorher würde ich gern wissen, wie deine Entscheidung lautet.«

Mein Magen verkrampft sich, doch ich hebe das Kinn. »Ich weiß nicht, ich ...«

Fuck, wie soll ich mit diesem ganzen Scheiß klarkommen?

Zum Glück springt meine Mutter mir bei. »Lass Allegra noch ein bisschen Zeit, all das sacken zu lassen, was heute und in den letzten Tagen passiert ist. Schlaft euch erst einmal ordentlich aus.«

Nolan atmet tief durch und nickt. »Okay. Würden Sie mir bitte zeigen, wo das Zimmer ist?«

»Natürlich.« Mom erhebt sich, geht Richtung Treppe.

Nolan springt auf, stellt die Flasche auf den Tisch und folgt ihr.

Ich lausche, bis ihre Schritte verklingen.

Reibe mir mit beiden Händen übers Gesicht, stoße die Luft aus und sehe meinen Vater an, um mich ebenfalls ins Bett zu verabschieden.

Stattdessen hebe ich erstaunt die Brauen, denn er betrachtet mich mit einem Schmunzeln. »Was ist?«

»Du hast deine Entscheidung längst getroffen, warum sagst du es ihm nicht?«

Mir wird heiß und ich richte mich ertappt auf. »Wovon redest du?«

»Du liebst ihn genauso sehr, trotz allem. Ich sehe es in deinen Augen.«

Ich atme tief durch, nicke. »Ja, ich liebe ihn.«

»Und wenn du ihm nicht bereits verziehen hättest, hättest du ihn entweder nicht gerettet oder abgedrückt, als er dich dazu aufgefordert hat. Dass er nicht sterben soll, hast du längst gesagt. Warum zögerst du also?«

Bei der Erinnerung schießen mir Tränen in die Augen, doch ich kämpfe sie wieder hinunter. »Ich habe vor ein paar Stunden schon mit Mom darüber gesprochen, ich muss mit den Umständen erst einmal klarkommen.«

»Dann denk gut darüber nach, morgen früh erwarte ich deine Antwort. Ansonsten entscheide ich für dich.«

Die Entschlossenheit in seinen Augen überrascht mich, reizt aber die Rebellin in mir. »Du wirst nicht –«

Seine Hand schießt nach oben. »Morgen. Und jetzt geh ins Bett, gute Nacht.«

Verärgert stehe ich auf, marschiere mit hoch erhobenem Kopf an ihm vorbei und die Treppe hinauf.

Im ersten Stock kommt mir meine Mutter entgegen, doch ich wünsche ihr lediglich eine gute Nacht und laufe weiter. Im zweiten Stock gehe ich in mein ehemaliges Zimmer und werfe die Tür ins Schloss. Schalte eine Nachttischlampe ein und trete mit verschränkten Armen ans Fenster.

Die Stille um mich herum dröhnt in meinen Ohren, weswegen sich mein Blick automatisch nach innen richtet.

Ich hasse es, von meinem Vater wie ein kleines Kind behandelt zu werden. Oder wie einer seiner Soldaten.

Von wegen, das Ausmaß der Umstände begreift sogar er!

Meine Gedanken kehren zu dem Gespräch mit Mom zurück und mit der Erinnerung an ihre Worte tauchen auch all die Emotionen wieder auf. Vor allem die Erkenntnis, dass ich Nolan liebe, mit ihm ein Leben aufbauen und dafür kämpfen will.

Dieses Gefühl ist verdammt stark, erfüllt mich bis in die letzte Zelle.

Und trotzdem schafft es jener kurze Moment der Angst, mich zweifeln zu lassen.

Aber warum?

Ist es, weil ich mich auf diese Weise genauso für die Welt meiner Eltern entscheide, mit der ich immer gehadert habe?

Ich drehe mein Handgelenk nach oben, betrachte das geflügelte Herz.

Vermutlich ist es unmöglich, mich komplett davon zu lösen, aber vielleicht muss ich das ja gar nicht, um mein eigenes Leben zu leben.

Die Erlebnisse der letzten Wochen haben mich verändert. Ich bin in mehrfacher Hinsicht über mich hinausgewachsen und stärker geworden.

Und einen großen Teil davon verdanke ich Nolan, das ist mir bewusst.

Meine Mutter hat recht. Liebe ist Liebe, egal, wie verwerflich. Und auch wenn ich ihm den Mordversuch nicht sofort verzeihen kann, ich kann es verstehen. Wäre ich in seiner Situation gewesen, ich hätte höchstwahrscheinlich genauso gehandelt. Und wäre ebenfalls an meinen Gefühlen für ihn gescheitert.

Ich stoße die Luft aus, lehne die Stirn an die Fensterscheibe und schließe die Augen.

Fuck, wenn ich daran denke, was damals wirklich mit seiner Mutter passiert ist, zerreißt es mir das Herz. Er hat seine Rache und sein Leben auf falschen Tatsachen aufgebaut. Womit sich auch der letzte Hass gegen meine Familie in Luft aufgelöst haben dürfte.

Und gegen mich.

Mein Herz rast los und endlich verstehe ich.

Er hat es schon vorher nicht geschafft mich, zu töten, hat seine Gefühle akzeptiert und zugegeben.

Doch jetzt, wo er die Wahrheit kennt, hat er erst recht keinen Grund mehr, es noch einmal zu versuchen.

Es gibt keinerlei Hindernisse mehr, keinen Hass, keine Feindschaft.

Nur noch Liebe.

Ruckartig richte ich mich auf, mein Mund verzieht sich zu einem Lächeln und ich spüre der Erleichterung nach, die sich in mir ausbreitet. Gefolgt von warmem Glück und all meinen Gefühlen für Nolan.

Hinter mir ertönt ein Knarzen und ich zucke zusammen, halte den Atem an und lausche.

Es kommt aus dem Flur, ich kenne es.

Da, noch einmal. Und es bewegt sich.

Wer, zum Teufel, schleicht da draußen Richtung Treppe?

Heiße Gewissheit schießt durch meinen Körper.

Ich wirbele herum, renne zur Tür und reiße sie auf.

Starre auf den Schatten.

»Was, zur Hölle, tust du da?«, zische ich.

»Allegra, bitte. Lass mich gehen.«

Sein verzweifeltes Flüstern bohrt sich in mein Herz, doch gleich darauf begehrt es auf.

Oh nein, so nicht!

Ich eile zu ihm, packe ihn am Arm und zerre ihn in mein Zimmer. Schließe leise die Tür und baue mich vor ihm auf. »Nenn mir einen Grund, warum ich dich gehen lassen sollte.«

»Du willst, dass ich am Leben bleibe, okay. Was soll ich dann noch hier? Sollen die Leute deines Vaters mich windelweich prügeln? Wozu? Die härteste Strafe werde ich zweifellos bis zum Tod mit mir herumtragen.«

»Ach, und was soll das sein?«

»Dass du meine Gefühle nicht erwiderst? Mir nicht verzeihen kannst? *Angst* vor mir hast? Das allein tut so weh, wie du es dir kaum vorstellen kannst. Also bitte, lass mich gehen. In wenigen Tagen bin ich weg, du wirst mich nie wiedersehen und kannst alles vergessen.«

Ich schüttle den Kopf. »Nein, niemals.«

Da presst Nolan die Lider zusammen, seine Schultern sacken herab. Dann sieht er mich wieder an und in seinen Augen erkenne ich nicht nur all die Emotionen, sondern auch Tränen.

Mein Herz jault auf und selbst mein Kopf sagt mir, ich soll ihn endlich erlösen.

Deshalb hebe ich das Kinn. »Ich kann dich nicht gehen lassen, Nolan.«

»Warum nicht? Du hast mich doch schon am Boden.«

Da trete ich vor, umfasse sein Gesicht und schaue ihm tief in die Augen. »Weil ich dich liebe, du Idiot.«

»Was?« Ihm entgleisen die Gesichtszüge, was mir ein schiefes Lächeln entlockt.

»Ja, verdammt, ich liebe dich. Und ich habe in den letzten Tagen genauso stark dagegen angekämpft wie du.«

»Das heißt, du verzeihst mir?«

Ich horche in mich hinein, nicke.

Auf seinem Gesicht breitet sich ein Lächeln aus. »*Holy shit!*« Er umschlingt meine Taille, zieht mich an sich, beugt sich zu mir und ich schließe die Augen. »Ich liebe dich, Prinzessin.«

Seine Lippen landen auf meinen, öffnen sich und ich heiße seine Zunge willkommen. Stelle mich auf die Zehenspitzen, lege die Arme um seinen Nacken und erwidere den Kuss voll verzweifelter Leidenschaft.

Beinahe hätte ich ihn für immer verloren, nun aber können wir das Leben feiern. Unser *gemeinsames* Leben.

Eilig packe ich seine Jacke, schiebe sie von seinen Schultern und die Arme hinab, sobald er mich loslässt. Dränge ihn Richtung Bett, zerre an seinem Pullover.

Kaum haben wir uns von jeglicher Kleidung befreit, sinken wir eng umschlungen auf die Matratze. Schon löst Nolan den Mund von meinem und will tiefer gleiten.

Doch ich spreize die Beine und bohre ihm die Fersen in den Hintern. »Ich will dich in mir, jetzt.«

»Okay, warte, ich brauche noch ein Kondom.« Er dreht sich zur Seite, streckt die Hand nach seinen Klamotten aus, doch ich halte sie fest.

Erstaunt sieht er mich an und ich lächle. »Ich liebe dich, Walsh, und von jetzt an will ich dich richtig spüren.«

»Aber –«

»Alles gut, ich nehme die Pille.«

»Okay. Und du bist dir ganz sicher?«

»*Jesus*, nun mach schon! Oder soll ich?« Ich schiebe eine Hand zwischen uns, umfasse seinen harten Schwanz und setze die Spitze an meine Pussy.

Woraufhin er quälend langsam in mich eindringt.

Ich ziehe die Knie an, den Blick fest auf seine Augen gerichtet, und beiße mir auf die Lippe, um das Stöhnen zu unterdrücken.

»Oh, fuck, Prinzessin. Du fühlst dich so gut an.« Er schiebt die Hände unter meinen Rücken und umfasst meine Schultern. Beugt sich zu mir und küsst mich.

Gierig schlinge ich Arme und Beine um ihn und genieße es, wie er sich tief in mir bewegt und meine Lust anstachelt. Fühle mich mit ihm verbunden, enger denn je.

Seine Stöße werden intensiver und er löst seine Lippen von meinen. Nimmt einen meiner Nippel in den Mund, beißt und saugt, bis ich aufstöhne.

Alles in mir schwillt an, meine Hüften zucken ihm entgegen und mein Wimmern wird immer lauter.

Da schiebt er eine Hand zwischen uns, findet meine empfindlichste Stelle und reibt sie. Stützt sich auf dem anderen Ellbogen ab, legt mir die Hand über den Mund und fickt mich.

Bis ich die Luft anhalte, abhebe und in tausend Sterne explodiere.

Fuck, ja! Das hier ist es was, ich will. Für immer.

*

Zufrieden schließe ich die Augen und schmiege mich an seinen Rücken. Genieße den Fahrwind, das Vibrieren der Harley.

Keine Ahnung, wohin wir über die I-495 fahren. Nolan hat nur gesagt, es sei eine Überraschung.

Also lasse ich meine Gedanken fließen. Von unserer Versöhnung letzte Nacht über den leidenschaftlichen Start in den heutigen Tag und zum Brunch mit meinen Eltern, zu dem wir Hand in Hand erschienen sind.

Ich bin noch immer geflasht von der Freude und dem Zuspruch, mit dem sie uns begegnet sind. Wie sie uns umarmt und Nolan in der Familie willkommen geheißen haben. Und ich bin dankbar dafür, dass sie alles, was vorher war, mit keinem einzigen Wort erwähnt haben.

Stattdessen haben wir uns über meine anstehenden Prüfungen unterhalten, Thanksgiving und Nolans berufliche Zukunft.

Dad will sämtliche Beziehungen spielen lassen, um ihm einen richtig guten Job zu besorgen, schließlich muss man seine Talente nutzen und er will, dass ich ordentlich versorgt bin.

Was ich nur mit einem Augenrollen quittiert habe, immerhin kann ich bald bestens für mich selbst sorgen.

Nach dem Essen wollten wir eigentlich zu mir fahren, doch dann meinte Nolan, er würde mich gern zu einem besonderen Ort mitnehmen.

Und wie könnte ich da Nein sagen?

Am Ende überqueren wir den East River über die Whitestone Bridge, passieren Trumps Golfplatz und verlassen den Highway an einem Friedhof. Den umrunden wir und in mir steigt eine Ahnung davon auf, wohin es geht.

Die sich bestätigt, als Nolan vor einem Blumenladen parkt und nach einigen Minuten mit einem in Papier verpackten Strauß zurückkehrt, den ich auf der Weiterfahrt festhalte.

Er lenkt das Motorrad aufs Gelände, über verschiedene Wege und hält letztlich vor einer Reihe an, an dessen Anfang ein pompöses Grabmal thront.

Hand in Hand laufen wir über den Rasen und ich lese automatisch die Namen auf den Gräbern. Bis wir vor einem hellgrauen Stein mit keltischem Kreuz an der Seite stehen bleiben.

Ich lese die Inschrift, *Leonore Walsh, geliebte Frau und Mutter*. Darunter die Daten von Geburt und Tod.

»Hey, Mom, da bin ich wieder. Und ich möchte dir eine ganz besondere Frau vorstellen.« Nolan führt mich zum Stein und ich lächle gerührt. »Das ist Allegra. Erinnerst du dich? Vorgestern habe ich dir noch vorgeheult, wie sehr ich sie liebe und dass ich Scheiße gebaut habe. Aber sie hat mir verziehen und wir können endlich zusammen sein.«

Er lässt meine Hand los, nimmt mir die Blumen ab und drückt mir einen zärtlichen Kuss auf die Lippen. Noch ein Lächeln, dann dreht er sich um. »Ich habe dir auch deine Lieblingsblumen mitgebracht, von Dad. Er vermisst dich so sehr.« Er hockt sich hin, tauscht verwelkte Blumen gegen frische, pinke Nelken und Schleierkraut.

Der Kloß in meiner Kehle wird immer größer, je länger ich ihn beobachte, und mein Herz schmilzt dahin.

Nolan wickelt den alten Strauß in das Papier, richtet sich auf und legt für einen Moment die Hand auf den Stein. Dann kehrt er zu mir zurück, umschlingt meine Taille und zieht mich an sich.

In seinem Arm lausche ich seiner warmen Stimme, wie er dem Geist seiner Mutter von den Ereignissen berichtet. Am Ende atmet er tief durch und ich bemerke das leichte Zittern darin. »Auf jeden Fall ist es endlich vorbei. Caesar hat seine gerechte Strafe bekommen, du kannst in Frieden ruhen und ich darf die Frau meines Herzens lieben. Ich glaube, ich bin gerade der glücklichste Mensch auf Erden.«

Er schweigt und ich lehne den Kopf an seine Schulter. »Ich wünschte, ich hätte sie kennengelernt.«

»Ja, ich auch.« Er küsst mein Haar. »Ihr hättet euch

sicher gut verstanden. Ich glaube, ihr seid aus einem sehr ähnlichen Holz geschnitzt.«

»Erzählst du mir etwas über sie?«

»Jetzt?«

»Ja, warum nicht? Ich möchte alles über die Frau wissen, die dich großzogen hat und für die wir in den Kampf gezogen sind. Nur eine kleine Anekdote, eine deiner liebsten Erinnerungen.«

»Okay, lass mal überlegen …« Er zieht mich enger an sich und schildert mir schließlich, wie seine Mutter ihn beim ersten richtigen Liebeskummer getröstet und erklärt hat, wie er die Richtige erkennt. *»Du wirst es wissen, Nolan. Und nichts dagegen tun können.* Himmel, wie recht sie doch hatte.«

Ich seufze. »Mütter sind einfach die Besten. Sie kennen unser Innerstes und sehen viel mehr, als wir selbst.«

»Ja, scheint so.«

»Hast du noch Bilder von ihr?«

»Nur die, die meine Tante in Irland von ihr bekommen hat.«

»Und dein Vater?«

»Keine Ahnung, was mit den ganzen Sachen passiert ist, die in unserem Haus waren. Warum?«

»Wir sollten ein Album anlegen, mit ihren Fotos und deinen Erinnerungen. Damit du nichts davon vergisst und unseren Kindern von ihrer zweiten Großmutter erzählen kannst.«

Er lacht auf. »Das mit dem Album ist eine tolle Idee, aber … meinst du nicht, dass wir in Sachen Kinder noch ein paar Jahre Zeit haben?«

»Habe ich gesagt, wir sollen gleich nach Studium damit anfangen? Nein. Also entspann dich, Walsh.«

»Puh, da habe ich ja nochmal Glück gehabt.«

»Außerdem finde ich, bis dahin sollten wir so viel wie

möglich üben.«

»Da stimme ich dir vollkommen zu. Wann wollen wir anfangen?«

Ich trete vor ihn, lege die Arme um seine Taille und schaue mit einem frechen Lächeln zu ihm auf. »Wie wäre es, wenn wir direkt zu dir fahren? Deine Mitbewohner schmeißen wir im Zweifel für eine Stunde raus.«

Schmunzelnd nimmt er mein Gesicht in beide Hände, beugt sich zu mir herab. »Dein Wunsch sei mir Befehl, Prinzessin.«

Dann küsst er mich liebevoll und ich lehne mich glücklich an ihn.

Die Zukunft hat begonnen.

ENDE

Hast du Lust auf weitere Mafia Romances?
Dann gibt es gleich ein paar Buchtipps für dich.

Aber halt, stop!

Vorher habe ich noch ein Bonuskapitel
von Allegra und Nolan für dich!

Das erhältst du gratis, wenn du dich zu meinem
Newsletter »Katies Herzenpost« anmeldest.

→

Bitte hier entlang:
https://subscribepage.io/MHHaunted

Oder direkt QR-Code scannen.

Deine Vorteile:

- Neuigkeiten vor allen anderen erfahren
- Sämtliche Bonuskapitel und Geschichten lesen
- Exklusive Inhalte und Aktionen genießen
- Nichts mehr verpassen

Alle Informationen über mich und von mir findest du hier:

www.katie–mclane.de

Meine Veröffentlichungen
www.katie-mclane.de/Buecher/

Hörbücher:
https://katie-mclane.de/Hoerbuecher/

<u>**Buchtipps**</u>

Mafia Hearts – Claimed

Seine Macht kennt keine Gnade. Seine Liebe keine Grenzen.

Dark Mafia Romance - One Night Stand - Arranged Marriage - Who Did This To You

Taschenbuch: ISBN 978-3-69140-071-7
E-Book: EAN 9783819463303

Bad Romeo & Broken Juliet

Du gehörst mir, *Principessa*, und wirst für die Sünden deiner Familie büßen.

Dark Mafia Romance - Enemies to Lovers - Kidnapped - Revenge - Forbidden Love

Taschenbuch: ISBN 978-3-7579-5276-1
E-Book: EAN 9783757992194

Content Note

Achtung, Spoiler!

Hinweis! Dieses Buch enthält folgende explizite Triggerthemen:

- Gewalt allgemein
- Gewalt gegen Frauen
- Mord
- Waffen
- Verrat / Intrigen / Erpressung

Falls du dir unsicher bist, wie hart deine sensiblen Themen hier getriggert werden, siehe lieber vom Lesen ab.
Gern kannst du mich vorher über die sozialen Medien oder per E-Mail an info@katie-mclane.de kontaktieren.